La *inoportuna* muerte del presidente

Alfredo Acle Tomasini

La inoportuna muerte del presidente

Primera edición: marzo, 2011
Segunda edición: septiembre, 2014

D.R. © Copyright 2011 Alfredo Acle Tomasini
Diseño de la portada Alfredo Acle Aguirre

Comentarios sobre esta obra pueden dirigirse a:
www.acletomasini.com.mx
www.acletomasini.wordpress.com
alfredo@acletomasini.com.mx

ISBN-13: 978-1500968014
ISBN-10: 1500968013

La inoportuna muerte del presidente puede adquirirse en versión electrónica.

A Patricia

Un traidor es un hombre que dejó
su partido para inscribirse en otro.
Un convertido es un traidor que abandonó
su partido para inscribirse en el nuestro.

Georges Benjamin Clemenceau (1841-1929)

Hay puñales en las sonrisas de los hombres;
cuanto más cercanos son, más sangrientos.

William Shakespeare (1564-1616)

Capítulo I

Las cortinas impedían la entrada del sol matutino. Aun así, los tenues rayos del amanecer decembrino podían filtrase por debajo de la puerta y arrastrase por el piso.

Penumbra que creaba una sensación ambigua; amanecía, pero nadie de los que ahí estaban quería que eso sucediera.

Sin que entre ellos hubiera mediado palabra, estaba claro su tácito acuerdo para mantener todo entre sombras, como si esa obscuridad artificial les permitiera abrir un paréntesis en el tiempo.

—¿Cuándo ocurrió? —preguntó el secretario particular con un dejo de rabia.

A juzgar por la tonalidad de sus músculos, por lo menos hace seis horas —contestó el mayor Sergio Peralta, su médico de cabecera durante los últimos dos años y medio.

El gesto adusto de Axkaná Guzmán hizo evidente su molestia por esa respuesta lacónica, tan común en el lenguaje telegráfico y casi monosilábico de los militares: "sí señor, no señor, positivo, negativo, correcto, incorrecto".

Bueno, entre seis y ocho —agregó el militar, buscando conectar con su interlocutor.

Éste lo veía fijamente pero su mirada desconcertaba al médico, no entendía si era coraje o dolor lo que reflejaba, por lo que pensó que en esas circunstancias lo mejor era mostrarse empático. Más aún, porque sabía que la relación entre ellos, por razones que desconocía, nunca había pasado de cubrir las mínimas formalidades de la cortesía.

No parece que haya sufrido —añadió en tono de consuelo—. Sólo le dejó de funcionar el corazón mientras dormía. Fue un paro cardiaco. Si observa, la posición de su cuerpo, de sus brazos y su gesto, no revelan que haya habido dolor. La ropa de cama está ordenada y no da la impresión que haya intentado levantarse o que hubiera fallecido después de estar agitado. Le examine la boca y no vi indicios de vómito.

§§§§

Aun encorvado, ese cuerpo inmenso y voluminoso, se hundía y llenaba toda la cama. Axkaná se preguntaba cómo, cuando aún vivía la esposa del presidente, pudieron ambos ocupar el mismo lecho. Recordó lo pequeña que era ella y cómo quienes por vez primera conocían a la pareja, como a él mismo le sucedió, quedaban sorprendidos por lo contrastante de sus tallas, lo que en el ambiente político sirvió de abono para que más de uno inventara cualquier cantidad de supuestas anécdotas y chistes, algunos de las cuales eran en extremo vulgares.

Le pareció curioso que en esa postura hubiera muerto; doblado hacia delante, como un feto que espera el soplo de vida, así le había sorprendido la muerte. Se preguntaba qué lo llevaría a juntar las rodillas casi con la barba, como si en la agonía, la mente, de repente, recordara el trauma de nacer; momentos extremos de la vida, donde quizá aflora la misma angustia por regresar a la protección del útero materno.

Sentía sobre sus hombros la presión de los demás que estaban con él en la habitación. No decían palabra, pero sabía que su silencio era una forma de hacerle notar que estaban a la espera de que él, como su secretario particular, diera el primer paso y dijera qué hacer. Lo que destaparía todo y crearía un torrente imparable de eventos tan imprevisibles como lo que ahí había ocurrido.

Fugándose por un momento y con la intención de meditar sobre cómo debería actuar, Axkaná se dio a la tarea de revisar con la mirada cada rincón de esa habitación a la que, pese a la total confianza que siempre le había externado el presidente, nunca le permitió la entrada, no obstante que algunas circunstancias lo hubieran hecho necesario, como cuando el mandatario tuvo que convalecer de una aguda gastroenteritis que lo debilitó de manera sensible. Pero en esa ocasión, él prefirió vestirse y caminar con dificultad hasta su despacho privado, antes que dejarse ver enfermo, en pijama y acostado en su cama.

Axkaná oteaba a su alrededor y encontraba extraño que al mirar los objetos personales del presidente la muerte parecía también haberlos alcanzado, como si ellos alguna vez hubieran tenido vida y ésta se hubiera desvanecido con el último aliento de su dueño.

Aun así, mudos, lo describían.

Observó con detenimiento cómo sus pantuflas estaban juntas, bien alineadas y colocadas justo en el extremo superior derecho del tapete de pie de cama.

Todo lo que estaba sobre su mesa de trabajo se encontraba acomodado prolijamente. En el lado opuesto al sillón, sus papeles y documentos de trabajo estaban clasificados por temas y formaban una hilera que recorría al mueble de extremo a extremo hasta topar con una computadora de escritorio de modelo reciente pero que casi no utilizaba, porque prefería la movilidad de su lap top. Ésta, colocada en el centro, resaltaba por el azul claro de su tapa sobre la cual descansaba un minúsculo *USB* encadenado a un llavero con el obvio objetivo de evitar su extravío. A la derecha había un celular dentro de su cargador, un tarro de cerveza lleno de lápices, plumas y marcadores amarillos, y a la izquierda descansaba su viejo y desgastado portafolio de piel.

Esa obsesión por el orden le llamó la atención desde que lo conoció veinte años atrás; todos los objetos que tenía en su escritorio, en las mesas laterales y en los libreros de su despacho siempre los colocaba en un lugar y con una orientación que nunca variaba.

En una pequeña mesa de noche que flanqueaba la cama en su lado derecho estaban: una taza con residuos de té de canela, una tira de aspirinas a medio usar, su inseparable pastillero de plata, un envase con la etiqueta en inglés que contenía grageas de glucosamina, y que daba la impresión de apenas haber sido abierto, a juzgar por los restos de su empaque que ahí se encontraban.

Sobre el buró sólo había un reloj despertador con la alarma puesta para sonar a las 5.30 de la mañana, que evidentemente no escuchó, y más de diez libros apilados de los cuales asomaban varios separadores de páginas con las formas más variadas, que a fuerza de recibirlos como regalos frecuentes lo convirtieron en involuntario coleccionista.

Bastó que una vez comentara entre sus colaboradores más próximos que añoraba los listones que se usaban para separar las páginas en los libros religiosos, para que de ahí en adelante en cada cumpleaños, en Navidad, o como recuerdo de algún viaje, recibiera por lo menos uno de regalo. Más aún, porque su austeridad característica no daba muchas opciones al momento de pensar en obsequiarle algo.

Los libros estaban apilados según su dimensión; abajo los más anchos y arriba los de menor tamaño. Pero todos con el lomo del mismo lado. Varios de ellos tenían más de un separador entre sus páginas, lo que de un vistazo revelaba la forma como le gustaba adentrarse en una época, leyendo de manera simultánea ensayos históricos, novelas, relatos de batallas o de juicios famosos y biografías de los personajes que fueron relevantes, aunque éstos pudieran pertenecer a ámbitos tan diferentes de la política como la arquitectura, la pintura o la música.

Hablar de historia lo apasionaba y más cuando lo hacía con quienes les tenía afecto, porque quería transmitir la emoción que él sentía alrededor de un hecho histórico o de algún personaje. Esto hizo recordar a Axkaná un consejo que el presidente solía darle sin importarle cuántas veces se lo hubiera dicho antes.

—Para comprender un hecho histórico o entender una situación política empiece por desconfiar de lo que parezca evidente. De lo contrario su mente quedará atrapada en una caja. Mire en todas direcciones. Así, podrá amarrar los cabos, que además de estar sueltos, es probable que sean los menos obvios. La historia está llena de ejemplos donde lo que era evidente sólo sirvió para ocultar la verdad.

A Axkaná le pareció curioso que en esos momentos se acordara de esa recomendación, cuando justo la aparente obviedad de lo que acontecía a su alrededor lo empezaba a incomodar.

§§§§

Volvió a dirigirse al doctor Peralta:

—¿Dice usted que murió hace seis u ocho horas?

—Afirmativo —respondió marcialmente.

Axkaná hizo una mueca, otra vez contrariado por lo breve de la respuesta. Esto lo obligó a deliberar en voz alta, mientras caminaba a través de la habitación con la intención de sacar del médico militar una explicación más amplia y precisa.

—O sea, que si el ordenanza advirtió que estaba muerto al venir a despertarlo a las 5.45 a.m. ¿sería probable que hubiera fallecido ayer y no hoy? Yo conozco que se fue temprano a la cama; como a las 9.30 pm, porque me llamó a mi oficina para darme algunas indicaciones sobre la agenda del día de hoy. Me dijo que se sentía muy cansado, con un poco de fiebre y que le dolían los huesos, por lo que prefería meterse a la cama temprano para sudar la calentura con un par de aspirinas y un té de canela bien caliente, lo que, como usted sabe mejor que yo, solía ser su remedio preferido cuando estaba por darle gripe.

—Es cierto, a él no le gustaban los antigripales, prefería dejar que la gripa fluyera —agregó el doctor Peralta con una leve sonrisa, como si recordara algo que a él le parecía un rasgo simpático del presidente.

Pero, el tono de la voz del militar se tornó serio cuando abordó la cuestión de la hora de la muerte. Incluso empezó su comentario tartamudeando lo que delataba su preocupación respecto a la forma como se tomarían sus palabras y por tener que decirlas en una situación tan complicada, rodeado de personas con las que, hasta ese momento, había tenido escaso trato.

—En efecto, el *rigor mortis* nos indica que la muerte pudo ocurrir más cerca de la media noche que de las 5.45 cuando lo intentaron de despertar. Pero para establecer la hora precisa del deceso se necesitaría practicar una autopsia clínica, lo que tomaría por lo menos cuatro horas, con la salvedad de que estaría incompleta si no se hacen varias pruebas de laboratorio cuyos resultados tardarían mucho más que eso, incluso días. Además de que, por haber sido una muerte natural, se requeriría del consentimiento de la señora Sofía.

Hasta ese momento ella había permanecido casi inmóvil con la mirada extraviada en el rostro de su padre, al que le había retirado la sabana que lo cubría tan pronto entró en la habitación, para después abrazarlo entre sollozos apenas audibles. Esto hizo que el doctor Peralta le acercara una silla al costado de la cama, donde había permanecido sentada mientras mantenía asidas sus manos a las de su papá.

La relación entre ellos era una montaña rusa; períodos de gran euforia durante los cuales mantenían un estrecho y frecuente contacto —al punto que el intenso tráfico de llamadas y mensajes entre los celulares de ambos podría hacer pensar que se trataba de un affaire amoroso—, se alternaban con lapsos largos de distanciamiento durante los cuales no se hablaban, ni se escribían, y que por lo regular se iniciaban después de acaloradas discusiones en las que terminaban por revivir viejos agravios – reales o así percibidos por algunas de las partes.

Pero ahora, cuando estaban en la parte más baja de un período de alejamiento, el silencio entre ambos sería para siempre. Por eso ella se preguntaba con remordimiento por qué no había dado el primer paso para restablecer la relación. En esa madrugada le parecían estériles las semanas de silencio que apenas ayer consideraba como una actitud que justificaba el coraje y la frustración que en ella despertó lo que él había hecho. Rabia que irónicamente sólo existió mientras vivió su padre.

La conclusión de este absurdo la sumió en una profunda tristeza.

§§§§

Tan pronto llegó a Los Pinos esa mañana, Axkaná se dirigió a la pequeña casa donde la hija del presidente vivía desde su divorcio.

Pese a que no era de su interés regresar a México, su padre la convenció de que al menos lo hiciera durante una temporada, para lo cual le habilitó como casa, unas oficinas que estaban en la parte trasera de la residencia oficial y que alguna vez habían tenido ese propósito.

Vivir lejos del mundo de su padre la relajaba. Nunca le había gustado el ambiente político porque lo consideraba plagado de personajes falsos y donde la amistad no pasaba de ser un gesto hueco que, en más de las veces, se establecía con base en el interés que representaba la relación con una persona en un momento y circunstancias determinadas.

Durante la carrera política de su padre vio como los amigos iban y venían según éste se encontrara en un momento exitoso o en una etapa difícil, lo que también le había permitido conocer a individuos que en aras de trepar eran capaces de mostrar el servilismo más degradante, al extremo de ofrecer el trasero de sus esposas e hijas, pero que tan pronto recibían algunas gotas de la vitamina del poder, su memoria se acortaba y con rapidez se olvidaban de quiénes algún día les habían ayudado, a la vez que cambiaban la humildad rastrera por una actitud prepotente y déspota.

Sofía era una mujer dura, lo que aunado a su atractivo físico le daba un aire de belleza gélida. No era provocativa en un sentido erótico. Pero su forma de vestir resultaba elegante aun sin usar ropa de marca o comprarla en las boutiques de moda. Sus facciones delgadas y lo grande de sus ojos recordaban a las mujeres de los años veinte, mientras que su cabello lacio y algo canoso, creaban un conjunto que llamaba la atención.

Pese a la cercanía afectiva que tenía con su padre se habían visto poco durante los últimos quince años, porque desde que hizo su doctorado en lingüística permaneció en Irlanda donde se casó y residió hasta su divorcio.

Las relaciones entre ella y Axkaná eran cordiales y de vez en cuando llegaban a intercambiar bromas que demostraban cierta familiaridad. A él, ella le gustaba y cuando supo de su separación empezó a fantasear con la idea de pretenderla, aunque en el fondo sabía que, al menos mientras su padre fuera presidente, ésta no sería una opción dado el conflicto de intereses que provocaría que su hija tuviera una relación con su secretario particular. Así, que prefirió no pasar del secreto disfrute de una fantasía; al menos por un tiempo.

La esperó en la sala de su casa. Ella bajó con el rostro serio envuelta en una bata.

—¿Qué pasa? —le preguntó al tiempo que lo invitó con un gesto a tomar asiento.

Le explicó sin rodeos lo mismo que él sabía en ese momento.

Ella se limitó a oírlo sin mostrar ninguna emoción.

Axkaná se percató de que, como su padre, ella también había aprendido a controlar sus sentimientos, aunque sabía que en ocasiones su carácter era explosivo. No hizo comentario, ni pidió información adicional. Sólo le pregunto si podía verlo.

—Desde luego —contestó—, si quieres te espero mientras te vistes para acompañarte y que no camines sola, todavía está un poco obscuro.

—No, adelántate, seguro que tú tienes muchas cosas que atender. Se te viene dura.

Ella lo acompañó a la puerta y por unos instantes lo abrazó con suavidad, dejando caer la cabeza en su hombro.

Cuando se separaron Axkaná pensó que quizá ella había llorado. Pero sus ojos seguían estando secos.

—Gracias, ahora voy —Le dio un beso en la mejilla y se despidió.

Él casi cerraba la puerta, cuando se volvió sobre sus pasos. La encontró apenas al pie de la escalera y le dijo:

—¿Te puedo pedir un favor?

—Sí, lo que quieras.

—No hables con nadie de tu familia todavía, ni tampoco con ninguna amiga. Tú sabes lo que ocurrirá tan pronto esto se sepa, por lo que antes es necesario pensar con calma, sin perder el sentido de urgencia, la mejor forma de manejarlo.

—No te preocupes. Te entiendo, en estos momentos lo menos importante es la muerte de mi padre… razones de estado —añadió con sarcasmo.

Se dio la vuelta y subió a cambiarse.

§§§§

Cuando el militar terminó su comentario respecto a sus reservas para practicar una autopsia, Sofía le dirigió la mirada a Axkaná, esperando ansiosa su respuesta. Esto lo turbó, y al no estar seguro qué contestar, prefirió escabullirse.

Sí, entiendo —dijo Axkaná en un tono adrede neutral para no manifestar ninguna opinión al respecto.

Volvió a sumirse en sus deliberaciones para decidir lo que debería hacer. Sentía que el tiempo empezaba a pasar de una manera más rápida. Analizaba sus opciones y sopesaba las implicaciones de cada una. Esto hizo que empezara a pensar en personas específicas a quienes debería llamar, y por ello valoraba, uno a uno, los pros y contras de compartir la noticia con cada una. De aquí en adelante no podría actuar solo, pero tampoco la noticia del fallecimiento del presidente podía gritarse a los cuatros vientos. Esto implicaba que debía ayudarse de individuos que considerará leales y actuar con discreción extrema.

La voz del general Pascual Guajardo, jefe del Estado Mayor Presidencial, lo sacó con brusquedad de sus reflexiones. Se espabiló con rapidez y se sintió avergonzado al percibir que los demás se habían dado cuenta de que su mente estaba en otra parte.

—Sí, Pascual —dijo tratando de recuperar el control de sí mismo y disimular lo lejos que había estado.

—¿Cuánto tiempo debemos esperar para decidir lo que vamos a hacer? Ya son casi las 7.15 y muy pronto las actividades rutinarias y la agenda se van a venir encima, y será más difícil evitar que la noticia se difunda.

—¿Quiénes la conocen hasta ahora? —preguntó Axkaná con el ánimo de tener tiempo para aclarar sus pensamientos más que con la intención de enterarse de algo que él ya sabía.

—Hasta ahora sólo lo sabemos los cuatro que estamos aquí, más el cabo que descubrió el cadáver y el coronel Henríquez, subjefe del Estado Mayor que por fortuna se encontraba en Los Pinos cuando pasó todo. Es decir, que hasta este momento, nada más seis personas conocen la muerte del presidente.

—¿Dónde está el cabo? —preguntó Axkaná preocupado.

—Desde que Henríquez me comunicó la noticia por teléfono, le pedí que mantuviera todo en absoluta discreción y que no lo dejara salir de su oficina, ni le quitara la vista de encima.

En ese momento el doctor Peralta frunció el ceño porque tomó plena conciencia de que él también estaba bajo vigilancia. De hecho, le había parecido extraño que a punto de salir a buscar un baño, Guajardo se interpusiera discretamente en su camino y le indicara que mejor usara el de la habitación del mandatario, cuando por experiencia en viajes y reuniones sabía que todo lo presidencial casi se trataba como sagrado. Incluso recordó la vergüenza que pasó durante la primera gira internacional en la que acompañó al presidente, cuando habiendo abordado el avión TP – 01 casi se sienta por error en el asiento de éste, si no es porque una sobrecargo le dio un leve jalón en el brazo y le dijo en voz baja a quién correspondía ese lugar. Por lo que se ruborizó al percibir que el resto de la comitiva había atestiguado su novatez en los rituales del poder.

—Por suerte, —empezó a decir Axkaná dirigiéndose a Guajardo— la agenda de hoy iniciaba a las 9 am con un acuerdo conmigo, lo curioso es….

Axkaná dejó su comentario a medias, cuando advirtió que él desconocía por completo lo que el presidente le iba a tratar durante su acuerdo.

§§§§

Axkaná estaba en ascuas respecto a ese acuerdo, porque éste lo había programado de manera súbita el propio presidente apenas la noche anterior. No le pidió nada en particular. Sólo le llamó por la red privada poco después de las 9.30 pm y le dijo que apartara las primeras dos horas del día, porque quería desahogar con él algunas cosas que estaban muy atrasadas. Incluso le mencionó un documento que deseaba que leyera pero que se lo quería entregar en propia mano. Por último, le informó que sentía que iba a darle gripe y que ya había pedido un té para irse a acostar temprano. Comentario que le pareció normal porque sabía cuál era su remedio casero favorito tan pronto advertía los síntomas de un resfrío.

Colgó y no meditó sobre la instrucción que le había dado hasta que terminó de hacer las llamadas necesarias para ajustar la agenda y enviarla al Estado Mayor para su distribución. Era tarde y quería irse a su casa de Metepec, lo que significaba recorrer más de 50 kilómetros antes de poder descansar. Pero, apenas apretó con el ratón la tecla "enviar", se dio cuenta de que, conociéndolo, el tono de la llamada había sido inusualmente vago, además de que su obsesión por el orden dejaba poco espacio a que algo estuviera atrasado. Al menos él, no se acordaba en ese momento de ningún asunto pendiente.

—¿Qué podía ser entonces? —empezó a preguntarse.

Era obvio que a través de la red telefónica presidencial el mandatario no quiso ser más específico. Nunca, y en particular cuando quería tratar asuntos delicados, había confiado en la privacidad de ésta, aunque siempre se aseguraba de darle a su interlocutor alguna pista. Pero en esta ocasión, Axkaná no la encontraba por ninguna parte y lo del documento que le entregaría en propia mano sólo acrecentaba su incertidumbre.

Eso le creó desde que salió de Los Pinos y a lo largo de toda la noche, una sensación de incomodidad e impaciencia que lo mantuvo en vela hasta las 5 de la mañana, tratando de encontrar en vano el hilo de la madeja. Pero apenas una hora más tarde lo llamó Pascual Guajardo para decirle que el presidente había muerto.

—¿Qué ocurrió? —dijo sobreponiéndose al impacto inicial que lo dejó mudo por unos instantes y le aceleró con fuerza los latidos del corazón.

—No sabemos –dijo, Guajardo en un tono que denotaba alteración y apresuramiento ante lo inesperado de las circunstancias —el ordenanza abrió, bueno, antes tocó la puerta, y al no responderle se atrevió a entrar a la habitación porque desde siempre tenía la instrucción de despertarlo en caso de que todavía se encontrará dormido; le habló varias veces e, incluso, lo movió, pero al darse cuenta que no respondía se dirigió de inmediato al coronel Henríquez. Éste, tan pronto confirmó el deceso, se comunicó conmigo. Además me indicó que sus músculos empezaban a mostrar el rigor mortis. Esto ya lo confirmé yo mismo.

—¿Quién más lo sabe? —preguntó Axkaná con impaciencia.

—Tú, yo, Henríquez y, claro, el cabo López que servía de ordenanza.

—Está bien —respiro con alivio— voy para allá. Llama al doctor Peralta, y dile que se le necesita con urgencia en Los Pinos porque el presidente se siente enfermo, pero no le digas nada más aunque trate de averiguarlo. Como vive cerca, lo más probable es que llegue antes de mí. No dejes que abandone la habitación, ni que se comunique con nadie. Asegúrate de que Henríquez vigile al cabo. No quiero que nadie más lo sepa hasta que evaluemos bien la situación.

Casi colgaba cuando oyó en el auricular: —¿Qué hacemos con la señora Sofía? —preguntó Guajardo.

Puta madre, es cierto —respondió con enfado—, yo le avisaré personalmente. Por lo pronto no hagas nada. Ah, se me olvidaba, cierra con llave su despacho y que no entre nadie.

Axkaná se bañó en menos de tres minutos con un agua helada que le caló los huesos y se vistió con rapidez usando, contra su costumbre, el mismo traje y la misma corbata que se había puesto el día anterior. Salió casi a paso veloz, se puso al volante de su automóvil y arrancó a toda velocidad. Esto tomó por sorpresa a sus guardaespaldas que apenas tuvieron tiempo de aventar al piso los vasos de café desechables y engullir de un bocado los bizcochos que tenían en la mano, para tomar su vehículo y salir pitando detrás de él.

Paradójicamente manejar, y no ir de pasajero, le permitía concentrarse cuando más tenso estaba. Como si conducir un vehículo a alta velocidad le hiciera disipar la tensión y aclarar sus ideas.

Así le quedó claro que todas las incógnitas que lo mantuvieron despierto serían ahora más difíciles de resolver, porque estaba muerta la persona que debería aclarárselas. Situación que se complicaba aún más, porque ahora tendría que añadir las interrogantes que la muerte del presidente le empezaba a generar de manera exponencial, en la medida que meditaba sobre ella y sus implicaciones.

Esta incertidumbre lo inducía a una situación inaudita, porque de manera instintiva sentía la necesidad urgente de llamar al presidente para informarle lo que estaba sucediendo y pedirle orientación.

Se percató de lo absurdo de este pensamiento y sintió un agudo escalofrío, porque en ese instante tomó cabal conciencia de la soledad absoluta en la que se encontraba y en la que tendría que enfrentar el momento más difícil de su carrera, sino es que de su vida.

Bajó la velocidad en forma súbita, provocando casi un alcance con el coche escolta que lo seguía.

—Ahora —se dijo— quisiera que todo se moviera más despacio.

Y justo en ese instante le vino a la cabeza la fecha de ese día: primero de diciembre.

Hoy le tenía planeado sin que él lo supiera, porque el presidente era enemigo de agasajos, y sobre todo si eran públicos, un almuerzo con su hija y los más cercanos para celebrar el inicio de su tercer año de gobierno. Axkaná lo disfrazó en la agenda como almuerzo privado y le dijo que Sofía quería comer con él. Para eso se puso de acuerdo con ella, y a quién le gustó la idea porque le serviría de excusa para buscar un acercamiento con su padre dado que su relación pasaba por horas bajas.

—Primer día del tercer año, primer día del tercer año, primer día del tercer año —se repetía a sí mismo y en cada reiteración emergían nuevas piezas de un rompecabezas cuya forma y dimensión final ni siquiera podía imaginar.

Atrás de él, sus guardaespaldas lo seguían confundidos debido a que la lentitud de su marcha contrastaba con la forma como solía conducir cuando en la carretera había poco tráfico.

§§§§

En la penumbra del amanecer su mente retrocedía en el tiempo.

Desde los meses anteriores al día del segundo Informe Presidencial, cuando empezaron a discutir las nuevas políticas públicas que se implantarían, muchas de las cuales se reforzarían con reformas legales que se anunciarían también en ese momento y que se enviarían al Congreso para su discusión, tanto él como otros miembros del círculo cercano del presidente, advirtieron que las cosas se pondrían muy tensas y que se abrirían muchos frentes de manera simultánea porque implicaban un golpe de timón en el rumbo del gobierno. Pero por su proximidad y por los muchos años de convivir cotidianamente con él, Axkaná se percató, antes que todos, de que el mandatario tramaba algo radical al punto de mover las fronteras dentro de las cuales siempre se había desenvuelto y que lo hacían, para propios y extraños, fácil de predecir. Esta característica le había procurado una imagen pública de confiabilidad para todos los actores políticos, incluidos sus opositores.

El primer indicio ocurrió poco después de su primer informe de gobierno durante las reuniones que, con su equipo más cercano, sostenía las mañanas del primer sábado de cada mes y que por lo regular se dedicaban a valorar los avances y analizar los rezagos en las grandes líneas de su gobierno. En ellas también se revisaban los escenarios que se preveían para los siguientes seis meses tanto en el ámbito interno como en el internacional.

El presidente comenzó por hacer comentarios casuales alrededor de ideas que ponía sobre la mesa sin que estuviera claro porque lo hacía. Algunos, entre ellos el propio Axkaná, pensaron que su intención era crear un debate académico más que pretender un propósito práctico. Sobre todo porque algunas de ellas eran audaces. Pero lo curioso fue ver, que una vez encendida la discusión, él no asumía una posición específica sino que cambiaba constantemente de bando, por lo que nunca quedaba claro si estaba a favor o en contra.

Con el paso de los meses este tipo de discusiones se convirtieron en un proceso de aproximaciones sucesivas y lo que fueron planteamientos muy generales pasaron a ser conceptos más refinados, en la medida que el grupo meditaba sobre ellos y aprendía de sus propias discusiones.

Esto lo estimulaba el propio presidente, quien dejaba claro que entre reuniones se daba a la tarea de estudiar y obtener información que después compartía. Aunque, sólo Axkaná sabía, porque se lo había confiado, que buena parte de ésta provenía de una red de personas con antecedentes profesionales muy variados que eran de su absoluta confianza y con quienes mantenía comunicación a través de su cuenta personal de correo electrónico, o durante almuerzos y cenas privadas, que de preferencia dejaba para los fines de semana.

La evolución de este proceso de análisis y reflexión tomó un giro más formal, cuando el presidente se reunió con Axkaná y Joaquín Benavides, su jefe de asesores, para seleccionar a quienes serían los responsables de liderar pequeños grupos que se encargarían de desarrollar cada idea a mayor profundidad con el objeto de convertirlas en políticas públicas, y plantear y detallar los cambios que fuere necesario hacer en el marco legislativo.

Les indicó que ellos coordinarían los trabajos: Benavides los vinculados a temas económicos y Guzmán los políticos y sociales. Él se reservó las cuestiones que tuvieran que ver con gobierno, seguridad y relaciones internacionales. Además tomó la responsabilidad de designar a los encargados de cada grupo, a quienes en privado les informaría de su nombramiento, de lo que esperaba de ellos y, en particular, de sus indicaciones en materia de confidencialidad.

Todos los archivos deberían estar protegidos con clave y se guardarían en dispositivos de almacenamiento masivo. No habría copias duras, los temas no se discutirían fuera de los grupos hasta que él lo autorizará y todas las comunicaciones se harían utilizando direcciones privadas de correo electrónico. Punto, este último, sobre el que fue muy enfático, no quería ningún documento en el servidor de la presidencia, ni de ninguna área del gobierno.

Salvo este acento, quizá exagerado respecto a la secrecía con la que el presidente deseaba que procedieran, para ninguno de los dos esta forma de trabajo les resultaba novedosa, puesto que habían colaborado muchos años con él y fue la misma que emplearon después de la campaña para elaborar el plan de gobierno. Sin embargo, lo que sí sorprendió a ambos, fue que ahora estuviera dispuesto a emprender acciones que otrora no había considerado por razones políticas y que esto se lo planteara durante el segundo año de su mandato.

Cuando Benavides, un economista de formación matemática, que sufría de una aguda incomodidad al momento de encarar situaciones ambiguas que no tenían respuestas precisas, le hizo notar este punto, el presidente respondió en un tono y de una forma que no dejó espacio para continuar un diálogo.

—No sé con precisión lo que voy a hacer, ni cuándo, pero si decido seguir adelante quiero estar seguro de hacerlo bien y actuar en el momento adecuado. No quiero, como ha sucedido con otros, gobernar a partir de ocurrencias legislativas mal hechas, inoportunas y peor negociadas. Aunque tampoco creo que el desempeño de un presidente dependa exclusivamente de que prosperen sus iniciativas. Al margen de éstas y con las leyes vigentes hay mucho que se puede hacer, si estamos dispuestos a asumir las consecuencias. Preparémonos aunque corramos el riesgo de no pasar de una intención, pero hagámoslo en silencio.

El presidente echó para atrás su sillón palmoteándose ambos muslos. Señal inequívoca, para quienes lo conocían, de que la conversación estaba concluida y que debían retirarse.

Axkaná, a diferencia de Benavides, era más perceptivo y tenía una gran facilidad para entender las entrelíneas, el lenguaje corporal y lo que, sin verbalizarlo, se podía estar diciendo. Por ello era frecuente que después de acudir juntos a alguna reunión, el segundo le pidiera su punto de vista, en especial cuando las cosas no se veían muy claras.

Tan pronto cerraron la puerta del despacho presidencial Benavides siguió a Axkaná hasta que entraron a la oficina de éste.

Tomaron asiento en un par de sillones de cuero desgastado y de inmediato, con la rapidez de un balazo, Benavides formuló la pregunta obvia, la de siempre cuando se daba cuenta de que había estado flotando en el ambiente algo más de lo que podía entender.

—¿Cómo lo ves? Tú lo conoces mejor que yo.

Axkaná guardó silencio, y por suerte para él, ocurrió la consabida interrupción de la secretaria para ofrecer "algo de tomar", lo que le dio tiempo para meditar un poco la respuesta.

— Tú bien sabes que si yo supiera algo más que tú, no te lo diría. Pero créeme, estoy en las mismas. No des por hecho que por ser su secretario particular desde hace muchos años, me lo cuenta todo o puedo conocer el detalle de lo que entra y sale de su oficina. Eso era antes cuando no existían el internet y los correos electrónicos. Ahora, ya no hay papel, ni mensajeros que entregan sobres en propia mano marcados con la leyenda "Personal y confidencial" y que sólo podían abrir los destinatarios, como cuando tú y yo empezamos a trabajar.

Un largo suspiró delató la decepción de Benavides, aunque prefirió permanecer callado para darle tiempo a Axkaná de que se explayara.

—Sí, lo vengo notando raro, Joaquín. No te lo puedo negar. Y estoy de acuerdo con la pregunta que formulaste, porque cuando ya habíamos optado por seguir determinada ruta, lo que incluso significó desechar y aplazar varias de las promesas de campaña, lo que nos representó un costo político, ahora parece que la intención es revivirlas, lo que no será una tarea sencilla por los intereses que deberemos enfrentar.

Benavides fiel a su pensamiento sistémico y analítico, donde todo efecto tenía una causa y cada pregunta una respuesta, no pudo aguantar más para describir la incertidumbre que lo apesadumbraba.

—No me queda claro lo que viene, o peor aún, si vendrá. Tú lo oíste. Él tampoco está seguro. Creo que lo único que tenemos en concreto es que, desde su primer informe, algo empezó a cambiar en él, y no sólo me refiero a este giro imprevisto de volver sobre temas que alguna vez revisamos, sino a que lo veo mucho más reservado, muy desconfiado, vuelto en sí mismo. Esa actitud nos la ha contagiado al punto que nosotros mismos como grupo, como si estuviéramos en campaña, estamos actuando igual, con la diferencia de que ahora nos encontramos dentro de un gobierno donde sus principales funciones tienen responsables, y pese a ello, varios de nosotros tendrán encomendados en secreto asuntos que son competencia de otros. ¿Por qué no los quita si son tan pendejos y les pide a los nuevos que modifiquen el rumbo?

—No finjas Joaquín. Tú mejor que nadie sabes cómo se integró el gabinete y la cantidad de concesiones que se tuvieron que hacer, porque ganamos las elecciones por un pelo de rana y no tenemos la posibilidad de controlar el Congreso. En muchos casos no llegaron los mejores, ni los más aptos, ni aquellos que contaban con experiencia sino los que eran más convenientes para todos los partidos, pese a lo mínimo de su experiencia o a su probada ineptitud, la cual muchos han ratificado con creces en menos de un año. Conoces bien lo cabronas que estuvieron las negociaciones con la oposición e incluso dentro de nuestro partido y con los que se aliaron con nosotros.

A Axkaná le costaba trabajo permanecer sentado durante mucho tiempo y más cuando se trataba de una discusión que lo encendía. Se levantó y gesticulando con ambas manos mientras caminaba esquivando los muebles de su oficina, le dijo en tono imperativo:

—Acuérdate que esto lo anticipamos cuando se modificó la Constitución para que el Congreso ratificara a todos los miembros del gabinete, lo que en nuestra inmadura democracia, lejos de significar un avance ha representado para las cúpulas partidistas una oportunidad de oro para negociar entre ellos con el fin de poner a sus incondicionales como secretarios y ganar cuotas de poder en el Ejecutivo. En México cuando algo es facultad del Congreso, en la práctica resulta ser una potestad de las cúpulas partidistas. Por eso es que estamos trabajando como un grupo arrinconado que resulta en una especie de gabinete a la sombra, que además no puede confiar ni en los pinches servidores que utiliza.

—Pero ¿cómo planea llevar todo adelante, si estamos copados? —preguntó Benavides con incredulidad.

—No lo sé. Por ahora me basta confiar en él para seguirlo. Hagámoslo en silencio, como nos dijo.

§§§§

Axkaná miró preocupado que su reloj marcaba las 7.35 y se dirigió a Pascual:

—Es cierto, debemos empezar a movernos esto no se puede diferir más.

Dejando claro que asumía el control de la situación, Axkaná le pidió al doctor Peralta que si podía permanecer en la residencia hasta que le pudiera precisar el apoyo que requeriría de él, para lo cual le solicitó que pasará a una sala que estaba contigua a la recámara, y que el presidente usaba para ver la televisión y películas durante los fines de semana.

En principio, Peralta respondió con docilidad, pero las cosas se tornaron tensas cuando comentó que quería llamar a su esposa, aduciendo que siempre que salía solo de madrugada ella se ponía muy nerviosa, más aún en esa ocasión en particular, porque debió usar otro auto, dado que el suyo se descompuso y su chofer se quedó tratando de repararlo.

—Desde luego mayor, pero le voy a pedir que la llame desde aquí y que al terminar le entregue su celular al general Guajardo.

—Pero licenciado —contestó con evidente molestia al sentir que un civil le daba órdenes— esto es totalmente anormal.

—De eso no me cabe la menor duda, doctor —admitió Axkaná con cinismo— en estos momentos todo es anormal y le pido a usted que lo comprenda.

—¿Es que no confía en mí? —preguntó el médico con incredulidad y en forma altanera.

Pero ello sólo lo condujo al paredón de las respuestas directas que caracterizaba a Axkaná.

—No. En estos momentos y en estas circunstancias no confío en nadie. Le pido que comprenda la situación. Esta noticia no puede salir de esta casa. Mi actitud no tiene nada de personal, le ruego que nos dé cuando menos un par de horas.

Peralta se sintió humillado, pero ante lo inédito y confuso de la situación, cuyas implicaciones legales y políticas no comprendía con plenitud, no tuvo más opción que obedecer las órdenes, aunque fueran de un civil. Más todavía, porque el silencio de otro militar con rango superior validaba en los hechos esa instrucción.

El doctor se comunicó con su esposa, mientras los demás oían la conversación y aguardaban.

Axkaná aprovechó ese lapso para llamar a Guajardo a un rincón de la recámara y decirle al oído con una voz muy baja:

—Retira el teléfono y asegúrate de que no salga, al fin que esa sala tiene baño. Que lo atiendan bien para que esté tranquilo. No sé cuánto tiempo vamos a tardar. Sin decirles de que se trata convoca a una reunión urgente a los secretarios de Gobernación, Defensa, Marina, al presidente de la Suprema Corte, al presidente de la Cámara de Diputados, al Subsecretario de Hacienda y a Joaquín. Por último consigue de la manera más discreta que te sea posible un machote de un certificado de defunción. Quizá para ti sea más fácil hacerlo en el Hospital Militar.

La conversación telefónica de Peralta no pasó de un número interminable de "si estoy bien, no te preocupes" con lo que todos pudieron comprobar que, en efecto, su esposa era una aprehensiva profesional.

Peralta apagó el celular y se lo entregó a Guajardo con una mueca de disgusto.

—Gracias, doctor. Ahora creo que debemos dejar sola a la señora Sofía con su padre.

Axkaná esperó a que salieran Guajardo y Peralta, pero él permaneció adentro. Cerro con suavidad la puerta, puso el seguro y jaló una silla para sentarse a corta distancia de ella.

—Sofía, sé cómo te sientes en estos momentos y que necesitas estar sola con tu padre el tiempo que tú lo quieras. Pero debo decirte que no me queda claro lo que pasó y que hasta el momento no estoy seguro de cuáles deberán ser los siguientes pasos. Apenas hace hora y media que me enteré y todavía estoy tratando de asimilarlo.

—¿No te tragas que fue un paro cardíaco como dijo el doctor? ¿Por eso crees que se debe hacer una autopsia? Lo noté en tu mirada cuando Peralta trató el tema.

—No lo sé. No soy doctor aunque me pareció precipitado su diagnóstico. Apenas llevaba diez minutos cuando concluyó que era un paro cardiaco. Además, un corazón se puedo detener por muchas razones.

—¿Pero tú sí sabías que era hipertenso?

—No, para nada. Pese a convivir tantos años juntos, tu padre nunca me comentó alguna cuestión personal. Sí estaba al tanto cuando lo visitaba su médico, pero desconocía por completo si tenía algún problema de salud. Aunque advertía que cada día recargaba puntualmente su pastillero con pastillas y cápsulas de varios colores.

Pero ignoró qué eran y para qué servían. Apenas ahora, por el envase que está abierto me enteró que tomaba glucosamina, aunque la caja me parece haberla visto antes.

—Sí, la tomaba desde hace muchos años para sus articulaciones y cuando le dolían los huesos. Tres diarias, al mismo tiempo y antes de dormirse. Aunque la recomendación era que lo hiciera con cada comida. Una vez que le pregunté si eso no le hacía daño, me dijo que no le pasaba nada y que prefería hacerlo así porque eran grandes y no cabían en su pastillero, que no quería cambiar porque ése —y señaló la mesa de noche —se lo regaló mi madre cuando visitaron Turquía. Pero tú, ¿cómo lo viste en estos días? Imagino que estaba tenso después de lo que pasó el primero de septiembre.

—Sí, las cosas se pusieron, y de hecho están muy difíciles desde lo que anunció ese día. Tú habrás visto y leído en los medios todo lo que se ha venido después. Esto me hizo verlo más preocupado que lo normal y pese a que, como tú sabes bien, sabía mantenerse ecuánime, sé que lo afectaron las traiciones inesperadas de algunos que le habían ofrecido su apoyo. Pero, asumir que todo esto más su hipertensión —controlada, por lo que me dices— causaron un paro cardíaco puede sonar lógico, pero quizá porque soy un desconfiado compulsivo a mí no convence.

Sofía se levantó con brusquedad y empezó a cuestionar a Axkaná subiendo el tono de voz de manera ostensible. Mientras éste la miraba desconcertado sin comprender lo súbito del cambio, aunque entendía que su comentario final la había alterado al punto de hacerle perder el control.

—¿Qué crees que ocurrió entonces? ¿No me digas que lo asesinaron? ¿Cómo? ¿Eso es lo que quieres probar, que lo mandaron matar como a Colosio? ¿Para eso quieres la autopsia? ¿Quiénes fueron? ¿Dime quiénes? ¿Por qué? ¿Qué ganamos con saberlo si ya está muerto? Siempre le dije que la política era una mierda.

Al final se desmoronó y empezó a llorar profusamente dándole la espalda. Sollozaba con tanta fuerza que por momentos la respiración parecía faltarle.

Axkaná que había permanecido sentado escuchando el exabrupto, se levantó, caminó hacia ella y le puso la mano sobre su hombro. Ella lo abrazó y siguió llorando, mientras él permaneció en silencio en espera de que se tranquilizara.

Axkaná le dio un pañuelo y volvieron a sentarse.

Ella no decía palabra. Él miraba consternado su rostro enrojecido, porque comprendió su fragilidad y la soledad en la que se encontraba. En menos de dos años se había divorciado y perdido a sus dos padres. Ambos de muertes inesperadas. Ambos en Los Pinos. Mientras que su larga ausencia de México le hizo cortar muchas raíces y distanciarse de sus amistades, a cambio de hacer otros en Irlanda. Esto le creaba una sensación confusa respecto a cuál era el verdadero lugar al que pertenecía.

Axkaná la tomó de las manos.

—Cálmate, sé lo que estás pasando. Yo también perdí a mi padre en forma repentina y conozco la rabia que debes estar sintiendo. Como yo, hubieras querido despedirte de él y decirle muchas cosas. Quizá no debí hacerte estos comentarios cuando yo mismo no sé dónde estoy parado y menos aún he asimilado la muerte de tu padre. De alguna manera, para mí también lo era.

—Perdóname, ya pasó —dijo Sofía en una voz apenas audible.

Se limpió la nariz, tomó aire y dio un largo suspiro—. ¿Qué va a ocurrir? —preguntó resignada.

—Primero, quiero dejarte claro que no tengo ninguna idea respecto a la muerte de tu padre. Sólo que hay algo en esta habitación que no encaja, pese a que es obvio que cada mueble y cada objeto están colocados en un orden perfecto sino es que simétrico.

—Así era mi padre, su habitación no podía ser diferente.

—No lo critico, solo te quiero explicar la sensación extraña que, como si fuera un hueco, me ha ido invadiendo durante el tiempo que hemos estado aquí. Es como si vieras la obra maestra de algún pintor y hubiera algo en ella que no identificas pero que te hace dudar de su autenticidad.

—¿Y por eso quieres la autopsia?

—No sé si la autopsia debe practicarse. Ésta no es una decisión que yo pueda tomar solo. Más aún por las implicaciones políticas y prácticas que tendría. Además de que, en su caso, requeriríamos de tu anuencia. Por lo pronto, le pedí a Guajardo que llamará de urgencia al gabinete leal —que no legal— como sarcásticamente le decía tu papá para subrayar quiénes eran aquellos en los que podía confiar.

—¿Cuántos son? —preguntó Sofía con ingenuidad.

—Si incluyes a Guajardo y a mí, somos nueve.

—Nada más esos —dijo sorprendida.

—Sí, en el primer nivel, sólo éstos. Hay otros, pero están en un escalón abajo en varias de las secretarías más importantes. Pero por ahora, no sentí prudente convocarlos. Sólo lo hice con Jaime Lascurain, el subsecretario de Hacienda por lo que en su momento decidamos hacer en el frente financiero. ¿Te sientes mejor?

—Sí, gracias, ya estoy más tranquila.

—Permanece aquí el tiempo que quieras. Voy a dar instrucciones de que no permitan la entrada hasta que tú lo autorices. Sólo te reitero que no llames a nadie hasta que yo te lo indique, quiero mantener todo en secreto el mayor tiempo posible hasta que estemos listos para recibir la avalancha que se nos viene.

—Sí, lo entiendo, ya me lo habías dicho en mi casa. No soy tonta como para no saber que ahora empezará la lucha para determinar quién lo sustituye.

—Sí, a eso me refiero, pero dado el momento de la muerte de tu padre, las cosas serán mucho más complicadas que escoger a su reemplazo. Ya te lo explicaré con calma más adelante. Si quieres llevarte sus objetos personales o lo que desees, estás en tu derecho.

—Gracias —contestó ella con los ojos todavía llorosos—. Más que nada necesito estar con él. Éstos serán los últimos momentos que estaremos juntos y en soledad. Quiero alargarlos lo que se pueda.

Axkaná se levantó y le puso el brazo sobre sus hombros. Esto la reconfortó porque volvió a percibir el sentimiento de protección que tiempo atrás le procuraban los brazos de su ex esposo.

—Sofía, te repito, tómate el tiempo que necesites. Si no tienes inconveniente me llevaré su lap top, su celular, el *USB* y algunos documentos que están sobre la mesa. Creo que en este momento lo mejor será guardar todo esto en la caja fuerte de mi oficina.

Ella asintió con la cabeza, mientras Axkaná guardaba las cosas en el portafolio. Al terminar la tomó con suavidad de la nuca, le dio un beso en la mejilla y sin decir palabra se retiró.

Capítulo II

Axkaná bajó a zancadas la escalinata de la casa presidencial y se dirigió en busca de la soledad protectora de su oficina. Le urgía encerrarse en ella para poder pensar.

Caminaba rápido, aunque con sigilo, porque lo menos que quería en esos momentos era encontrarse con alguien. No deseaba conversar con nadie, ni siquiera para intercambiar las típicas frases huecas que se dicen por cortesía, tampoco que lo vieran llevando el portafolio de cuero del presidente que, por antiguo y usado, era fácil de identificar, lo que podría parecer extraño. Pero ante la imposibilidad de encontrar el estuche de la lap top, no había tenido más remedio que utilizarlo para guardarla junto con buena parte de los papeles que estaban sobre su mesa de trabajo, que al presidente le gustaba usar cuando revisaba documentos sobre asuntos delicados o cuestiones personales.

Sentía el frío decembrino, porque el viento soplaba con fuerza suficiente para mecer las copas de los árboles y hacerlos murmurar.

Sin que hubiera una razón fundada, se sentía observado, incluso que seguían sus pasos. Por lo que mientras caminaba, miraba con disimulo a su alrededor donde a lo lejos reconocía al personal militar que, vestido de paisano y en funciones de vigilancia, se esparcía silencioso en los jardines de Los Pinos como si fueran estatuas vivientes.

A lo largo de su carrera Axkaná aprendió a ser desconfiado y que debía estar siempre en guardia. Varios descalabros le hicieron ver que sobrevivir en el medio político requería una gran dosis de desconfianza. Aunque en esos momentos ésta la sentía al extremo de la paranoia. La sensación de seguridad que le daban Los Pinos se había evaporado tan repentinamente como la vida del presidente, porque en su cabeza, como si fuera un eco interminable, le volvía la idea de que las cosas no eran tan lineales como parecían y eso lo confundía.

Su intuición le decía que actuara con cautela y que no aceptara con facilidad, como siempre le había aconsejado el presidente, lo que en ese momento podría parecer obvio, como fue la explicación que Peralta había dado sobre la causa posible de la muerte atribuyéndola a un paro cardíaco. Pero también pensó, que lo mejor sería no compartir con nadie sus dudas, más aún porque el asunto de la sucesión presidencial ya estaba en extremo complicado y sería imprudente hacer comentarios que sólo confundirían y que no pasarían de ser vaguedades.

Tan pronto entró a su oficina cerró la puerta con pasador. Puso el viejo portafolio sobre su escritorio e hizo lo mismo con el celular del presidente y el llavero del *USB* que había guardado en el bolsillo de su pantalón.

Tomó el auricular del teléfono rojo de la red presidencial y marcó el número de Guajardo. Al segundo timbrazo, colgó apresurado porque se dio cuenta que justo en esas circunstancias no era conveniente utilizarla. Prefirió optar por el conmutador de Los Pinos e intento comunicarse a través de su extensión pero estaba ocupada y así se mantuvo por un buen tiempo, hasta que reintentó la comunicación pero ahora a través de su celular; contestó el buzón y eso lo hizo perder la calma.

—¡Cómo carajos en este pinche momento no contesta Pascual! —exclamó con rabia.

Lo intentó de nuevo con el mismo resultado y así varias veces más.

§§§§

Guajardo se dio a la tarea de llamar personalmente a los miembros del llamado gabinete leal. Empezó por los secretarios de la Defensa y de Marina porque sabía que siendo militares, estarían desde muy temprano despachando en sus oficinas los reportes del día anterior de cada zona militar y naval. Gracias a esa misma disciplina, no hicieron preguntas y sólo acataron la instrucción que se les dio a nombre del comandante supremo de las Fuerzas Armadas.

—Buenos días, mi general secretario, le pide el presidente de la República que se presente a la brevedad en la biblioteca de la Residencia Oficial.

Fue todo lo que dijo Guajardo, para que el general Ubaldo Gutiérrez, le respondiera:

—Dígale al señor presidente que en estos momentos me dirijo hacia allá —y colgó.

Una respuesta similar fue la del almirante Lorenzo Lazcano, secretario de Marina.

En cambio las cosas fueron distintas con los civiles.

Sin darse cuenta empezó por aquellos con los que se sentía más cómodo, porque había logrado establecer una relación de auténtica camaradería.

Primero llamó a Joaquín Benavides.

Le pareció un siglo el tiempo que tardaban en contestar. Por fin una sirvienta levantó la bocina, a quien de inmediato le hizo notar la urgencia que tenía de hablar con su patrón.

—El señor está dormido pero le voy a pasar a la señora, aunque déjeme ver si la puedo interrumpir porque está preparando a los niños para llevarlos a la escuela —le respondió la muchacha fiel al adiestramiento que había recibido.

Esto colmó la paciencia de Guajardo que sólo alcanzó a gritarle:

—Dígale que es una llamada urgente de la Presidencia de la República.

Por fortuna para éste, la palabra urgente surtió efecto en la asustada recadera, lo que hizo que la mujer de Benavides reaccionara, y sin ni siquiera tomar la llamada para saber de qué se trataba, despertó a su marido y le entrego el teléfono.

—Es de la presidencia, dice que es urgente. Oyó Guajardo decir a la señora Benavides.

Entre bostezos y los resabios de una larga noche etílica con sus amigos de la universidad, Benavides finalmente contestó, aunque en ese estado debió hacer un esfuerzo para oír con cuidado la instrucción que le trasmitía el jefe del Estado Mayor Presidencial.

—No te preocupes Pascual, allá voy. Nada más me doy una ducha porque estoy algo crudo.

Comentario del que se arrepintió tan pronto colgó, porque en la Oficina de la Presidencia siempre había cultivado una imagen de persona seria, incapaz de ningún exceso, y menos de alcohol.

—Ni modo —pensó — al fin que Guajardo es muy discreto.

El jefe del Estado Mayor continuó con el doctor en Derecho Santiago Órnelas, presidente de la Suprema Corte de Justicia y quien era la persona más joven que había asumido ese cargo en los últimos cincuenta años. Su relación con el presidente databa de sus épocas universitarias cuando fue, a decir por éste, su alumno más distinguido, por lo que ambos se profesaban un profundo respeto profesional.

Nunca habían colaborado juntos en ninguna función pública hasta que coincidieron como sendos responsables de dos de los tres poderes constitucionales. Pero apenas fue en los meses recientes, cuando tuvieron la oportunidad de trabajar de manera muy cercana y frecuente, dado que el presidente le pidió su apoyo para comentar y discutir con él algunos aspectos legales de las iniciativas que enviaría al Congreso. No obstante, a lo largo de las múltiples reuniones que habían tenido, cubrieron no sólo esos temas, porque a ambos les gustaba polemizar sobre muchos otros, entre los que destacaban los asuntos políticos e internacionales.

Al quinto timbrazo del teléfono por fin contestaron. Pero en lugar de que alguien respondiera, Guajardo se quedó por completo confundido al escuchar una canción de Queen que sin lugar a dudas provenía de un aparato puesto adrede a un volumen muy alto.

Casi a punto de colgar, porque pensó que había marcado un número equivocado, oyó, como si fuera un sonido de fondo, la voz agitada de Santiago Órnelas.

—Sí, dígame.

—¿El doctor Santiago Órnelas?

—¿Quién lo busca?

—El general Guajardo

—Sí, soy yo, permítame un momento, déjeme apagar la música.

—Disculpe, general, cuando hago ejercicio en la caminadora me ánimo con melodías alegres.

—No se preocupe, doctor. Le llamó porque el señor presidente desea verlo en Los Pinos a la brevedad.

Lo inesperado de la invitación hizo que Órnelas se tomara más tiempo de lo normal para responder.

Hasta ese momento todas las invitaciones a la residencia oficial que no fueran para reuniones protocolarias, se las había hecho en persona el propio presidente y, desde luego, no eran para que se presentará de inmediato cuando apenas eran las 7.45 de la mañana. No necesitaba de mucha agudeza para deducir que algo extraño estaba ocurriendo, aunque su primer pensamiento fueron varios de los asuntos que recién habían discutido.

—¿Sabe usted si el presidente quiere que lleve algo en particular?

—No, doctor. Sólo me pidió que manejara esta cita con absoluta discreción y que por el momento no la haga del conocimiento de nadie —recomendación que sólo hizo preocupar más a Órnelas.

—Entiendo. Dígale que estaré ahí en un máximo de cuarenta y cinco minutos.

Órnelas colgó el teléfono, se sentó en un sillón que usaba al término de los estiramientos que solía practicar después del ejercicio y permaneció casi inmóvil, sumido por largo rato en un estado de confusión e incertidumbre.

—¿Qué está sucediendo para que llame Guajardo tan temprano y me solicite ir a Los Pinos con premura y que todo lo haga en total sigilo? —se preguntaba en voz alta.

Miró su reloj digital, se dio cuenta que ya habían pasado varios minutos desde que colgó y que ahora tendría que hacer las cosas con mayor prisa. Aunque para su consuelo también pensó que ya faltaba menos para saber lo que en realidad estaba ocurriendo. No obstante, decidió que llevaría los dos estudios jurídicos que apenas un par de días antes había comentado con el presidente y cuyos originales, por fortuna, los tenía en el despacho de su casa.

§§§§

Guajardo empezó a buscar el teléfono de la casa del secretario de Gobernación, Fernando Arzamendi, pero se acordó que se encontraba fuera de la ciudad porque dos días antes, cuando estaba a punto entrar a su acuerdo con el presidente, lo pasó a saludar y le había dicho que iría de gira a Hidalgo junto con el secretario de Comunicaciones. Incluso, le mencionó que, como éste continuaría su recorrido a Querétaro, quería saber si había alguna posibilidad de que un helicóptero del Estado Mayor lo recogiera en Pachuca, aunque no estaba seguro de que esto fuera necesario porque eso dependería de cómo organizaría su agenda finalmente.

Como no se volvió a comunicar con él, asumió que el problema se había resuelto, pero de cualquier manera, para cubrirse, reservó una aeronave en caso de que se necesitara. Previsión que en ese momento resultaba muy afortunada. Estaba acostumbrado a resolver situaciones inesperadas como era ésta, por lo que ya había ordenado que el aparato volará a Pachuca para recoger al secretario de Gobernación, aun sin que éste lo supiera todavía.

La relación entre los dos era en apariencia cordial. Incluso se tuteaban y se gastaban bromas respecto a sus equipos de fútbol favoritos. Pero esto no eliminaba una barrera invisible que existía entre ellos que no permitía establecer una amistad que ambos percibieran como sincera.

Esto incomodaba más a Guajardo que a Arzamendi, porque el primero sentía que éste lo trataba con cierta condescendencia debido a lo extremo de sus orígenes sociales, ya que mientras él provenía de una familia humilde, tenía la piel morena y rasgos indígenas, el secretario de Gobernación había nacido teniéndolo todo, y aunque sus padres de origen vasco —ascendencia europea que presumía tan pronto se le presentaba la ocasión— no eran millonarios, sí gozaron de una posición acomodada que a él le permitió realizar estudios en el extranjero y dedicar en su juventud un largo rato al ocio, mientras que otros muchachos tenían que compaginar el estudio con algún trabajo que les permitiera sobrevivir o ayudar a sus familias, como lo había hecho su otrora amigo de la universidad: el presidente de la República.

A Guajardo esta amistad siempre lo había intrigado por la contrastante forma de ser de ambos. El presidente no tenía una personalidad magnética, y menos una buena presencia física porque si bien era muy alto estaba un tanto rechoncho. Pero cuando se le trataba resultaba ser un individuo seductor, producto de la manera como sabía combinar su inteligencia para entender y expresarse con un lenguaje sencillo y claro. Además de que su trato personal hacía sentir a los demás que, pese a su investidura, no se colocaba por encima de ellos.

Por el contrario, la personalidad de Arzamendi hacía que no pasara desapercibido. Más aún porque, además de ser cinco años más joven que el presidente, era atlético y bien parecido. Características que sabía explotar, en particular entre el género femenino. No obstante, la impresión positiva que causaba en un primer momento solía desvanecerse en la medida que se le iba conociendo hasta que llegaba a un punto donde se le colocaba en su verdadero nivel, lo que en gran parte se debía a un carácter sobrado que en ocasiones podía llegar a ser fanfarrón y agresivo. Pese a esto, nadie dudaba de su inteligencia y olfato para navegar en la política mexicana, razón por la cual había sido escogido por su amigo para hacerse cargo de la Secretaría de Gobernación.

Alguna vez Guajardo había comentado con Axkaná que no entendía cómo el presidente y Arzamendi se podían haber llevado tan bien durante tantos años si eran tan distintos. Interrogante que dio origen a un sinnúmero de hipótesis hasta que convinieron que la más lógica era que sus características personales se complementaban, lo que les había permitido actuar como un tándem a lo largo de su carrera política, donde quién estuvo mejor posicionado siempre ayudó al otro.

Aunque a juicio de Axkaná, algunos comentarios y actitudes de Arzamendi siempre le habían hecho pensar que, desde su egocentrismo, envidiaba al presidente porque consideraba que él era más apto para ocupar la jefatura del Poder Ejecutivo. De hecho, con frecuencia, aunque fuera con sutileza, hablaba de las circunstancias que favorecieron a su amigo para que alcanzara la presidencia de la República, poniendo en segundo plano sus méritos personales.

Axkaná empezó a percibir cierto alejamiento entre ellos, desde el momento que el presidente le asignó a Arzamendi un papel marginal en la elaboración de las iniciativas y las nuevas políticas públicas que se anunciaron el 1° de septiembre. Más adelante, a mediados de octubre, tuvieron una discusión fuerte debido a la negociación que éste hizo con el Congreso para trasladar el debate de esas iniciativas a un período extraordinario que iniciaría hasta el 15 de enero del siguiente año.

El secretario de Gobernación se disculpó arguyendo que había sido la mejor negociación que pudo lograr a la luz de otros temas que estaban siendo debatidos en el Congreso, lo que en un principio a Axkaná le pareció lógico, en virtud de lo enrarecido del ambiente político, aunque tampoco dejó de pensar que, dadas sus ambiciones y la presión de las fuerzas políticas y los poderes fácticos, lo hubiera hecho como una forma de navegar en dos aguas a la vez, para no comprometer su futuro.

Si bien estos antecedentes le creaban a Axkaná cierta desconfianza hacia Arzamendi, decidió correr el riesgo y convocarlo como parte del gabinete leal, porque pese al distanciamiento con el presidente no advirtió que hubiera nada serio y menos que se llegara a un punto de ruptura definitiva. Además de que la participación del secretario de Gobernación en esos momentos era indispensable. Pero eso no significaba que bajaría la guardia.

§§§§

Tan inesperada fue la llamada de Guajardo como incómodo el lugar donde Arzamendi se vio obligado a tomarla, porque cuando sonó el teléfono se encontraba sentado en el excusado. Postura que resultaba harto inoportuna para recibir una instrucción presidencial que demandaba cumplimiento inmediato. A lo que se sumaba la ironía de que estuviera dentro de la suite presidencial que Margarita

Buentono, la gobernadora de Hidalgo, le había reservado en el mejor hotel de Pachuca.

Después de oír las instrucciones del presidente de la República en boca del jefe del Estado Mayor y de tratar de saber sin éxito, cuál era el motivo de la convocatoria, aceptó sin chistar los arreglos que le proponía Guajardo para trasladarlo a la Ciudad de México. De hecho, éste se valió de la premura para evitar que Arzamendi lo engatusara para tratar de saber más acerca del objetivo de la reunión y, en especial, si había otros convocados.

Pero, pese a todos sus esfuerzos para escabullirse y ante la insistencia de Arzamendi, no tuvo más remedio que repetirle con idéntica vehemencia la misma respuesta que ya le había dado:

—A mí, el presidente me pidió que te citara —respondió Guajardo reiterada y lacónicamente.

Tan pronto terminó con Guajardo, Arzamendi llamó a la gobernadora para informarle que debía presentarse en Los Pinos para atender un asunto urgente y que, por ende, no le sería posible desayunar con ella como lo tenían programado.

Abrió la ducha, su lugar favorito para ordenar sus ideas al inicio de cada mañana a costa de un gran consumo de agua, y no tardó mucho en darse cuenta de que la llamada le había creado una sensación de vulnerabilidad que lo hizo deprimirse, porque pensó en todo lo que había pasado durante las últimas semanas.

Él sabía que su lealtad hacia el presidente era asunto del pasado. Esto no lo manifestaba de manera abierta, porque como buen actor y político experimentado, sabía ser discreto y tenía presente que no debía quemar las naves antes de tiempo. Aunque esto no lo había detenido para empezar actuar a espaldas de su jefe.

Le había molestado, que sin consultarlo y sólo dándole información parcial, el presidente hubiera decidido hacer un cambio tan radical en el rumbo de su gobierno, que además a él lo estaba desgastando políticamente al obligarlo a asumir posiciones que comprometían sus aspiraciones para acceder a la presidencia en el siguiente período.

Esto lo interpretó Arzamendi como un rompimiento tácito de la amistad que por años los mantuvo unidos, donde quedaba de manifiesto que la falta de lealtad hacia él por parte del presidente había sido, desde su punto de vista, el factor de quiebre, lo cual justificaba que, ahora liberado de un compromiso moral, él actuara por cuenta propia con el fin de buscar su beneficio, pese a los riesgos que esta actitud le había hecho tomar y que en esos momentos le venían a la cabeza haciéndolo sentir temeroso ante un llamado tan inesperado como críptico.

Se quedó muy preocupado y se sintió aún más deprimido.

§§§§

—No se apure, licenciado —dijo la gobernadora de Hidalgo en tono condescendiente, añadiendo la trillada frase de que "donde manda capitán no gobierna marinero", para culminar su comentario con un arrebato de gruesa lambisconería—. En estos momentos por los que atravesamos, personas como usted, con su vocación de servicio, talento y experiencia son muy valiosas para el país y no se diga, para el presidente de la República.

Arzamendi, pese a que le encantaba oír elogios, no estaba en ese momento con el ánimo para escucharlos. Apenas dio las gracias y se despidió de la gobernadora en un tono apesadumbrado. Ésta, que destacaba por su capacidad para descifrar lo que no se decía pero que ella podía de deducir de las entrelíneas, de la expresión facial y, como en este caso, del tono de voz, encendió de inmediato las alarmas de alerta.

Esta habilidad le había resultado a Margarita Buentono de enorme valía a lo largo de su carrera política, al permitirle determinar con gran certidumbre cuáles, en situaciones clave, deberían ser sus siguientes pasos; avanzar, retroceder o sólo permanecer flotando sin asumir ninguna posición. Asimismo le había facilitado su inserción a redes sociales de todo tipo. Podía moverse con suma facilidad en medios tan disímbolos como la Asociación de Banqueros y las peñas taurinas, o tan antitéticos como la jerarquía eclesiástica y la organizaciones lésbicas – gay.

—¿Cuál era su secreto? —le preguntaban quiénes veían con asombro cómo escalaba posiciones cada vez de mayor responsabilidad, no obstante que se desenvolvía en un mundo donde predominaban los hombres. Más aún, porque nunca optó por llevarse a ninguno a la cama con tal de progresar, pese a que tenía atractivos suficientes para hacerlo de esta forma.

En el fondo, Margarita Buentono estaba convencida de que las mujeres se encontraban mejor dotadas para crear relaciones, porque les era más fácil desarrollar un sentimiento de afiliación que facilitaba encontrar puntos de coincidencia, lo que resultaba básico para la creación de alianzas. Al contrario de lo que sucedía con los hombres que recurrían más a la dominación del otro como un mecanismo para cooptarlo.

Pese a eso, Margarita sabía también usar su lado femenino sin nunca consolidar nada. Era hábil en el arte de la seducción pero como si fuera una torera experta, conocía el momento justo de retirar el capote. Algunos, duraban largo tiempo en su imaginario ruedo intentando dar la embestida final, lo que le permitía alargar la relación y obtener lo máximo de ella. Pero había otros que sólo les bastaba un capotazo para tocar retirada.

§§§§

Mientras hablaba con Arzamendi, Guajardo se percató por el parpadeo de celular que tenía varias llamadas pérdidas que no escuchó, porque lo había dejado en modo pasivo para evitar interrupciones.

Apenas colgó, y justo cuando se había dado cuenta que las llamadas provenían de un número de Los Pinos, el celular empezó a sonar de nuevo.

—Bueno —dijo con cierta timidez un tanto expectante de quién podía estarle llamando.

—Carajo Pascual hasta que se te dio la maldita gana contestar. Llevo marcando cada tres minutos, y nada, me mandan al pinche buzón —dijo Axkaná, casi gritando.

—Disculpa pero estaba llamándoles a todos y apagué el timbre del celular, pero ¿por qué no llamaste por la red en lugar de hacerlo a través del conmutador de Los Pinos?

—No fastidies, tú mejor que nadie sabes el porqué.

—Es cierto discúlpame —dijo Guajardo—, todavía estoy algo apendejado por la noticia. No la asimilo y sé que los chingadazos se van poner muy cabrones.

Axkaná lo oía más tranquilo y en el fondo le parecía gracioso observar que, cuando Guajardo estaba tenso, solía ser mal hablado y pronto para llenar cada oración con más de una leperada. Prefirió el mismo adoptar este tono para hacerle sentir su solidaridad en un momento donde ambos se necesitaban.

—No te apures Pascual —le respondió en un tono más sosegado—, discúlpame tú a mí. Yo también estoy que me lleva la chingada. Todavía no me la creo. Tú sabes lo que él representaba para mí. Pero ni modo, ya tendremos tiempo para asimilarlo. Por lo pronto, cómo dices, hay que prepararnos para los madrazos que se nos vienen. ¿Llamaste a todos?

—Sólo me faltan Rafael Ledesma, el líder de la Cámara de Diputados y Jaime Lascurain, el subsecretario de Hacienda. Los dejé para el final porque tú sabes que el primero me caga los huevos y al segundo casi no lo he tratado. Tú lo conoces mejor. ¿No deberías llamarle tú?

—No hazlo tú. Yo tendría que sacarme algo de la manga y no estoy de ánimo para estar inventando historias. Dile a Lascurain que hablas de mi parte y que lo necesito ver con urgencia. Él sabe, como lo ha hecho en otros casos, que debe ser discreto con este tipo de llamadas. Así que no creo que le debas dar mayor explicación. La ventaja es que vive en la colonia San Miguel Chapultepec y estará aquí muy rápido.

Axkaná interrumpió por un momento lo que estaba diciendo, porque necesitaba procesar toda la información que tenía en la mente antes de acordar con Pascual lo que harían a continuación. Sobre todo porque conocía que en política el orden de los factores sí alteraba el producto, por lo que debía ser cuidadoso con los detalles, aun si eran nimios.

—No te preocupes por Ledesma—le dijo a Guajardo— yo le llamo. Al fin que su casa también está cerca. Tú avisa que tan pronto llegue lo conduzcan a una de las salas de recepción del despacho oficial. Es mejor que no pase a la biblioteca hasta que estemos a punto de empezar, porque si lo hace antes va a confundir a los demás, dado que no forma parte del gobierno. Además, acuérdate que Arzamendi siempre lo ha visto como su posible sucesor y se le revuelve el estómago cada vez que lo tiene cerca. ¿En cuánto tiempo crees que estarán todos aquí?

—Creo que los secretarios de Defensa y Marina deben estar casi en la puerta. Y quizá el resto debe llegar entre 8.30 y 9.15 Él que seguro va a llegar al final es Arzamendi.

—¿Por qué? —preguntó Axkaná con cierta sorpresa.

—Porque estaba de gira en Hidalgo y tuve que enviarle un helicóptero a Pachuca para que lo recogieran. Espero que aterrice en 40 minutos. Ya tengo un automóvil listo en el Campo Marte para traerlo de inmediato. El problema es que tenía programado un desayuno con la gobernadora Buentono y debió hablarle para cancelarlo, lo que estoy seguro puso a ésta en alerta, por lo que es muy probable que ya se haya comunicado con el cabrón de Pérez Limantour para darle el chisme.

—Es cierto, Margarita Buentono y Pérez Limantour son compadres —agregó Axkaná.

—Así que prepárate para recibir su llamada en cualquier momento, ya lo conoces como se mueve cuando huele algo raro. No obstante, para que estés tranquilo no pueden saber más de lo que yo le dije a Arzamendi; que el presidente le pedía que se presentara en Los Pinos a la brevedad.

—Estuvo bien Pascual que dijeras que la instrucción proviene del presidente. Esto los aleja del asunto principal y seguro que con lo grillo que son, van a tener la cabeza puesta en otro lado.

—Seguro que sí, aunque no te confíes Axkaná, estos cabrones son grillos profesionales y saben buscar hasta debajo de las piedras con tal de saber que está ocurriendo.

—Van a dar las 7.50 todavía tengo algunas cosas que pensar. Avísame cuando estén todos reunidos. No quiero empezar la reunión sin ninguno de ellos, ni tampoco quiero hacerme presente hasta que estén todos, porque me sentiría muy presionado. Asegúrate de estar en la biblioteca para mantener todo bajo control. Distráelos. No son tontos y seguro que estarán ansiosos por saber qué pasa. ¿Conseguiste el machote del certificado de defunción?

—En eso estoy. Tuve que inventarle una historia a un primo que trabaja en el Hospital Militar. Le dije que en la asesoría del presidente estaban revisando cuestiones del registro civil y que necesitaban con urgencia un machote de certificado de defunción, porque estaban estudiando la posibilidad de proponer algunas modificaciones, para llevar con más precisión las estadísticas sobre las causas de los fallecimientos.

—¿Se la creyó? —preguntó Axkaná ansioso por saber si Pascual había logrado convencerlo.

—Sí, pero como es muy servicial el cabrón, se ofreció enviarme uno por fax o por correo electrónico. Le comenté que necesitaban un original, porque también querían revisar los temas de seguridad para evitar falsificaciones. Por fortuna, mi pariente no hace muchas preguntas y ya envié a recogerlo. Sólo me pidió, y de hecho me jodió con este asunto varias veces, que se lo regresé tan pronto terminemos, porque está foliado y llevan un control muy estricto.

—Así será, dile que no se preocupe —respondió Axkaná haciendo un gesto sarcástico—. ¿Cómo te fue con Peralta? Supongo que está muy encabronado conmigo.

—Claro que está encabronado, le diste un madrazo seco cuando le dijiste que no le tenías confianza. Hasta a mí me tomaste por sorpresa, más al momento de pedirle el celular. Y desde luego, me reclamó muy molesto que cuando le llamamos para que viniera, no le hubiéramos dicho que el presidente estaba muerto. Por suerte se aplacó. Pero más que enojado lo noto muy angustiado porque no sabe dónde está parado, ni lo que esperamos de él.

—Ya hablaré con él y lo sabrá. Estaré en mi oficina hasta que me llames.

§§§§

Axkaná le pidió a su asistente que no le pasarán llamadas, ni lo interrumpieran porque quería tener un tiempo de reposo para ordenar sus pensamientos. Las últimas dos horas de su vida las había vivido con la adrenalina a tope. Pero antes era preciso que despachara la llamada a Ledesma, lo que en esos momentos era una tarea ingrata pero necesaria, porque éste presidía la Cámara Diputados, además de que dado su carácter de ex presidente de su partido, tenía una influencia muy notable sobre muchos legisladores.

Guajardo estaba en lo correcto. Rafael Ledesma era un tipo insufrible que necesitaba de infinidad de agarraderas para sentirse seguro, las que en forma hábil disfrazaba con poses a través de las cuáles se daba importancia. El simple intento de comunicarse con él resultaba farragoso y su accesibilidad estaba limitada para muy pocos. Su celular sólo lo contestaba si la llamada estaba incluida en un selecto directorio grabado en la memoria del aparato y en el que había tenido la deferencia de incluir un trío de números privados del presidente de la República.

Pero no los de su secretario particular. Pese a que años atrás cuando su carrera política se encontraba en un pantano, Ledesma se presentaba sin cita a la oficina de Axkaná y aguardaba con paciencia durante lapsos interminables hasta que éste lo pudiera recibir, so pretexto de entregarle cualquier trabajo estúpido o un libro que creyó conveniente regalarle, con tal de hacerse presente en espera de un empujón o de algún trabajo. Pero una vez que logró salir del atasco y remontar, la humildad se convirtió en prepotencia y lo que fueron favores o confesiones que se hicieron ante el peso de las horas bajas, ahora parecían afrentas que vengar o momentos de debilidad que mejor sería olvidar.

En más de una ocasión había escuchado el comentario de que Ledesma se refería a él, como el "perfecto segundón" y que por ello no había pasado de ser un secretario particular, aunque había tenido la suerte de que su jefe empezó siendo director general y terminó como presidente de la República.

Para ahorrar tiempo, Axkaná pensó en tomar el celular del presidente y llamarle, porque al reconocer el número él contestaría. Pero de inmediato desechó esta posibilidad porque sería imprudente. Con seguridad sospecharía algo. Prefirió entonces seguir el curso normal.

—Buenos días señorita. Habla Axkaná Guzmán, secretario particular del presidente de la República, ¿podría comunicarme con el licenciado Ledesma?

—Desde luego le voy a pasar a la licenciada Hinojosa, su secretaria privada.

—Buenas días, licenciado Guzmán en qué puedo ayudarlo

—Necesito hablar con el licenciado Ledesma.

—Con mucho gusto.

—Por fin —pensó Axkaná más relajado creer que había pasado la última de las aduanas, mientras escuchaba la música para elevador que suelen poner en los conmutadores para hacer más soportable los tiempos de espera.

Pasaron varios minutos hasta que por fin escuchó una voz, pero no la que esperaba.

—Buenos días licenciado Guzmán —dijo una voz joven, quizá en la treintena baja—, soy Hernán Gutiérrez, secretario particular del presidente de la Cámara de Diputados. El licenciado Rafael Ledesma está en estos momentos en un desayuno privado. Ya le pasé una tarjeta y me indica que él se reporta con usted.

Las reservas de paciencia ahora sí quedaron vacías. Pero se contuvo para meditar lo que debía hacer.

Primero tenía que averiguar dónde estaba físicamente Ledesma, porque su red de comunicaciones permitía transferir llamadas entre teléfonos que podían estar muy distantes sin que lo notara la persona que estaba llamando. Podía incluso estar fuera de la ciudad y eso complicaría las cosas al grado de que consideraría con seriedad dejar de convocarlo, porque el tiempo estaba en contra.

En segundo lugar, le preocupó el término "desayuno privado" porque así como éste podía estar relacionado con su trabajo, también podía encontrarse en casa de alguna amante, Esto lo dedujo porque en cierta ocasión le había oído presumir que los desayunos eran, ante su esposa, la excusa menos sospechosa para poder verlas.

De las dos alternativas, Axkaná prefería esta última, porque la sentía más segura en cuanto a la posibilidad de que menos personas podrían saber que a Ledesma se le estaba convocando a Los Pinos, además de que su machismo lo hacían buscar mujeres que, desde el punto de vista intelectual no le resultaran amenazantes y a las que pudiera impresionar por su posición política y, ¡claro!, por el dinero y los regalos que les daba con regularidad.

Al final optó por agarrar al toro por los cuernos y dejarse de especulaciones, porque el tiempo corría.

—Mire Hernán, usted es una persona joven con futuro y yo quiero que disfrute de una larga carrera profesional. Por otra parte entre secretarios particulares no nos vamos a leer la suerte. Así, que pídale a su jefe que tome la bocina de inmediato o si prefiere que se lo ordene el presidente de la República.

Se hizo un silencio y el asustado Hernán Gutiérrez balbuceó con docilidad —ahora mismo.

Aguardó apenas un par de minutos.

—Qué hay Guzmán —dijo Ledesma en tono socarrón, lo que evidenciaba que su secretario particular le había narrado la sutil indicación de Axkaná, a la vez que marcaba distancias llamándolo por su apellido.

—El presidente quiere verte a la brevedad.

—¿Sabes para qué?

—No lo sé. Respondió escuetamente.

—¿Hay más invitados? No lo sé. A mí me pidió que te llamara.

Y sin darle oportunidad de reaccionar Axkaná le preguntó:

—¿Cuánto tiempo crees que tardarás en llegar a Los Pinos para que estén listos para recibirte?

Esto último lo dijo para estimular el ego de su interlocutor que disfrutaba con entusiasmo de los símbolos del poder.

—El tiempo que me tome trasladarme de Polanco para allá.

Axkaná, sintió un alivio porque eso le facilitaba las cosas. Además de que sin solicitarlo le dio una pista que le permitió deducir con quién se encontraba, ya que era un secreto a voces que tenía una relación con Adriana Robles, una artista de telenovelas y películas de bajo presupuesto, que también era amiga suya aunque no en el plano íntimo, y que vivía en un departamento antiguo pero bien acondicionado del viejo Pasaje Polanco. Aun así tendría que comprobar esto para estar totalmente seguro.

—Está bien. Aquí te esperamos ya tienen instrucciones en la puerta. Nos vemos y dale mis saludos a Adriana.

La falta de respuesta y dos carcajadas nerviosas le dieron la razón a Axkaná, por lo que también se sintió descansado de que no estuviera con algún otro político, porque dados los tiempos que se vivían, con seguridad se daría a la tarea de polemizar sobre cuál era la razón para que le llamaran de Los Pinos y cómo esto podría relacionarse con su carrera.

De hecho, por comentarios que había realizado en público Ledesma, éste consideraba que el presidente tenía una deuda con él, porque suponía que su desempeño y habilidades políticas habían sido claves para que accediera a la jefatura del Poder Ejecutivo, aunque fuera por un margen estrecho y sin mayoría en ninguna de las cámaras. Por lo que Axkaná sabía que una llamada tan lacónica lo haría imaginar que por fin le había llegado el turno de ocupar un puesto en el gabinete presidencial y en particular, de hacerse cargo de la Secretaría de Gobernación, lo que implicaría estar en la antesala de la presidencia de la República.

Para Axkaná, Ledesma era un individuo curioso, porque al margen de sus modales estudiados y su apego a la utilería del poder, acostumbraba desempeñar con seriedad las funciones que tenía a su cargo, como ocurría en esos momentos cuando presidía de la Cámara de Diputados. Posición en la que se había granjeado el respeto del presidente, quien pese a sus diferencias de opiniones, lo consideraba como un leal opositor, al grado de que fue uno de los pocos que consultó antes de los anuncios del 1° de septiembre, salvó que renunciaría a su partido.

Axkaná conocía que, cuando esto ocurrió, Ledesma le manifestó sin ambages su desacuerdo al presidente y le advirtió los riesgos que se correrían, pero a la vez entendió que en su desesperación para sacudir al Congreso y mover la agenda pública, el mandatario estaba en su derecho de dar los pasos que considerara necesarios. No obstante, Ledesma le reitero que él haría su mejor esfuerzo para que las iniciativas que enviara al Congreso se discutieran con base en sus méritos y no se envenenara el debate a partir de sus posiciones personales.

Pero esta tarea estaba siendo más complicada de lo que previó, porque además de que el presidente no le informó que renunciaría a su partido, lo que hizo que actuara con menos convicción para cumplir con el compromiso asumido, nunca anticipó que muchos legisladores hicieran lo mismo y abandonaran a su partido, lo cual irritó de sobremanera a las dirigencias partidistas que interpretaron la actitud del mandatario como una acción sediciosa que debilitaba el sistema político, al menos como ellos lo entendían.

—Ya tendrá tiempo de enterarse para qué es la cita —, pensó Axkaná mientras colgaba el teléfono.

Estando más relajado porque ya no había otras llamadas por hacer, sintió la imperiosa necesidad de recostarse en la medida que la adrenalina remitía en su cuerpo.

Se quitó el saco, la corbata y los zapatos, y se tendió agotado en el sillón de su oficina.

Miró el reloj que marcaba las 8.07 de la mañana y calculó que tenía escasamente entre cuarenta y cincuenta minutos antes de que llegaran todos y pudieran comenzar reunión.

Este paréntesis le serviría para relejarse y pensar cuáles deberían ser sus siguientes pasos.

§§§§

Rubén Pérez Limantour González, líder del principal partido de oposición, escuchaba con detalle la narración pormenorizada que le daba Margarita Buentono, gobernadora de Hidalgo, respecto a la llamada imprevista que había recibido Arzamendi para que se presentara en Los Pinos y la forma como lo había percibido en el teléfono cuando se lo comunicó.

En realidad sus únicos apellidos eran Pérez González, pero dado que le parecían demasiado comunes, y en aras de buscar en el prestigio ajeno la falta del propio, decidió adoptar el segundo apellido de su padre, que a su vez presumía ser descendiente, por vía materna, de José Yves Limantour, quien fuera el secretario de Hacienda de Porfirio Díaz. Aunque más allá de su dicho, no quedaba claro si en verdad, ese ilustre personaje y su abuela paterna se habían columpiado en el mismo árbol genealógico.

—Pero dímelo más despacio, Margarita —preguntó con curiosidad Pérez Limantour al advertir que había más miga que sacar de los comentarios de la gobernadora.

—Lo que te cuento, que Arzamendi recibió una llamada del jefe de Estado mayor para que, por instrucciones del presidente, se presentará de inmediato en Los Pinos. Incluso me dijo, cuando le ofrecí que usara el helicóptero del gobierno del Estado, que ya le habían enviado uno para recogerlo. Pero, lo que yo percibí es que estaba muy preocupado y casi abatido.

—¿Por qué lo dices?

—Porque su voz me pareció apagada. Tú lo conoces. Por lo regular es un tipo alegre y dicharachero. De hecho, así estuvo en la cena que tuvimos ayer en la Casa de Gobierno. Pero hoy en la mañana estaba muy distinto.

—¿Le preguntaste algo más cuando te dijo que lo habían citado en Los Pinos?

—Claro que no, porque sé que no me iba a decir nada. Sólo le tiré el rollo de que en estos momentos él era muy importante para el presidente y para el país. Pero no noté ninguna reacción. Apenas me dio las gracias.

—¿Comentó algo sobre mí durante la visita?

—No hubo oportunidad porque no se nos separó el secretario de Comunicaciones. Aunque, cuando éste se levantó de la mesa para ir al baño, me mencionó con vaguedad que te había visto.

—Pero ¿cómo ves tú las cosas? —preguntó Margarita para librarse de su calidad de interrogada y asumir la posición contraria.

—Mmmm hay algo raro —respondió Pérez Limantour—. No me gusta, y aunque no es inusual que al secretario de Gobernación se le convoque a Los Pinos de manera urgente, me deja pensando el hecho de que lo hayas notado tan abatido.

—¿Crees que el viejo se enteró de algo? —dijo ella, enfatizando en tono despectivo la palabra viejo.

—Te confieso que no le sé Margarita. Pero, sí conozco, porque él se sinceró conmigo, que sus relaciones estaban muy tensas desde que al viejo se le ocurrió dar el golpe de timón. Parece que no le informó nada a Arzamendi hasta el mero final.

—Pero si el viejo tiene fama de ser muy abierto a que le digan todo, aunque no sea lo que él piense.

—En apariencia no fue un tema de argumentos sino de actitudes lo que los distanció, porque el viejo sintió que Arzamendi quería zafarse de los golpes para no comprometer su carrera. Y no podemos negar que esta percepción se confirmó cuando aceptó la propuesta que le hicimos para que el debate de las iniciativas se dejara para un período extraordinario y no se ventilará hasta el año que entra.

—Pero Rubén, tú me dijiste que esto se había hecho después de que él convenciera al presidente.

—Así ocurrió. Pero no fue un proceso fácil. De hecho el viejo lo aceptó a regañadientes y porque los tiempos ya no alcanzaban. Por eso pensé que Arzamendi se estaba exponiendo a ser despedido. Lo que quizá ocurra hoy, sobre todo con base en cómo percibiste su estado ánimo.

—¿Y quién crees que lo sustituya? —preguntó Margarita.

—Yo creo que le toca a Ledesma. Necesita a alguien que conozca cómo manejarse en la Cámara y en especial con los partidos. Más ahora que se decidió realizar un período extraordinario, aunado al hecho de que el madrero de renuncias ha creado virtualmente una masa de legisladores independientes que no siguen a nadie y que será necesario meter al redil aunque no se integren a ningún partido.

—¿Y con Ledesma vamos a lograr lo que ya habíamos avanzado?— preguntó ella con un dejo de frustración.

—En lo político creo que será más fácil porque Ledesma siente menos ataduras con el presidente. Pero el poder es un transformador de personas muy potente y con frecuencia produce resultados inesperados. Más si se ve cerca la silla presidencial.

—Pero más allá de esto, la salida de Arzamendi nos podría obligar a replantear todo desde un principio. Va estar cabrón —comentó Margarita contrariada.

— Eso mejor que esto lo platiquemos en otra ocasión cuando nos veamos en persona. Por lo pronto no adelantemos vísperas, esperemos a ver qué pasa.

Esto avergonzó a Margarita al advertir su imprudencia. Más aún, porque en forma explícita habían acordado no hablar del tema sino fuera en persona.

—Claro Rubén, ya tendremos tiempo de platicar largo y tendido —dijo riéndose con nerviosismo.

—Por lo pronto le voy a llamar a Axkaná Guzmán; ya inventaré algo para ver que le saco. Tan pronto sepa alguna cosa, me comunico contigo.

§§§§

Recostado en el sofá con las piernas en alto puestas sobre el descansa brazos y las manos juntas detrás de la cabeza, Axkaná empezó por definir una especie de agenda para la reunión.

No le cabía duda que lo primero debería ser comunicarles la noticia, aunque no tenía claro con qué grado de detalle habría que hacerlo o si sería conveniente compartir con ellos las preocupaciones que tenía al respecto. Concluyó que lo mejor sería darles sólo la información mínimo necesaria.

Más adelante debería ofrecerles una disculpa por haberlos convocado a nombre del presidente de la República, lo que justificaría con base en la gravedad de las circunstancias. Pensó que esto no debería representar mayor problema y que rápidamente abordarían el tema principal: la sucesión presidencial.

Esto será el asunto complicado —pensó— porque las circunstancias del fallecimiento del presidente creaban una situación inesperada que no tenía antecedentes en la historia reciente del país, pero que debía resolverse con base en un Artículo Constitucional obsoleto y con serias deficiencias. Esto lo llevó a recordar lo que alguna vez le dijo el presidente, cuando abordaron la forma como estaba prevista la sucesión presidencial en la Constitución.

—Pese a que conocemos los problemas que contiene el 84 Constitucional, no lo hemos podido revisar porque nuestros prejuicios no nos han permitido hacerlo. Pesa sobre nosotros el recuerdo de asonadas, que aun ya muy lejanas, nos siguen haciendo pensar que el germen de la traición que las alentó sigue latente entre nosotros. Entre el temor de volver al pasado y el riesgo de mirar hacia adelante, hemos preferido lo primero. Esto hará inevitable que algún día, lo que no hemos sabido prever terminará siendo nuestro destino.

—Pues señor presidente, nos alcanzó el destino —dijo Axkaná en voz alta mientras se levantaba del sofá y se daba a la tarea de estirar las piernas caminando de extremo a extremo de su oficina.

Miró el reloj que marcaba las 8.50 y calculó que todavía le quedaban diez o quince minutos antes de que llamara Guajardo.

Le faltaba el tercer y último punto de esa imaginaria agenda que con seguridad sería el más complicado.

—¿Qué vamos a hacer? —se preguntaba.

Él era consciente de que no tenía respuesta y menos aún podía imaginar cómo reaccionaría el grupo ante una situación ambigua y compleja como planteaban las circunstancias particulares del fallecimiento del presidente.

Pensó que había llegado la hora de poner a prueba al famoso gabinete leal. Incluso se cuestionaba, si les debía informar que, sin que ellos lo supieran y jamás se hubieran reunido, así los denominaba en privado el presidente, por la confianza que tenía en su lealtad. Distinción que debían valorar a la luz del ambiente político tan hostil donde él se desenvolvía.

Lo primero que le vino a la mente es que se sentirían halagados, por lo que mencionarlo podría servir para crear cierto espíritu de unidad, una especie de *esprit de corps* que facilitará la suma de talentos y perspectivas para alcanzar el mejor resultado. De hecho, ésta era la apuesta que él había hecho al juntarlos, para decidir entre todos los siguientes pasos, a efectos de estar preparados para aguantar la hecatombe, una vez que la noticia inundara la realidad nacional y se destaparan las presiones de todos lados.

Pero Axkaná no era ingenuo. Sabía que esta opción minimizaba los riesgos pero no los eliminaba. Porque sus grandes dudas estaban alrededor de cuál sería la reacción personal de cada uno. Más aún, porque el líder que podría amalgamar las fuerzas y resolver los diferendos ya no estaba, y, sobre todo, porque su silla al estar vacía se convertía de inmediato en una meta asequible para algunos de ellos, por lo que no podía asegurar que fuera su talento y no su egoísmo, lo que influyera en sus opiniones y en las decisiones que deberían tomar.

Cuando más sumido estaba en sus pensamientos, el silencio de su oficina lo rompió el inconfundible campanario estridente que en su celular tenía asignado a los números importantes. Pero no se inmutó, porque ya lo esperaba y sabía de antemano lo que iba a oír.

—Ya están todos. Sólo falta Ledesma que está en una de la salas de espera de la oficinas del presidente —dijo Guajardo.

—Está bien voy a la biblioteca. No des la instrucción de pasar a Ledesma hasta que yo esté ahí. No quiero dar pie a malas interpretaciones, ni que el use después algo que puede ser tan fortuito como la coincidencia de entrar al mismo tiempo que yo. Ya lo conoces es una maestro en acomodar las cosas a su favor, incluso hasta las más triviales.

—De acuerdo —contesto Guajardo—, pero antes de empezar la reunión es importante que revisemos la agenda para tomar acciones preventivas y evitar que llegue gente que más tarde debamos regresar sin tener claro lo que les diríamos. Considero que es preferible que no venga nadie.

—Si tienes razón, pero debemos ser cautelosos respecto a cuándo y cómo avisar. No me gustaría hacerlo ahora. Por lo que recuerdo, a reserva de confirmarlo, está previsto un acuerdo largo conmigo, después vendrán varios embajadores y un par de directores de trasnacionales, lo que significa que también estarán aquí los secretarios de Relaciones y de Economía. Déjame ir pensando cómo manejar esto. ¿Alguna noticia de la señora Sofía?

—Justo acaba de abandonar la recámara. Antes pidió una bolsa y al salir solicitó que se te avisará que estará en su casa y que necesita hablar contigo. Por mi parte la habitación sigue resguardada.

—Tan pronto pueda la llamó. No lo intentó ahora porque imagino que va de camino. Espérame en el vestíbulo para comentar lo que vamos a hacer con la agenda.

Axkaná sacó lo que había traído en el portafolio del presidente, marcó los seis dígitos de la combinación de la caja fuerte y puso dentro la computadora, los documentos, el USB y el celular. Apretó la tecla "cerrar" y oyó como el mecanismo electro mecánico bloqueaba la puerta.

Pasó al baño de su oficina, se peinó, le puso las mancuernillas a su camisa y permaneció por un momento mirándose en el espejo con los brazos cruzados.

Se veía la cara con la incredulidad de estar viviendo un episodio inesperado y casi inédito en la vida del México independiente. Después de Benito Juárez en 1872, éste era apenas el segundo presidente que había muerto en funciones de causas naturales. Uno en Palacio Nacional, el otro en Los Pinos.

—Quizá la lejanía en el tiempo de esa muerte, nos hizo pensar que los presidentes de la modernidad serían invulnerables —pensó Axkaná, mientras en el espejo veía su cara gesticular con las cejas en señal de interrogación.

Regresó a su oficina se puso el saco y la corbata, y casi a punto de salir, oyó el timbre de un celular que venía de su escritorio. Esto lo tomó por completo desprevenido porque ya había hecho el gesto rutinario de palparse el bolsillo derecho para comprobar que llevaba el suyo y tenía la seguridad de que ahí se encontraba, en tanto que estaba cierto de que había guardado en la caja fuerte el celular del presidente.

Incómodo por el contratiempo y por el repiqueteo incesante del aparato, aguzaba el oído para saber de dónde provenía. Revisaba con la mirada entre los papeles, documentos, accesorios y adornos que abarrotaban su escritorio, hasta que se percató que el sonido provenía del viejo portafolio del presidente.

Lo abrió y sacó de un compartimento que no había visto, un celular idéntico al que había puesto a resguardo. Miró la pantalla que identificaba las llamadas pero en lugar de un número aparecía la palabra "privado". Pensó por un momento en apretar la tecla para contestar y oír al menos la voz de quién llamaba, pero prefirió abstenerse. No era momento para juegos. Prefirió dejar que sonara hasta que calló. Tampoco juzgó oportuno ponerlo en la caja fuerte, porque ya había perdido demasiado tiempo.

Ajustó el aparato al modo de vibrar para seguir pendiente de él sin que interrumpiera nada, lo metió en su funda, se lo echó en la bolsa del pantalón y salió apresurado hacia la biblioteca, sobre todo cuando se percató que su reloj ya marcaba las 9.15, lo que en el itinerario que mentalmente tenía previsto representaba un atraso.

Apenas abrió la puerta de su oficina, su asistente le entregó una pequeña tarjeta. Se detuvo para leerla:

"El licenciado Pérez Limantour lo ha llamado dos veces. Dice que es urgente y que desea pasar a verlo esta tarde. Le dije que usted no se encontraba en su oficina y que tan pronto llegara le pasaría el recado".

—Bien hecho, siga haciendo lo mismo en caso de que vuelva a llamar.

Capítulo III

Después de citar a Jaime Lascurain, subsecretario de Hacienda, Pascual Guajardo colgó el teléfono y se quedó unos minutos en silencio tratando de poner las cosas en claro. No había tenido tiempo de meditar sobre lo que había ocurrido, porque tan pronto se enteró de la muerte del presidente, el día se había convertido en una vorágine con rumbo incierto, aunque confiaba que Axkaná llevaría las cosas a buen puerto. Su relación desde un principio había sido muy franca y sencilla lo que permitió que entre ellos se desarrollara una camaradería y un espíritu de colaboración, que rebasaba lo que en esencia correspondía a sus sendas responsabilidades.

Sin embargo, el breve remanso de reflexión duró muy poco, cuando llamaron a la puerta y sin esperar respuesta entró su secretario particular.

—Mi general, aquí está el sobre que me entregó el mayor González Guajardo en el Hospital Militar. Me dijo que está a sus órdenes en caso de que se le ofrezca algo más y que no se olvide del encargo que le hizo. También mi general, me informan que se encuentran en la recepción el general secretario y el almirante secretario.

—Gracias Coronel Mendoza por hacerme este favor. Yo sé que usted no es mensajero, pero en este caso necesitaba que alguien de total confianza recogiera el documento y por esta misma razón le pido que usted conduzca personalmente al general Ubaldo Gutiérrez y al almirante Lorenzo Lazcano a la biblioteca.

—Para eso estoy, mi general. No tiene nada que agradecer. Es para mí un honor contar su confianza —dijo Mendoza casi en posición de firmes como si respondiera a la lista militar.

Dio media vuelta y se retiró.

Guajardo abrió el sobre con ciertas dificultades para no romperlo, porque era evidente que su primo quería asegurarse que nadie más se enterará de su contenido, para lo cual había manuscrito en su anverso el nombre del jefe del Estado Mayor y colocado encima de éste y en las cuatro orillas varias cintas adhesivas transparentes. Después de batallar con el envoltorio pudo sacar un folder que contenía el formato del certificado de defunción.

No tenía muy claro, por qué Axkaná había puesto tanto empeño en que consiguiera un certificado de manera urgente. Para él, esto era sólo parte de un trámite que de cualquier manera tendría que hacerse por lo que no entendía las prisas. Pero si algo admiraba de Guzmán era su enorme capacidad para desenvolverse en varias pistas al mismo tiempo y anticiparse a las circunstancias. Por ello, decidió tratarlo como un documento importante que sería necesario conservar con secrecía, por lo que sustituyó la carpeta del Hospital Militar por una con el logo de la Presidencia y que la tendría al alcance de la mano.

§§§§

—Buenos días, otra vez llamándole de la oficina del licenciado Pérez Limantour —dijo la secretaría enfatizando el segundo apellido para destacar el supuesto linaje del líder de la oposición— ¿me podría comunicar con el licenciado Axkaná Guzmán?

—Todavía no ha llegado ¿quiere dejar algún recado o que él se reporte más tarde con el licenciado Pérez?

La secretaria de Pérez Limantour puso la llamada en espera y se tomó un momento para hacerle la consulta a su jefe, quién volvió a repetirle las mismas instrucciones que le dio cuando hizo la primera.

—Señorita le puede decir por favor que el licenciado Pérez Limantour desea pasarlo a ver hoy por la tarde, porque tiene mucha urgencia de comentarle un asunto de la Cámara.

—Con mucho gusto, yo le daré su recado.

No contento con la respuesta que le comunicó por la extensión su secretaria privada, Pérez Limantour le pidió a ésta que pasara a su despacho. Ella había desempeñado esa función desde hacía más de diez años, lo que había sido una relación casi matrimonial, salvó que ella era la única que lo veía de esa manera.

Su lealtad era infinita, su dedicación al trabajo casi estoica y aunque no hubiera entre ellos ningún vínculo sentimental, lo celaba con todas la mujeres que sentía cerca y a quienes de manera paulatina las iba colocando enfrente de su mira hasta que cometían el error definitivo que las llevaría a su despido. Razón que explicaba porque ella subsistía mientras que, como un carrusel imparable, se renovaba a su alrededor la plantilla del personal secretarial.

—Viviana, ¿todavía trabaja su cuñada en la Oficina de la Presidencia?

—Sí, licenciado, por suerte logró sobrevivir el cambio de administración. Ella se quejaba de que no la promovían. Pero yo le dije que era mejor no sacar mucho la cabeza, porque cuando vienen los cambios, los primeros que se van son los que tienen las mejores plazas. Eso la salvó porque corrieron a casi a todos apenas llegó el nuevo presidente. Aunque ahora la tienen relegada y siguen sin aumentarle el sueldo.

—O sea, que su cuñada no está contenta. Y, ¿cómo es su relación con ella?; me refiero al grado de confianza que se tienen.

La pregunta sorprendió a Viviana. No la esperaba porque rara vez su jefe se interesaba por sus asuntos personales. Incluso cuando murió su padre, él fue cortes y atento con ella, pero no más de lo que era en situaciones similares con cualquier otra persona. Con decepción recordaba que en esos momentos, ni siquiera le preguntó cómo se sentía. Sólo le concedió como una deferencia que faltara al trabajo una semana.

—¿Usted, se refiere a que si me comenta asuntos de mi hermano o de su matrimonio? —preguntó con candidez.

—No Viviana. Desde luego que no quiero que me diga si intercambian confidencias. A lo que me refiero por tenerse confianza, es que si son tan amigas como para pedirse favores personales.

—¡Claro! Si hemos sido cuatachas desde la secundaria, por eso conoció al baquetón de mi hermano que, perdóneme que se lo diga, pero la verdad es que es un bueno para nada. Gracias a mi cuñada mis sobrinos tienen escuela.

—Mire, usted sabe que la situación en el Congreso está muy complicada por todo lo que ha pasado desde el 1° de septiembre. Quise llamar al licenciado Guzmán porque me urge verlo para comentarle un asunto delicado, pero tengo la impresión, porque le consta que ya han sido dos intentos, de que no me quisieron comunicar con él. ¿Cree posible que a través de su cuñada podríamos saber, si él está en su oficina, fuera de ella en alguna comisión, o en acuerdo con el presidente?

—Yo tengo la misma sensación licenciado, más porque como secretaria uno va desarrollando callo. De hecho estoy segura que las secretarías tienen instrucciones de no pasarle llamadas. Por lo que hace a lo de mi cuñada, no le veo ningún problema, ahora mismo la llamó a su celular.

—No tan de prisa Viviana, usted entiende que debemos actuar con toda discreción. Quizá sea mejor enviarle un *sms* o, quizá comunicarse a través del *messenger*. ¿No sé si entre ustedes charlan a través de la computadora? —preguntó Pérez Limantour en un tono muy educado, porque sentía que las cosas avanzaban de una manera más sencilla de lo que hubiera previsto. De hecho se recriminaba que no se le hubiera ocurrido hacer esto antes.

—El *messenger* no lo usamos porque está bloqueado en la Oficina de la Presidencia. Pero aprendimos a darle la vuelta, lo que hacemos es enviarnos mensajes a través de las páginas de internet de la compañía con la que ambas tenemos contratados nuestros celulares. Además de que es más práctico porque no tenemos que estar apretando las teclitas en el aparato y además, como estamos en la computadora, nadie se da cuenta. ¡Ah caray! Ahora sí me eché de cabeza— dijo sonrojándose con una cara de travesura que contrastaba con la cincuentena de su rostro.

—No se apure Viviana. No somos robots que debamos trabajar sin hacer contacto con nuestros amigos. Usted es una persona muy responsable. Y sobra decir, porque lo sabe bien, lo mucho que aprecio el trabajo y la lealtad que me ha brindado desde siempre.

Ante estas palabras escogidas con cuidado por Pérez Limantour y nunca dichas durante muchos años, su secretaria estuvo cerca de alcanzar el éxtasis.

—Gracias licenciado —dijo suspirando—. Ahora mismo le envío un mensaje a mi cuñada y yo le informo cuando tenga respuesta.

—Se lo voy a agradecer mucho. Sólo dígale a su cuñada que actúe con mucha prudencia y que sabremos reconocerla. Algún día seremos nosotros, quiénes ocupemos Los Pinos.

§§§§

Desde que Axkaná dejó la recámara del presidente. Sofía se acomodó en el sillón de lectura que usaba su padre. Reconoció su olor y se sintió abrazada por él. Su aroma aún le sobrevivía. Los ojos se le llenaron de lágrimas y la invadió un sentimiento de profunda desolación. Pensó que pocas horas antes, él pudo haberse sentado en ese mismo lugar.

Ahí enfrente estaba tendido su héroe de la infancia que era capaz de todos los imposibles; su freno de la adolescencia que entre más se aplicaba, más se rebelaba, lo que producía un cíclico duelo entre la arrogancia pujante de la juventud y la experiencia que, terca, siempre quería andar más lento; y, finalmente, en esa cama yacía el amigo entrañable de su adultez con quien podía descargar todas las angustias, hacerle cualquier confidencia y soportarle sus rabietas, segura de que siempre le tendría la mano tendida.

Si tuviera que escoger cuál de las tres etapas había sido la mejor, se quedaría con la última, porque al tiempo que dejaba atrás los arrebatos juveniles, descubrió ante ella la riqueza de un ser humano que poco a poco empezó a conocer y, en especial, a disfrutar. Esto le dio una nueva dimensión a la relación padre – hija, que rebasaba por mucho los normales sentimientos de cariño que se crean a partir del vínculo sanguíneo y que, en calidad de pares, les permitía platicar de sus vidas y ayudarse a enfrentarlas. Como ocurrió cuando ella se divorció y él enviudó.

Veía su cuerpo inmóvil con tristeza y frustración porque nada podía reparase ni volver atrás. Esto le provocó una gran rabia, porque las mismas razones que la alejaron de él y que le impidieron compartir sus últimos días, fueron las que a su juicio lo habían conducido a la muerte, como ella le advirtió sin que le hiciera ningún caso.

Ahí sentada, en lo que era el refugio más íntimo de su padre, recordaba ese día aciago con claridad meridiana. La secuencia de los hechos aparecía en su mente en forma ordenada y los detalles de cada escena se le revelaban con gran nitidez.

Era un domingo caluroso de agosto. Se vieron temprano para comer y después, como lo hacían a menudo, caminaron durante largo rato por los jardines de Los Pinos.

Ese día en particular, le repitió comentarios que en otras ocasiones ya le había hecho cuando recorrían la Calzada de Los Presidentes. Un lugar que, por una parte, le gustaba por su anchura, la tranquilidad que evocaba y los árboles tan característicos del altiplano, pero que, por la otra, le desagradaba porque consideraba que las estatuas de los mandatarios, varios de ellos aún vivos, representaban un culto a la personalidad contrario los valores republicanos a cambio de entronizar al individuo efímero, que no hizo más que recibir un mandato popular para encabezar temporalmente un gobierno.

—Hija, alcanzar la presidencia no te hace merecer una estatua —le decía, al tiempo que se burlaba del narcicismo de López Portillo, que so pretexto de homenajear a sus predecesores hizo construir esa avenida, con lo cual ordenó de manera velada su propio monumento.

—¿Cuántos de éstos hicieron historia y cuántos no son más que relleno de almanaque? —le preguntaba—, ¿cuántas de estas estatuas podrían subsistir en un lugar abierto sin que sirvan de escarnio por parte del pueblo?, ¿cuántos de éstos podrían mirarlo de frente y decirle que salieron con las manos limpias? Te imaginas hija, si en lugar de cada uno de éstos ponemos en ésta y en las demás calzadas de Los Pinos personajes del pueblo: un campesino, un obrero, una madre, un estudiante, un artesano, un emigrante, un vendedor, un profesionista, una familia indígena, un voceador, un indigente, una maría. Quizá, los presidentes no olvidaríamos quién nos eligió, a quiénes servimos y, sobre todo, quién nos mantiene para toda la vida.

Se detuvo serio enfrente de ella, la tomó por los hombros y con el gesto adusto le advirtió:

—Sofía, yo no puedo ordenar el derribe de la mayoría de estos esperpentos porque no sería conveniente. Pero a lo que sí tengo derecho, es a pedir que jamás se erija la mía, y tú serás la que salvaguarde este deseo. Como estoy seguro que me sobrevivirás, hoy te daré una carta de mi puño y letra que para tales efectos he preparado.

La solemnidad de su padre la tomó por sorpresa, porque lo conocía. No era una persona que le gustara alardear sobre cosas que al final no haría. Por el contrario, cuando anunciaba una decisión siempre actuaba en consecuencia, aunque llegar a ella le hubiera tomado un largo período de reflexión, lo que en ocasiones exasperaba a sus colaboradores más inquietos y daba munición a sus críticos que de inmediato lo tildaban de pusilánime. Él se defendía con su habitual sarcasmo "México está lleno de cosas que primero hicimos y después pensamos". Aunque tampoco le importaba compartir las razones que lo llevaban a actuar de determinada manera, sin sentir que justificarse lo rebajaba.

Por ello, el anuncio de una voluntad casi testamentaria fue el punto de quiebre de ese domingo y la primicia de lo que vendría después.

—Pero, ¿por qué ahora me hablas de un deseo póstumo?; no te entiendo. ¿Hay algo que no me has dicho?, ¿te dijo algo el doctor? —preguntaba Sofía ansiosa y molesta por la incertidumbre.

—No me pasa nada. Estoy bien —respondió bruscamente con el ánimo de quitarle a Sofía cualquier preocupación sobre su salud—. Me tomo mis medicinas y la presión todos los días. No te preocupes todo está bajo control.

Tomándose ambas manos atrás de la espalda y caminando con lentitud, continuó su respuesta:

—Antaño el presidente de la República ejercía casi un poder absoluto; mandaba mucho y negociaba poco. Aunque si lo hacía.

Ahora es lo contrario. Sin embargo, dado lo inmaduro de nuestra democracia negociar es una tarea que en ocasiones termina siendo frustrante.

—O sea —, dijo Sofía—, de repente, el político curtido descubre que nuestra cultura política va por detrás de las necesidades del país. No me digas papá, que apenas te estás dando cuenta del infantilismo democrático con el que se conducen muchos de nuestros políticos. —añadió sarcasmo.

—Claro que lo sabía no soy ningún ingenuo —respondió el presidente con enfado —lo que ocurre es que creía que si antes no se podía avanzar en el diálogo político era por la ineptitud de mis predecesores y que yo podría lograr algo más. Pero ahora admito mi arrogancia, me equivoqué. Las cosas son más complicadas de lo que pensé y ya estoy harto del inmovilismo.

—¿A qué te refieres por estar harto? —preguntó impaciente por averiguar hacia dónde quería ir su padre.

—Que ya me harté de que a lo largo de la negociación política, las intenciones originales se diluyan conforme el proceso avanza hasta ocupar un lugar secundario, porque se privilegia el logro de cualquier acuerdo sobre la calidad de los resultados que se obtengan.

—Pero al final son acuerdos. En todas partes, los presidentes o los primeros ministros, avanzan lo que les permiten sus congresos y sobre los que influyen sus partidos. No me dices nada nuevo, papá —lo cuestionó Sofía.

—En efecto, pero sus congresos son más fuertes que sus partidos y, a su vez, estos son más fuertes que sus dirigentes. Aquí ocurre justo lo contrario. Las dirigencias partidistas, que no el Congreso, acumulan un poder extraordinario, mientras que nuestras instituciones se moldean al paso de sus efímeros ocupantes.

—¿Y tú vas a transformar esto? —le preguntó con Sofía con auténtica incredibilidad.

—No hija, lo que me preocupa es que esto me ha transformado a mí, porque me doy cuenta que ante esta realidad yo mismo he dejado de atreverme. Pienso de antemano en lo que se puede lograr y no en lo que es mi deber alcanzar. De esta forma, en lugar de que el presidente marque la altura de la barra, termina bajándola.

Mientras hablaba su padre, la expresión de Sofía fue adquiriendo un gesto de fastidio porque no entendía a dónde quería llegar él, mientras que los argumentos que esgrimía no le parecían concordar con alguien que había estado toda la vida en la política.

—Pero por favor papá de que me estás hablando. Tú no eres ningún novicio que de repente llegó a la presidencia. Tú sabías que la política es un crisol donde se funde una gran variedad de mierda; ¿qué te sorprende ahora?, ¿qué a los políticos les vale un sorbete el pueblo?, ¿qué la corrupción nos ha carcomido hasta los huesos?, ¿qué los intereses económicos están aliados con los políticos?, ¿qué los votos en el Congreso se venden al mejor postor, incluyendo los de algunos miembros de tu partido?, ¿qué el narcotráfico está enquistado en nuestra sociedad y no precisamente en los barrios más bajos?, ¿qué vas cambiar?, ¿elevar la altura de una barra que nadie quiere saltar porque arrastrándose pueden conseguir lo mismo sin tanta dificultad? Carajo, papá en que estás pensando.

—Voy a hacer una renuncia pública al partido. Éste será el primer paso.

—¡¿Qué?! —exclamó ella con un grito—. Ahora sí que está bueno, tú contra todos. O, ¿Vas a fundar el partido del presidente?

El talante alterado de Sofía y el tono de su voz le hicieron obvio al presidente que los jardines de Los Pinos no eran el mejor lugar para tener una discusión con ella. Se quedó en silencio y apuró el paso.

Ella lo siguió enfadada, aunque caminaba dos pasos por detrás de él. Lo conocía muy bien y anticipaba que, para continuar hablando, buscaría un lugar aislado y lo haría sentado, porque detestaba tener este tipo de discusiones estando de pie. Por eso, aunque no se lo dijera Sofía tenía claro a dónde se dirigían.

§§§§

Antes de apersonarse en la biblioteca Guajardo quiso cerciorarse de que en la residencia presidencial todo estuviera bajo control. Su primordial preocupación era que la noticia no se filtrara. Empezó por buscar a Henríquez, a quién le había encargado no quitarle el ojo al cabo que descubrió la muerte del presidente. Además de pedirle que se asegurara de que el doctor Peralta no saliera de la sala dónde lo había dejado y de que estuviera pendiente de la señora Sofía en caso de requiriese algo.

Pero lo cierto fue que, por la presión del momento, él no se había percatado de la dificultad que implicaba cumplir con los tres encargos simultáneamente, hasta que Henríquez lo puso al tanto de cómo lo había hecho.

—Le pedí al cabo López que no se moviera de la puerta de la recámara del presidente, y que atendiera a la señora Sofía en caso de que solicitara algo. Así, me he asegurado de tener dos frentes cubiertos, aunque con el respeto de mi general, me permití reforzar la instrucción advirtiéndole que si no quería que lo pusiera bajo arresto y le cortara los huevos, más le valía no moverse de ahí y menos aún, comentar cualquier cosa con el personal de servicio. Supongo que mi recomendación funcionó, porque pese a que la señora Sofía le pidió una bolsa, él no se movió ni un ápice del lugar en espera de que yo llegara y me trasmitiera la solicitud, la cual ha sido cumplida por partida doble.

—Excelente, Henríquez, y ¿cómo te fue con Peralta?

—Como usted ordenó, se le llevaron café, galletas y varios periódicos. Al principio lo noté molesto. No obstante, se puso a conversar conmigo. Nada en particular, ni mencionó en absoluto el asunto del presidente. Sólo me preguntó si sabía lo que estaba ocurriendo y cuánto tardaría, porque tenía citados pacientes en su consultorio. Le respondí que no sabía y que con seguridad usted vendría en cualquier momento.

—Gracias, ahora mismo voy a verlo. Dentro de todo hay que mantenerlo tranquilo. No quiero que esto vaya a derivar en una situación que sea difícil de controlar. La verdad es que no tenemos ningún elemento para retenerlo, salvo su buena voluntad.

§§§§

El doctor y mayor del Ejército Sergio Peralta se había quitado el saco que puso sobre uno de los sillones individuales y se encontraba sentado en la orilla del sofá. Esto realzaba su larga altura y a la vez su delgada complexión. Tenía a su lado los periódicos extendidos cuyo desorden denotaba que ya los había revisado todos. Apenas había tomado café, pero sí la totalidad de la galletas. Cuando se abrió la puerta de la sala, en un gesto de displicencia apenas bajó el diario que leía para ver quién entraba y sólo hizo un tímido intento por levantarse para recibir al jefe de Estado Mayor Presidencial.

—No se levante mayor, ¿cómo está?, ¿se le ofrece algo más, quizá un sándwich? —preguntó Pascual Guajardo con amabilidad para romper la densa atmósfera que se respiraba.

—¿Cómo quiere que esté, general, si estoy aquí en calidad de rehén? Además que no tengo que obedecer órdenes de ningún civil —dijo enfadado—, si he aceptado esto, que considero humillante, es por el aprecio que le tuve al señor presidente y como su médico de cabecera creo que mi obligación es permanecer aquí. Sin embargo, mi general, ni siquiera se han tomado la molestia de informarme que está pasando y lo que esperan de mí.

Mientras Guajardo escuchaba ese discurso, que Peralta llevaba largo rato rumiando, se congratuló a sí mismo por la idea que tuvo de pasar a supervisar lo que estaba ocurriendo. Lo peor que podía suceder es que estando encerrado en la reunión algo se saliera de control. Pensó que lo mejor era mostrarle al doctor la mayor empatía posible para tranquilizarlo, al menos por un rato.

—Yo sé bien cómo se siente —se justificó Guajardo—. En su lugar yo estaría igual o quizá peor. Pero no tiene idea lo agradecido que estoy con usted por su colaboración. Ninguno de nosotros habíamos pasado por esto. No tenemos experiencia y debemos ir resolviendo las cosas sobre la marcha.

—Pero es que me han hecho sentir como un preso incomunicado. ¡Vaya descaro el de Guzmán de quitarme mi celular y desconectar el teléfono! Le repito, sólo por el respeto que le tengo al presidente es que aquí estoy. De otra manera, ya me habría largado y usted, ni nadie me iba a detener.

—Doctor, le reitero, sé cómo se siente. Créame que admiro su comportamiento en estos momentos tan complicados. Pero le pido que comprenda la naturaleza de las circunstancias y las razones que tiene el licenciado Guzmán para actuar como lo está haciendo. Usted conoce bien la situación política por la que atravesamos. Ni usted, ni yo, ni Guzmán sabemos lo que vendrá una vez que se haga pública esta noticia. Por eso debemos conservarla en secreto hasta que estemos seguros de cuál es la mejor forma de proceder, por el bien del país. Y usted nos ayudará que así sea.

Empezó a sentir que Peralta se ablandaba y que la tensión bajaba. Por lo que optó por continuar explotando en su improvisado discurso la veta de su vocación de servicio y la relevancia política del momento. Tenía que estar seguro que lo dejaría tranquilo antes de irse y para ello contaba con escasos minutos, porque no sabía si además de los responsables de la Defensa y Marina, ya habrían llegado otros de los convocados, por lo que sentía urgencia de trasladarse a la biblioteca lo más pronto posible.

—Mayor, estamos viviendo un momento histórico y necesitamos que dejemos a un lado nuestros intereses y pongamos los de México por encima de éstos. Yo conozco que usted, no sólo ha accedido a permanecer aquí por el respeto que le tenía al presidente y por su lealtad como médico de cabecera, sino por su vocación de servicio hacía el país. Eso se lo reconozco y le estoy muy agradecido.

—Pero, ¿qué va pasar y qué necesitan de mí? —preguntó Peralta en un tono más sosegado—. Yo estoy en la mejor disposición de colaborar en lo que me pidan, siempre y cuando sean claros conmigo.

Al oír estas palabras y ver que una expresión amable se adueñaba del rostro de Peralta, Guajardo experimentó una sensación de triunfo y hubiera querido dar un salto. Pero procuró mantener el gesto serio, mientras imaginaba cómo responder a preguntas que en ese momento eran imposibles de contestar. No obstante, lo que sí pensó es que debía darle una respuesta contundente que terminara por dejarlo en paz y para ello no tenía más opción que mentirle, o al menos, hacerlo a medias.

—El licenciado Guzmán ha convocado a una reunión urgente del gabinete para darles la noticia y discutir lo que debe hacerse. Por lo que sé, él iniciará explicando cual ha sido la intervención de usted y su diagnóstico respecto a las causas de la muerte. Por lo que es posible que le puedan llamar para pedirle más detalles.

—¿Cree que discutirán sobre la posibilidad de realizar una autopsia?

—No lo sé mayor, pero con seguridad, si tratan el tema querrán hablar con usted.

—Aquí estaré a la orden, mi general. Dígaselo a licenciado Guzmán.

Guajardo se levantó, le dio un fuerte apretón de manos y mirándolo a los ojos, le dijo:

—Gracias, mi Coronel. Su apoyo en estos momentos es invaluable. ¿Le puedo enviar algo?

—Ahora si le acepto un par de sándwiches y café. Pero que esté cargado porque el que me trajeron no sabía a nada.

§§§§

Con una hoja de papel en la mano y emocionada porque su jefe la había hecho sentir importante al asignarle una tarea que, como se lo había dicho con toda claridad, era de gran relevancia para él y para su partido, la secretaria de Pérez Limantour entró a la oficina de éste segura de que cumplía a cabalidad la misión encomendada, lo que además le producía la sensación de que actuaba como una especie de espía que tenía los medios y las habilidades necesarias para deslizarse detrás de las líneas enemigas y obtener información valiosa para su causa. Más aún, no recordaba que en los muchos años que devotamente había cumplido con todo, jamás le hubieran pedido algo tan emocionante como averiguar lo que pasaba en el interior de Los Pinos.

—Como usted me lo indicó, le envié a mi cuñada un mensaje en su celular pidiéndole que me dijera...bueno antes le hice la recomendación de que fuera muy discreta. —Viviana miró el papel y casi leyéndolo, continuó— le pedí que me dijera si el licenciado Axkaná está en su oficina, fuera de ella en alguna comisión, o en acuerdo con el presidente. Por suerte a mi cuñada, hoy le tocó entrar a las ocho. Así que me respondió de inmediato. Primero me dijo que iba a averiguar, porque ella, aunque está en la Secretaría Particular, no se encuentra cerca de donde está el movimiento. Ya ve que la tienen relegada.

—Sí Viviana, eso ya me la había dicho antes —le respondió Pérez Limantour con impaciencia porque ansiaba llegar a la parte más sustanciosa—, pero ¿qué más le dijo?

—Le resumo: Que el licenciado Axkaná se encuentra desde muy temprano en Los Pinos porque cuando ella llegó ya estaba en su despacho y además alguien de la puerta le dijo que su jefe había madrugado porque lo vieron entrar antes de la 7 am. Que pidió que no le pasaran llamadas, pero que al parecer él sí las está haciendo desde dentro de su oficina porque han visto que se encienden los foquitos de su extensión. Que con toda seguridad por eso no le pasaron la de usted, pero que la tienen anotada. Que hasta donde conoce nadie ha entrado a su despacho. Que ella no sabe, si ha visto al presidente pero que va a tratar de averiguar con algunos de sus amigos que se encargan de mantenimiento y servicios generales.

—¿Y cuánto tiempo tardará? —preguntó Pérez Limantour.

—No lo puede hacer rápido porque, como yo le dije, tiene que ser discreta. Pero, se ofreció a informarme de todo lo que suceda hasta que yo le indique lo contrario.

Tan pronto terminó de leer sus notas, Viviana guardó silencio con la satisfacción de una alumna aplicada que ansiosa espera el veredicto favorable de su mentor.

Echando para atrás el respaldo de su enorme sillón, Pérez Limantour había escuchado atento la trastabillada narración de su secretaria, pero que le resultó sorprendente porque había rebasado sus expectativas, puesto que ahora tenía más elementos para descifrar lo que estaba ocurriendo en el centro mismo del poder político: Los Pinos.

La llegada tempranera de Axkaná, el encierro de éste a piedra y lodo, y que estuviera haciendo llamadas personalmente, y no a través de las secretarias, eran datos que en su mente experimentada se convertían en evidencias claras de que algo anormal ocurría y eso no tendría que ser por necesidad la renuncia del secretario de Gobernación, como lo había pensado en un primer momento, cuando la gobernadora de Hidalgo le avisó del llamado repentino que le hicieron a Arzamendi para que se presentara en Los Pinos. Aunque tampoco podía descartarla por completo.

—Muy bien Viviana. Estoy en extremo impresionado por su excelente trabajo. Por favor infórmeme tan pronto sepa algo más. Y no le importe si me interrumpe. Esto es prioritario.

§§§§

Sofía supo desde un principio dónde terminarían la conversación. En la salita que estaba en su recámara, porque era su lugar favorito para conversar sobre sus cuestiones más íntimas y donde se dedicaba en las noches a repasar los hechos del día con su madre y compartirle sus preocupaciones.

Después de que ésta murió, quizá como una manera de estar cerca de su esposa, el presidente le agregó a la habitación un escritorio para trabajar en sus asuntos personales con total privacidad. Más aún, porque durante la noche cuando muchas ideas se le agolpaban en la cabeza, le resultaba muy cómodo pararse en pijama y anotarlas, lo cual no se limitaba a oraciones breves, sino que redactaba pequeños encabezados que acompañaba con balazos escritos con pulcritud.

Sofía se acordaba a la perfección que ese domingo, cuando en el jardín se interrumpió el diálogo de manera abrupta, ella casi tuvo que correr detrás de él hasta llegar a la residencia, porque desde siempre le había costado trabajo seguirle el paso, y más si caminaba de prisa, dada la diferencia de estaturas; él medía 1.98, ella 1.75

En el trayecto, ella trataba de entender la actitud de su padre, porque no comprendía la razón para que rompiera sus patrones de conducta y estuviera ahora dispuesto a dar un paso tan audaz como la renuncia a su partido. Pensó fugazmente si la pérdida de su madre estaba influyendo en esa decisión, en la medida que modificó de manera radical su proyecto de vida.

Tan pronto entraron al vestíbulo de la casa ese domingo, él pidió que le subieran a su recámara un capuchino cargado y, sin pedirle opinión a Sofía, le ordenó un expreso doble. Subió las escaleras de dos en dos y se dirigió a su habitación. Ella prefirió ya no correr y caminar a un paso normal.

Cuando ella entró a la habitación, le pidió que se sentara en el taburete de su sillón de lectura porque así estaría más cerca de él.

Desde la exclamación de Sofía hasta que se sentaron, ninguno de los dos se había dirigido una palabra. Una vez que les dejaron los cafés, el presidente retomó el hilo de la conversación como si jamás se hubiera interrumpido.

—No sólo renunciaré al partido sino también tomaré otras decisiones importantes.

Si la palabra renuncia había afectado a Sofía al grado de casi gritar, el anuncio de que estaba por tomar "decisiones importantes" hizo exactamente lo contrario; la dejó muda.

—Primero, por el amor que te tengo, tú mereces que te dé una amplia explicación de las razones que han inspirado las decisiones que voy a tomar. Más aún, porque de la familia sólo quedamos los dos y como muchas veces te lo he dicho, mientras los cargos son efímeros, los seres queridos son para siempre. En cuatro años me iré de aquí y espero que después, como hasta ahora lo hemos hecho, tú y yo sigamos caminando juntos en la vida.

Esta introducción apaciguó por un momento los ánimos de Sofía. La mención de que la familia era tan larga como ellos dos, la hizo caer en cuenta de una obviedad que no había valorado en toda su dimensión pese a tenerla enfrente; después de la partida de su madre, él estaba tan solo como ella y quizá más, porque perdió a su compañera y confidente.

—Hija, siempre anhelé llegar a ser presidente. Tú sabes que mi carrera tuvo muchos altibajos. En el principio fue meteórica, casi sentía que me podía comer el mundo a puños, y de hecho estuve a punto de ocupar esta posición siendo muy joven. Después vinieron los años difíciles en los que incluso llegué a pensar en dejar la política, porque consideraba injusta mi situación y me dolía ver avanzar a individuos que juzgaba menos aptos que yo. Pero más tarde comprendí que el destino fue generoso conmigo, porque sin esos años de dificultades no hubiera tenido la oportunidad de crecer como ser humano, como político y sobre todo de conocerme más a mí mismo.

Se quitó sus lentes y los miró a contraluz. Sacó el pañuelo para limpiarlos y continuó hablando mientras los frotaba.

—Aprendí que fracasar es una experiencia tonificante porque te somete a prueba y te aísla por definición. El fracaso es de uno solo; es la propiedad más privada que puede haber. En cambio el éxito tiene una gran cantidad de padrinos, prontos a sonreírte con la intención de navegar detrás de tu estela hasta que les seas útil. Pero la lisonja termina por debilitarte. La enfermedad del poder es paradójica porque ignoras que la padeces hasta que te alivias y es entonces cuando te empiezas a sentir mal.

Ella lo miraba con profunda atención. Ni siquiera había probado el café. Estaba absorta en conocer cuáles eran esas otras decisiones. Sin embargo, porque conocía su forma de pensar y de explicarse, no le causaba impaciencia que antes de decírselas, describiera el entorno y las razones que le hicieron tomarlas. Por lo que guardaba silencio con los brazos cruzados, aunque reconocía la tensión que en su cuerpo le causaba la espera.

—Mi presidencia es el resultado de una alianza entre partidos. No quiero decir que yo carezca de méritos para ocuparla, ni que mi trayectoria política fue irrelevante para lograrla o que el esfuerzo que hice durante la campaña haya sido inocuo. Pero, no me engaño, fui el tercero en discordia, el candidato de conveniencia porque les parecí predecible —institucional dicen algunos eufemísticamente— y, por ende, confiable para todos.

Se detuvo un momento para sorber un poco de su capuchino, volvió a arrellanarse en su sillón favorito y encendió su luz de lectura porque la tarde empezaba a pardear. Su ordenada alocución denotaba que la había repasado en su mente varias veces. Quizá primero para justificarse ante sí mismo y, después, para explicárselo a ella.

—Esta alianza marcó mi campaña y yo lo acepté porque entendía la forma cómo había surgido mi candidatura. Cedí en muchas cosas y en tantas otras serví de mediador entre las dirigencias de los partidos que me apoyaron. Sin embargo, pensé con ingenuidad que, una vez electo, podría tener un mayor margen de libertad para empujar mis prioridades. Me equivoqué; las cosas han ido para mal. Todo, hasta lo más nimio debe ser negociado y eso cada vez me produce mayor tensión.

—Pero eso lo sabías, papá —interrumpió ella—, que las alianzas que facilitaron tu acceso a la presidencia y la situación política del país, te obligarían a hilar fino para buscar el consenso o al menos el apoyo mayoritario del Congreso. Tú me lo dijiste muchas veces e incluso me lo reiteraste en varios de tus correos cuando yo estaba en Irlanda y te encontrabas en campaña.

—No me importa negociar, hija. Esto es la esencia de la política. Pero yo no estoy involucrado en negociaciones de alta política, sino en acuerdos vulgares donde lo que se busca es defender o engrosar intereses particulares o de grupo, que sin hacerse presentes casi pueden palparse, incluso con nombre y apellido. Peor aún, cuando he percibido en algunos casos, actitudes que me resultan sospechosas porque tienden, sin razones evidentes, a dilatar decisiones que limitan la acciones del Estado para combatir ilícitos, tapar hoyos fiscales o cerrarle el paso a la inseguridad y la delincuencia.

Hizo una interrupción con un aire de gravedad. Nunca había compartido esos pensamientos con nadie. Se mantuvo en silencio durante unos segundos. Respiró hondo y continuó con una expresión seria, acompañándose de su habitual movimiento de manos para enfatizar sus argumentos.

—Pero este proceso de regateo nunca se hace público y ocurre mucho antes de llegar al Congreso. Si en éste ves que de repente las cosas se agitan, te puedo asegurar que son sólo los últimos coletazos de algo que se discutió con antelación. Además de que, como me lo dijiste en el jardín, los votos en la Cámara también se pueden comprar. Así, un grupo muy pequeño, en el que hay no sólo representantes populares y funcionarios públicos, debate y acuerda con antelación los asuntos que pasarán al Congreso, convirtiéndose en un filtro que diluye los propósitos originales para que las cosas fluyan, para que en el país todo cambie pero siga siendo igual. Y en este gatopardismo, yo me estoy diluyendo también, al grado de sentirme como un títere intrascendente.

Fijó sus ojos en Sofía con una mirada punzante, para no dejar dudas que lo que estaba por decir, era la parte que más le interesaba que ella escuchara de ese discurso improvisado e irrepetible, porque resumía de manera estructurada lo que durante muchos meses él había sentido y reflexionado, y que sólo podría compartirlo con su ser más querido.

—Éste no es el destino que imaginé cuando aspiré a la presidencia de la República y menos aún quiero seguir cuatro años más desempeñando este papel ridículo. Estoy traicionando a quienes creyeron en mí, en especial a tu madre y a ti, pero también estoy actuando en contra de mis principios. No hay peor traición que la que se hace contra uno mismo. Vivir así no me mueve, ni quiero que el signo de mi vejez sea la amargura de sentir que tuve en mis manos mi oportunidad más deseada y que la dejé escapar porque no me atreví a ser yo.

Ella lo miraba sorprendida. Conocía de sobra que su padre tenía la habilidad de expresar sus ideas de manera concisa y puntual. Pero en esta ocasión sus palabras habían penetrado su conciencia como un estilete afilado, porque que además de revelarle con claridad meridiana una realidad que ella ni siquiera imaginaba, le despertaban un sentimiento de ternura, porque comprendía lo que debió significar para él cargar con el peso de esos sentimientos sin compartirlos con nadie. Fiel a su hermético carácter que en la vida le había servido como escudo para ocultar cualquier emoción. Rasgo que incomodaba a algunos porque les era difícil deducir lo que pensaba o sentía.

—Pero, ¿qué te propones? —lo interrumpió con cierta brusquedad reflejando la ansiedad de conocer que planeaba— ¿Cómo puedes cambiar una realidad que te rebasa y más hacerlo sin el apoyo de los partidos que te apoyaron y sobre todo del tuyo?

—Creo conveniente renunciar al partido, porque mi primer objetivo es hacer una manifestación pública de independencia. Esto me va a permitir plantear mis políticas y emprender iniciativas que respondan a mis convicciones, sin tener que negociar desde el principio tras bambalinas, prefiero hacerlo más adelante y en forma abierta a la opinión pública.

—¿Por qué no me comentaste nada de esto antes? Yo hubiera podido ayudarte. Me aterra lo que me estás diciendo. Siento miedo al ver que en este momento me estás comunicando una decisión tomada y que, como si fueras un domador de leones, me anuncias que pretendes permanecer dentro de la jaula por una larga temporada sin darles de comer nada en absoluto.

—Cálmate. No te lo dije antes, porque las cosas no las tenía del todo claras. Más aún te confieso que a lo largo de estos meses me han asaltado muchas dudas respecto a la posibilidad de lograr algo con mi decisión. De hecho ha sido un proceso gradual en el que muchas veces tuve que volver atrás, para comenzar de nuevo. Y esto no lo hice solo, me acompañé de un pequeño grupo de colaboradores que me ayudaron a pensar y a los que no les develé nada sino hasta que las piezas se fueron poniendo en su lugar. En adición, me he apoyado de algunas personas fuera del gobierno. Los únicos que conocemos la lista completa somos Axkaná y yo. Por eso no te compartí nada. Preferí poner la casa en orden antes. Además de que anticipaba tu reacción porque conozco tu carácter.

La mención a su carácter explosivo, aunque no le hubiera puesto este calificativo, fue un terrible error que afectó el ambiente de la plática, porque a ella siempre le había enfermado que le hicieran notar que reaccionaba con más pasión que inteligencia, y aunque esto no fuera cierto en todos los casos, sentía injusto que se le pusiera a su personalidad esa etiqueta indeleble, lo que provocaba que entrara en un círculo vicioso donde entre más le señalaban ese defecto más lo demostraba.

—¿Después qué sigue? ¿Te vas a parar en la Cámara de Diputados o en el balcón de Palacio a anunciar qué? —preguntó ella con un gesto de curiosidad pero en tono de burla.

—No hija no será la Cámara de Diputados porque hace mucho que ahí el presidente no es bienvenido. Pero sí será el 1º de septiembre, cuando anunciaré un cambio en la estrategia de mi gobierno y el envío a la Cámara de varias iniciativas.

—¿Y con eso vas a enderezar todo? Papá me resisto a creer lo que me estás diciendo. Un político hecho y derecho con más de treinta años de experiencia y con sesenta y cuatro cumplidos, cree que él solo podrá resolver todo. Me dejas estupefacta. No le veo el sentido.

—No soy ingenuo. Estoy seguro de que lograré poco, pero será al menos algo más de lo que estoy obteniendo. Tampoco pienses que en este país soy el único que está harto de vernos entrampados en la mediocridad, mientras nuestros problemas se amontonan y se hacen más graves, porque no podemos adoptar decisiones de fondo sin antes pasar por un tamiz de intereses mezquinos y visiones miopes, que terminan por convertirlas en actos tardíos, limitados e insuficientes.

Ella quiso interrumpirlo pero él no lo permitió subiendo el tono de voz.

—Sí hija, allá fuera hay muchos, que sin conocer el detalle de los arreglos que ocurren tras bambalinas, intuyen el trafique de intereses y se dan cuenta de los magros resultados. Y no te hablo de periodistas, empresarios, académicos y la opinión pública en general, sino de mucha gente que está dentro los mismos partidos. Esto me da alguna esperanza de que me apoyen y quizá algunos me imiten.

—¡Bravo! un golpe de estado contra la partidocracia supraconstitucional —dijo Sofía aplaudiendo levemente en el mismo tono burlón que había empleado antes, pero ahora con el gesto enojado—, ¿y cuál es esa nueva estrategia que les venderás para que te sigan y abandonen a los jefes que les dan de comer, cuando antes de cada elección ponen una paloma frente a su nombre?

Se levantó del sillón con el rostro serio, visiblemente afectado por el rumbo que había tomado la conversación. Se sentía decepcionado.

Esperaba encontrar apoyo y en lugar de eso había abierto un frente que, en la víspera de las decisiones que estaba por tomar, era lo que menos quería. Estaba arrepentido de haberle informado a Sofía cuáles eran sus planes. Pensó que no atendió a sus instintos, esos mismos que a lo largo de la vida siempre le habían aconsejado apechugarlo todo en soledad. Advirtió que quizá la falta de su confidente lo hizo suponer que su hija podía tomar el papel que tuvo su esposa. Se equivocó y se lo reprochaba en silencio. Era el momento de la retirada.

Contuvo su enojo, guardó sus emociones con su habitual costumbre y en tono calmado respondió:

—Sofía no creo que este sea el momento para explicarte con detalle cuál será la estrategia de mi gobierno y las iniciativas que le propondré al Congreso. Pero, si te adelantó que abordaré muchos temas en los que hemos avanzado muy poco relativos a los monopolios, la concentración del ingreso y la riqueza, la evasión fiscal, la industria del narcotráfico, el manejo de los recursos que aportan los obreros a sus sindicatos, la televisión pública, el tráfico de influencias, la…

Ella, con el rostro desencajado, se levantó de un salto interrumpiéndolo en forma abrupta mientras le mostraba la palma de mano en señal de alto.

—Ya por favor, ya para, ya no me digas más, porque lo único que estoy entendiendo es que planeas suicidarte. ¡Claro! dices que al menos vas a lograr un poco más de lo que obtienes ahora. ¿Y cómo pones en este balance a tu vida? ¿Ya pensaste en la presión que se te vendrá encima y cómo esto afectará tu salud? O, ¿quieres que como a Colosio te envíen a un asesino solitario? ¿Cuál opción es la que más te gusta para morir: una cama o una bala? ¿Qué no te das cuentas que detrás de cada cosa que me dijiste hay grupos dispuestos a lo que sea con tal de preservar sus intereses y que tienen ramificaciones por todas partes? No papá, en esto no te puedo apoyar. Me rehusó a ver cómo pones en riesgo tu vida, para lograr algo de lo que tú mismo estás incierto.

Mientras hablaba su talante fue transformándose. El enojo lo sustituyó la frustración, donde antes estaba un ceño fruncido con rabia, ahora aparecía una expresión de angustia, mientras que los gritos fueron reemplazados por lágrimas.

—No me dijiste hace un momento que querías al término de tu mandato que tú y yo siguiéramos juntos caminado en la vida. Y ahora me vienes a decir que planeas una especie de acto de inmolación para tratar de que algo cambie en un maldito sistema que está podrido.

—Exageras hija no todo está podrido y no me voy a suicidar, seguiré cuidando mi salud y tomaré mis precauciones. Hay gente en las fuerzas armadas que me es leal. Pero también entiende que hasta ahora, siento que mi presidencia no es más que una farsa que no va a ningún lado. Soy el administrador de un estatus quo, que no el presidente de un país.

Ella ya no escuchaba. Estaba aterraba porque conocía que cuando él tomaba decisiones graves no solía dar marcha atrás. Se dio cuenta que era inútil continuar discutiendo, sólo repitió: —No papá, en esto no cuentes conmigo, y te lo digo por la misma razón que antes usaste, porque yo también te amo y quiero seguir caminado en la vida junto a ti y no detrás de tu ataúd.

Le dio un beso en la mejilla dejándosela mojada por las lágrimas y se marchó. Nunca más volvería a hablar con él.

§§§§

Viviana notó que su celular empezaba a parpadear señalando el arribo de un mensaje que leyó y transcribió con cuidado. Hizo una impresión y entró sin tocar la puerta a la oficina de Pérez Limantour.

Éste, al ver que su secretaria tenía una hoja papel en la mano y observar su cara de satisfacción, se animó como un niño al que están a punto de entregarle un regalo. Dobló con cuidado el diario que estaba leyendo, le pidió con una amabilidad estudiada que tomara asiento, se pegó al respaldo del sillón y entrelazó las manos en actitud de serena espera.

—Dígame Viviana, qué le cuenta su cuñada.

—Varias cosas que consiguió a través de sus contactos, por lo que ahora tenemos información más precisa —le respondió la secretaria que empezó a leer sus notas con la aplicación de un adolescente de secundaria—: Que el licenciado Guzmán llegó a la 6.40 de la mañana pero que antes de entrar a la casa del presidente pasó a la casita de la señora Sofía. Que alrededor de las 6.17 arribó un coche que se le permitió el paso hasta las escalinatas de la residencia. No me pueden decir quién era el ocupante aunque sí saben que es un automóvil del Ejército. Que el licenciado Guzmán salió como a las 7.30 y que se dirigió con mucha prisa hacia su oficina donde todavía se encuentra. Que el general Guajardo salió de la casa del presidente como diez minutos antes que el licenciado Guzmán, pero regresó hace media hora.

—O sea —dijo Pérez Limantour mirando su reloj— si van a dar las 9 de la mañana, quiere decir que regresó a la 8.30 más o menos. Excelente Viviana, ¿algo más?

—Sí, me falta el último punto que tengo anotado en mi bitácora; que los secretarios de la Defensa y Marina están desde las 8.10 en la residencia del presidente y que casi llegaron juntos.

Pérez Limantour la miró sorprendido y casi esbozando una sonrisa de satisfacción, le preguntó con curiosidad: —¿Cómo consigue toda esta información su cuñada?

—Es que es bien amiguera y ya tiene muchos años en Los Pinos. No crea que sus amigos son de los picudos pero sí se dan cuenta de lo que pasa, con decirle que me ha contado una bola de chismes bien gruesos de la esposa del anterior presidente, fíjese que una noche …

Pérez Limantour la interrumpió con brusquedad porque le urgía analizar la información que había recibido y valorar lo que haría con ella.

—Otro día me lo cuenta, Viviana. Ahora me gustaría que me dejara revisar su bitácora, como usted la llama y quizá le pida un par de llamadas. Mientras tanto no me pase ninguna.

—Aquí está licenciado —le dijo mientras se la entregaba en la mano —No se apure si la tacha o escribe sobre ella, yo conservo una copia en mi computadora.

Esperó a que Viviana cerrara la puerta y empezó a leer con calma la improvisada bitácora. Pensó que podía ser más clara si cada hecho lo ordenaba en el tiempo. Tomó una hoja de papel de cuadricula pequeña donde le gustaba hacer sus anotaciones, costumbre que adquirió desde su época de estudiante y que describía su personalidad meticulosa y su obsesión por el orden rectilíneo, salvo cuando se trataba de hacer negocios personales al amparo de la política.

Inició escribiendo en el primer renglón las 5.45 horas dado que, aun cuando su secretaria no le dio esta información, era del dominio público que el presidente solía levantarse a esa hora, porque esto lo había manifestado durante una entrevista de televisión cuyo objetivo era describir su lado humano. Razón por la que también sabía que antes de iniciar su jornada de trabajo oficial, dedicaba una hora a revisar una serie de periódicos en internet, leer la síntesis de prensa nacional y, si la ocasión se presentaba, a escribir al menos un párrafo o, incluso un página, de algún libro en el que estuviera trabajando. De esta forma, dedujo que el desayuno, ya fuere público y privado lo tomaría entre 8 y 8.30. Dato que tenía de primera mano, porque se lo había dicho el propio presidente en una ocasión que lo invitó a desayunar a Los Pinos.

Más adelante, listó cada hecho de acuerdo a su hora de ocurrencia. Miró satisfecho sus notas alineadas con prolijidad, como quién revisa en las piezas revueltas de un rompecabezas, sin todavía tener como referencia la imagen que éste conformaría una vez armado.

Se concentró en analizarlas a detalle para deducir lo que podía estar ocurriendo en la residencia oficial. Su primera conclusión fue que estaba equivocado en cuanto a suponer que los días del secretario de Gobernación estaban contados y que su reemplazo era inminente. En seguida quiso encontrar el hilo conductor que sirviera para unir todos los eventos de una forma lógica. Pero no encontró nada que fuera consistente. Por el contrario, cada hecho le creaba interrogantes. Las anotó a un lado, relacionándolas con cada hecho utilizando un marcador. De igual forma incorporó a su análisis el dato relativo a la convocatoria que Guajardo le hizo a Arzamendi para que se presentara en Los Pinos con celeridad.

Leía las preguntas que el mismo se hacía y encontraba para cada una más de una respuesta. Pero quizá aquella que le intrigaba en mayor medida era la relativa a la persona que arribó en el coche del ejército a las 6.17 de la mañana. Más aún porque no sabía a qué hora había entrado Guajardo a la casa del presidente por primera vez. Conjeturó que pudo haberlo ido a despertar para informarle que algo grave estaba ocurriendo y que recibiría algún informe confidencial. Esto le hizo pensar que se trataría de un asunto de seguridad nacional y que por eso se convocó a una reunión urgente que se llevaría a cabo mientras desayunaban el presidente, los dos altos mandos militares, el secretario de Gobernación, el jefe del Estado Mayor y el secretario particular. Aunque en ese caso faltaría el secretario de Seguridad Pública.

Pero aun así, había piezas que no se ajustaban a esta lógica ¿Por qué Guzmán pasó a ver a la hija del presidente antes de ir a la casa de éste? De hecho circulaban chismes de que había algo entre ellos y que quizá el presidente consentía esta relación por el afecto que le tenía a su secretario particular. Pero no había nada concreto. Además de que no le cuadraba una visita a las 6.30 de la mañana. ¿Y si las murmuraciones fueran verdad? —se preguntó— aunque se daba cuenta que estaba dejando correr demasiado rápido su imaginación y que lo que requería eran más datos antes de llegar a conclusiones. Aunque si advertía que algo serio podía estar ocurriendo: ¿Un nuevo levantamiento zapatista o del EPR? ¿Una acción masiva de los narcos?

Movió la cabeza en sentido negativo.

—No te adelantes se dijo, ocúpate en buscar más información antes de sacar conclusiones.

Tomó el teléfono y marcó la extensión de Viviana.

—A sus órdenes licenciado.

—Viviana, ¿podría enviarle un mensaje a su cuñada diciéndole que le estamos agradecidos? Desde luego diga esto con alguna especie de clave y avísele que estaremos pendientes de sus mensajes. Aunque dígale que necesitamos saber el nombre de la persona que llegó a las seis y cuarto de la mañana.

—Con mucho gusto, ahora mismo lo envío.

—Le puedo pedir que también me comunique con el Ingeniero Narciso Cervantes ¿Sí sabe quién es?

—Desde luego licenciado, es el secretario de Seguridad Pública.

Capítulo IV

Sofía se secó las lágrimas. Recordar el último día que pasó con su papá la hizo llorar con dolor y coraje. Se notó al menos más relajada una vez que vació su llanto. Pensó que, a reserva de volver más tarde, lo mejor sería recoger las cosas que tuvieran para ella un valor sentimental o fueran valiosas. No perdía de vista que su padre era un personaje público y que esa casa no era suya, por lo que entendía que una vez que ella le avisara a Axkaná que había terminado, ya no tendría el control de lo que ocurriera ahí dentro.

Se acercó a la cama fijando la mirada en el rostro de su padre. Acarició su abundante cabellera gris y ensortijada, y le dio un beso en la mejilla.

Casi tocando el rostro con el suyo le habló al oído, como cuando de niña jugaba con él a contarle secretos sobre supuestos personajes fantásticos que la visitaban, le dijo:

—Gracias papi por todo lo que fuiste para mí. Perdóname porque te dejé solo cuando más me necesitabas. Fue inútil mi cobardía porque de nada sirvió para evitar tu muerte. Adiós, yo sé que tú y mamá ya están juntos. No te preocupes por mí; tú me enseñaste como salir adelante. No te defraudaré.

Lo besó y le cubrió el rostro con la sábana. Se dirigió a la ventana y abrió apenas las persianas para que entrara la luz natural y pudiera ver mejor. El día estaba muy soleado. La luminosidad que esto provocaba dentro de la recámara contrastaba con el hecho trágico e irremediable que ahí había ocurrido. Fugazmente le pasó por la cabeza que su padre despertaría tan pronto percibiera los rayos del sol. Pero sólo fue un deseo breve de que pudiera ocurrir algo mágico. Todo seguía igual.

Salió por un momento y le pidió una bolsa al militar que estaba en la puerta. Éste le indicó que tenía instrucciones de no moverse bajo ningún motivo, pero que tan pronto viera al Coronel Henríquez le comunicaría su requerimiento. Mientras eso pasaba retiró de la mesa de noche la taza y la jarra con restos de té de canela, la caja de aspirinas y el empaque del envase de pastillas de glucosamina que recién estaba abierto. Sin embargo, dejó el frasco sobre la mesa.

Empezó por hacer un recorrido visual por todos los rincones de la habitación para seleccionar los objetos que a primera vista resultara obvio llevarse. Tomó el pastillero, su reloj de pulsera, varias fotografías, su cartera, sus mancuernillas, varios objetos del escritorio que, sin ser valiosos, eran recuerdos que su padre guardaba de viajes o hechos que fueron significativos en su vida, entre los que estaba una vieja pluma corriente con la que había escrito su primer libro durante una época difícil de su vida. Por eso justificaba el conservarla pese a que ya era inservible, porque no era una pluma — le decía su padre— sino una agarradera que en los momentos duros le había permitido no caer.

Con cuidado, como si estuviera próxima a elaborar un inventario, fue acomodando sobre la mesa todas las cosas que iba recogiendo.

Una vez que terminó con lo que era más visible, abrió los closets y empezó por revisar los anaqueles y las cajoneras. En el primer anaquel encontró en perfecto orden las medicinas y los complementos vitamínicos que su padre tomaba de manera habitual, mientras que la mayoría de los cajones estaban llenos de su ropa, pero muchos se encontraban vacíos como también ocurría con los espacios previstos para colgar trajes y vestidos, lo que evidenciaba que ahí habían estado alguna vez las cosas de su madre.

En un cajón halló dos alhajeros. El primero contenía las joyas de su mamá. La mayoría de ellas no eran muy valiosas, salvó un par de aretes de esmeraldas que le heredó en vida su abuela cuando se casó con su padre. Gesto que su madre quiso repetir con ella cuando contrajo matrimonio. Pero que Sofía no aceptó argumentando que era mejor que conservara ese patrimonio, como una especie de seguro que podría servirle en el futuro ante una eventualidad.

El segundo alhajero describía en su apariencia, el desapego de su padre por las cosas materiales. De piel descolorida y rallada estaba lleno de mancuernillas comunes, botones para camisas de smoking y algunos llaveros gastados por el tiempo más que por el uso. Apenas encontró un par de relojes de marcas buenas pero no de lujo. No le extrañaba eso, porque nunca compraría un objeto de alto precio para su uso personal y porque tan pronto le hacían regalos, así fueren de alto o bajo valor se deshacía de ellos y de preferencia se los daba a gente que consideraba que le servirían o le harían falta. Él se justificaba diciendo que esos obsequios estaban dirigidos a la silla que ocupaba y no a su persona. En cambio, los presentes que sí conservaba eran aquellos que le tocaban sentimentalmente y que por lo general tenían escaso valor.

En el fondo de ese cajón descubrió amarrados con unos listones, tres paquetes de cartas personales que se habían escrito sus padres. Sabía que éstas eran recientes porque ella conocía que en su vieja casa de la Colonia Del Valle había más. Esta comunicación epistolar solía ser normal entre ellos, aunque la mayor parte de las veces se trataba de mensajes breves que se entregaban como una manera de acompañarse, cuando por razones de viaje se separaban o en días u ocasiones especiales.

Cuando tomó los paquetes de cartas para acomodarlos en la mesa. Advirtió que había un sobre suelto dirigido a ella. "Para Sofía" estaba escrito en el anverso. Buscó en el escritorio un abrecartas. Se sentó en el taburete que su papá usaba para descansar las piernas mientras leía y lo abrió con lentitud para no romperlo. Estaba segura de lo que iba a encontrar y no falló. Se trataba de la famosa carta que ese domingo le iba a entregar, pero que no pudo dársela por la manera violenta como terminaron las cosas. La fecha en el encabezado ponía en blanco negro el último día que habló con él. Ahora que la veía escrita la recordaría para siempre.

Leyó su contenido cuya destinataria era la opinión pública, la dobló meticulosamente y volvió a ponerla dentro del sobre.

Permaneció sentada y cabizbaja, mientras asimilaba lo que recién había leído.

Él tenía claro toda la presión que le vendría en encima —pensó— con razón me la entregaría cerrada, para que yo no me diera cuenta de que él conocía los riesgos que estaba corriendo. Pero no me pudo engañar, ni quiso cambiar de opinión cuando yo se lo hice ver. Era un hombre terco pero de una pieza.

Un par de golpes en la puerta la sobresaltaron y la hicieron dejar sus cavilaciones.

—Sí, adelante —pudo apenas decir en un tono apagado, mientras se ponía de pie.

Se abrió la puerta y asomó la cabeza el Coronel Henríquez

—Señora Sofía ¿puedo pasar? Traigo las bolsas que pidió.

Le permitió la entrada y le entregó el par que llevaba.

—Muchas gracias, Coronel, quizá sólo necesite una. No es mucho lo que me voy a llevar.

—¿Se le ofrece algo más?

—No pienso que es todo. Creo que ya tengo seleccionado aquello que me llevaré. Quizá en diez minutos más me retiraré.

—Hágalo cuándo usted lo considere prudente. De cualquier forma la habitación permanecerá resguardada para que no entre nadie.

—Ya pasan de la 8.30 y será mejor que vaya a casa a ducharme y a desayunar algo. Nos espera un largo día. Le pediré al soldado que está en la puerta —disculpe Coronel pero no sé distinguir los rangos militares—, que le avise cuando salga para que usted se lo comunique al licenciado Guzmán, porque es necesario que hable con él.

—Así se hará señora. Aprovecho este momento para manifestarle mi más sentido pésame y decirle que siempre sentí un profundo respeto por su señor padre. Era un ser humano excepcional y siempre nos lo hacía sentir con su trato. Cuente usted con todo nuestro apoyo para lo que se le ofrezca.

—Coronel Henríquez. No tome mi respuesta como una cortesía vacía de contenido, pero mi padre siempre estuvo orgulloso de sus colaboradores más cercanos y a usted lo consideraba uno de ellos.

A Henríquez se le hizo un nudo en la garganta y sintió levemente que sus ojos, aun adiestrados en la dureza de la vida militar, se empezaban a humedecer. Prefirió cortar por lozano.

—Gracias señora, el que está orgulloso de haberlo servido como mi comandante supremo soy yo —dio media vuelta y se retiró.

Sofía tomó una de las bolsas que le había entregado Henríquez y metió en ella todo lo que había puesto sobre la mesa de noche.

Volvió a acercarse a su padre. Descubrió su rostro y lo besó con ternura por última vez.

Abrió la puerta y le encomendó al cabo que le avisará al Coronel Henríquez que estaría en su casa y que le recordaba que necesitaba hablar con el licenciado Guzmán.

—A sus órdenes señora. Así lo haré tan pronto vea a mi Coronel.

§§§§

El general Ubaldo Gutiérrez y el almirante Lorenzo Lazcano conversaban parados junto al ventanal de la biblioteca mirando hacia el jardín. Intercambiaban datos de los informes que durante la mañana habían recibido de las zonas militares y navales. Detrás de ellos quedaba la larga mesa con sus sillas idénticas en ambos lados, lo que enfatizaba el espacio vacío en una cabecera y el lugar que por costumbre ocupaba el presidente en la otra. En éste había un amplio sillón reclinable que tenía junto una pequeña mesa con varios teléfonos y timbres numerados. Enfrente destacaba una carpeta de cuero más gruesa que las que estaban colocadas en los otros sitios y sobre la que descansaba un montón de tarjetas en blanco tamaño esquela. A su lado, un tarro de metal plomizo lleno de lápices recién afilados y algunos marcadores de colores distintos. Pese a estos signos, el orden estricto en el que estaban colocados todos los objetos, su prolijo estado y una alfombra apenas pisada denotaban que el recinto se usaba muy poco. Más aún, porque no tenía ningún adelanto tecnológico como los que estaban instalados en la sala de reuniones que tenía el presidente junto a su despacho oficial.

—Buenos días señores —dijo Guajardo apenas abrió la puerta.

Saludo cortésmente a ambos con la consabida costumbre militar de anteponer el "mi" al rango militar de cada uno. Observó que ya les habían ofrecido un café, por lo que de inmediato empezó a hacerles conversación como una estrategia para evitar que le formularan preguntas, por ello prefirió hacerlas él.

—Mi general secretario ¿Cómo va el asunto del Jabalí allá en Sinaloa?

—Este cabrón es muy escurridizo. Casi lo teníamos cercado la semana pasada, pero cuando llegamos al rancho donde supuestamente estaba, fue ya tarde. No me queda duda que tienen información de primera mano y que existen muchas filtraciones en nuestro lado.

—Ése es el problema —terció el almirante Lazcano. Es la quinta columna que, invisible y lubricada por ingentes cantidades de dinero, nos traiciona y nos dispara por la espalda, además de que crea entre nosotros —la marina, las fuerzas armadas y los elementos de seguridad pública—, una atmósfera de desconfianza que limita mucho la posibilidad de actuar en forma coordinada y que ante la opinión pública nos desacredita a todos.

—Y ¿qué efectos han percibido a partir de la nueva estrategia del gobierno?

—Mire, mi general Guajardo —respondió el secretario de la Defensa—, usted sabe bien, porque estuvo ahí, que antes de lanzarla la discutimos ampliamente con el señor presidente, y como se lo dije, a mi parece acertado aplicar un enfoque que aborde la problemática de la droga de manera integral desde su producción hasta atención de los adictos. Creo que antes, estábamos privilegiando su combate a través de la fuerza pública.

—Así es —agregó Guajardo—, quizá invertir en la prevención e inteligencia y en la atención a los drogadictos hará que los esfuerzos sean más efectivos y menos costosos.

—Si me permite, mi general Guajardo —interrumpió el almirante Lazcano con gentileza—, creo que además de los puntos que señala mi general Gutiérrez, para mí, cerrarle la llave del dinero al narco ha sido lo más importante. Hemos atrapado capos pero no así sus organizaciones financieras y éstas no se combaten con balas sino a través de operaciones de inteligencia.

Lazcano bajó al mínimo el tono de su voz y continuó:

—Yo cuento con reportes de establecimientos de todo tipo, montados con gran lujo que permanecen abiertos pese a no demostrar una actividad comercial importante. El común denominador de estos negocios es que sus clientes pueden pagar en efectivo lo que consumen o compran, a lo que se suma el hecho de que no hay obligación para identificar al comprador, y menos todavía para extenderle una factura a su nombre, lo cual facilita —mejor dicho facilitaba— el lavado de dinero. Por eso creo, que la estrategia del presidente va en la dirección correcta porque cerrará hoyos y se hará la luz sobre muchos puntos ciegos.

Guajardo seguía la conversación con interés, mientras en su mente hacía pronósticos sobre quién sería la siguiente persona en entrar y cuándo llegarían todos. En su cabeza apostó que pronto debería aparecer Santiago Órnelas, el presidente del Suprema Corte o Joaquín Benavides, el jefe de asesores. Con discreción miró el reloj del almirante Lazcano para no hacer obvio que le interesaba conocer la hora y vio que apenas pasaban de las 8.20 Esto lo hizo prever que, si no surgía ningún imprevisto, alrededor de las nueve todo estaría listo para llamar a Axkaná, aunque su mayor preocupación era que el traslado de Arzamendi se hiciera sin ningún contratiempo. En más de una ocasión durante las giras presidenciales los helicópteros le habían dado serios dolores de cabeza.

Pese a estar elaborando estas elucubraciones, Guajardo no perdía el hilo de la conversación y pudo incluso unirse a ella sin mucha dificultad.

—Lo que no podemos perder de vista es que ir tras el dinero del narco hará su combate más peligroso —continuó diciendo el general Ubaldo Gutiérrez—, y no lo digo porque para ellos sea preferible perder hombres que desprenderse de sus recursos, puesto que éstos les aseguran seguir operando y reponer a los primeros, sino porque con toda seguridad se tocarán muchos intereses cuyas ramificaciones no conocemos con precisión.

—Así es —intervino Guajardo—. Será como estar caminando solos en la mitad del bosque y tropezar con un oso dormido. Es obvio que se defenderán y moverán todos los hilos que estén a su alcance, por lo que es factible que empecemos a ver estrategias inéditas hasta ahora, y no me refiero al uso de la fuerza bruta sino quizá a acciones más sofisticadas. Además de que posiblemente descubriremos que las lavadoras de esos recursos son organizaciones mucho más grandes y legales de lo que pensamos, por eso creo que……

De improviso Guajardo dejó de hablar cuando se abrió la puerta y entró Jaime Lascurain, subsecretario de Hacienda. Esto lo sorprendió porque en su radar mental dejó de considerarlo, quizá por no ser miembro del gabinete y haber sido el último en convocar, lo cual hizo sin darle mayor explicación que decirle que el licenciado Guzmán lo necesitaba a la brevedad en Los Pinos y para lo cual le solicitaba que actuara con la discreción que siempre usaba en este tipo de llamados.

—Pase por favor licenciado. Imagino que ya se conocen —Les dijo a los tres sin especificar a quién se dirigía.

—Desde luego —dijo el general Gutiérrez en tono afirmativo— es la tijera presupuestal más rápida del oeste.

—Yo diría que de todo el país —terció el almirante Lazcano en tono de broma, mientras le daba la mano.

Lascurain, lejos de cohibirse y habituado a este tipo de expresiones respondía con bromas similares.

—Ustedes aseguren recursos que el presupuesto se los devolverá.

—Justo de eso estábamos hablando licenciado —respondió Guajardo—. Pero parece que los narcos no sólo manejan efectivo ¿No aceptaría algunos valores, restaurantes, boutiques u hoteles?

—Ajá —dijo Lascurain—, ahora entiendo de qué estaban hablando. Pero tengan calma, esperen un poco a que la nueva estrategia rinda sus frutos.

Guajardo se sintió relajado al ver que Lascurain se había integrado al grupo de una forma natural y que al fluir la plática no les daba tiempo a ninguno de preguntar por qué estaban ahí. Quizá —asumió— que los tres estarían pensando que, en efecto, la reunión trataría de un asunto presupuestal.

Pero cuando empezaba a sentir que todo estaba bajo control, entró Henríquez, quién en lugar de dirigirse hacia el grupo se quedó en el extremo de la biblioteca para que se aproximara Guajardo y pudiera informarlo con discreción, mientras en el lado opuesto la conversación ya había entrado de lleno a la negociación de haberes y partidas.

—Mi general para reportarle: que la señora Sofía se fue a su casa. Quiere que el licenciado Guzmán se comunique con ella tan pronto pueda; que mantengo al cabo López en la puerta y; que he pedido que preparen el desayuno para diez personas, para servirlo en el comedor a las 9.30

—¿Por qué hizo esto, Coronel? Yo no le di esta instrucción —hizo notar Guajardo con cara de desaprobación.

—Para que no sospecharan, mi general. Las personas de la cocina empezaron a preguntar si le subían su desayuno al presidente, porque saben que no le gusta saltarse ningún alimento, por eso consideré que lo mejor era decirles que estuvieran listos porque desayunaría en el comedor con varias personas.

El comentario transformó el rostro de Guajardo; pasó de estar contrariado a sentirse agradecido.

—Excelente idea Henríquez. No lo había visto venir. Aunque queramos detener el tiempo es imposible y menos en esta casa donde las agendas están atiborradas de actividades en las que participan muchas personas. Los minutos van cayendo y con ellos se nos abren más frentes que atender. No sé cuánto más podremos aguantar ¿Tiene usted a la mano la agenda de hoy?

A Henríquez no le costó trabajo buscarla. De inmediato la sacó del bolsillo inferior izquierdo de la chaqueta de su uniforme y con una actitud marcial se la entregó a su superior.

—Comenzaba con el acuerdo de Axkaná que estaba previsto para las nueve con una duración de dos horas.

Ambos intercambiaron miradas, porque hasta ese momento cayeron en la cuenta que era un lapso inusualmente largo. Lo habitual era que duraran media hora y que, cuando estaban muy cargados de trabajo, usaran la hora del almuerzo para desahogar los asuntos pendientes. No entendían por qué, pero era una ventaja que así fuera —pensaron—, porque eso les daba dos horas de margen con alguien de casa.

—A las 1100 viene el embajador de Marruecos —continuó leyendo Guajardo en un tono apenas audible—, después tenemos otros tres embajadores cada media hora lo que nos lleva a la una de la tarde. Más adelante, está prevista una reunión de treinta minutos con el director mundial de una trasnacional y, por último, de las 1330 a las 1400 el presidente del consejo de un banco extranjero presentará el proyecto "Comprometidos con México" ¡Seguro que sí! —remató sarcásticamente.

Miró a Henríquez y le pidió que esperara instrucciones, pero que por lo pronto tuviera listos los números telefónicos de todos los asistentes. En el flanco interno, los únicos servidores públicos a considerar eran el secretario de Relaciones y la secretaria de Economía. Idear la manera de cómo resolver estos dos casos le correspondería a Axkaná.

Mientras conversaban, entró un oficial y le entregó una tarjeta a Henríquez. Éste la leyó y de inmediato se la pasó a Guajardo: Ledesma ya había llegado y se encontraba en una sala de espera que estaba cercana al Despacho Presidencial.

No le hizo mucha gracia porque sabía que a Ledesma le gustaba a alardear cuando venía a Los Pinos. Supuso que por esta razón Axkaná posiblemente no le pidió ninguna discreción porque hubiera resultado contraproducente, lo que en suma le permitía advertir el riesgo de que, si se le dejaba mucho tiempo solo, empezaría a hacer llamadas para presumir que estaba a punto de entrar al Despacho Presidencial. No le quedó más remedio que recurrir a Henríquez.

—Coronel, vaya de inmediato a donde está el licenciado Ledesma, entreténgalo y evite hasta donde sea posible y con suma delicadeza que use el celular. Cuando viene le encanta hacerlo del conocimiento de todo el mundo, como de hecho lo hizo hace unos días, y en estos momentos esto es lo que menos nos conviene.

—Me dirijo para allá de inmediato mi general. Solo me faltó informarle que el aterrizaje del extra-coca-papa-eco-alfa está previsto en el Campo Marte a las 0853

—Que me envíen un mensaje cuando aterrice. Vaya de inmediato a las oficinas del presidente.

Guajardo miró su reloj digital que indicaba las 8.45 Todavía faltaban Benavides y Órnelas. Esto lo desconcertaba porque ninguno vivía demasiado lejos. Revisó con cuidado el directorio de su celular para cerciorarse que tenía el número de ambos y cuando los encontró marcó cada uno para dejarlos en la memoria de llamadas recientes, para que ya no batallara en encontrarlos. Se tranquilizó a sí mismo, diciéndose:

—Todavía estamos en tiempo. Si no llegan en diez minutos llamó.

§§§§

Henríquez tomó un poco de aire antes de abrir la puerta de la sala de recepción. Había recorrido a paso veloz la distancia entre la casa del presidente y sus oficinas. Se recriminaba a sí mismo la falta de ejercicio y su permisividad frente a la comida.

—Carajo —dijo en voz baja buscando recuperarse del esfuerzo.

Abrió la puerta todavía con la respiración acelerada y se encontró a Ledesma hablando por el celular.

Se quedó frío, —me lleva la chingada —pensó.

—Sí, ya lo sé, que cuando se enlazan las llamadas la gente se desespera porque tiene que esperar hasta que se haga el enlace. Pero oiga bien señorita, le insisto: no me llame hasta que sepa que está en la línea. Además, para que no se impaciente, dígale que estoy en Los Pinos y que por eso, usted es quien lo debe que comunicar conmigo.

Henríquez se rascó la cabeza cuando oyó la frase "estoy en Los Pinos", gesto que solía hacer cuando las cosas no le salían bien.

Resignado se dijo: —Ahora si ya nos llevó la puta madre con este pendejo.

Ledesma dobló y guardó su celular con lentitud para asegurarse que Henríquez advirtiera que se trataba del último modelo ultra plano, transparente, con teclado digital y, por lógica, muy costoso

—Carajo con estas pinches secretarías. La mía está enferma y la niña suplente se quiere pasar de lista o de huevona, yo no sé.

—Buenos días, licenciado Ledesma, soy el coronel Henríquez, subjefe del Estado Mayor Presidencial.

Hasta ese momento se dio cuenta que le había dirigido la palabra a una persona que, pese a haber venido varias veces a Los Pinos, no conocía y que además tenía un alto rango en el escalafón militar. Cualquiera se hubiera sentido apenado, pero él sólo pensó que enviar a alguien de esa jerarquía era una deferencia natural hacia su persona, lo que al menos produjo como resultado que actuara con una falsa humildad.

—Rafael Ledesma para servirle coronel —y le estrechó la mano—. Discúlpeme pero es que mañana tenemos una sesión importante en la Cámara y me urge localizar al licenciado Pérez Limantour.

Henríquez sentía que el partido lo estaba perdiendo por goleada. Contenía su coraje y frustración al tiempo que pensaba: —De todos los cabrones que podía haber llamado este pendejo tenía que comunicarse con la víbora de Pérez Limantour —mientras que lejanamente escuchaba a Ledesma como se daba importancia presumiéndole de su ocupada agenda. Su cabeza le decía que a la brevedad debía informárselo a Guajardo, pero no podía dejarlo solo porque con seguridad seguiría haciendo llamadas por doquier. Prefirió hacerle conversación dándole por su lado.

—Caray licenciado, no sabía que ser líder de la Cámara fuera tan complicado. Con seguridad a usted no le queda tiempo para nada.

—Así es, mi coronel. Pero me queda la satisfacción que lo hago por México y además es un deber para nosotros servirles de ejemplo a la futuras generaciones. Sobre todo a nuestros hi…

Un agudo timbre intermitente rompió la conversación y Ledesma volvió pomposamente a abrir el chillante aparato. Dijo: —bueno — y calló durante algunos segundos.

—Ajá, sí, ajá, muy bien. ¿Quién tomó la llamada?, ¿sabía en cuánto tiempo? No sé. Quizá en algunos minutos más. Ajá. Usted llamé y si no puedo contestar, porque voy a estar con el presidente, dejé el recado en el buzón.

Mientras, Henríquez trataba de descifrar lo que decían esas frases y monosílabos. Por lo que podía escuchar, dedujo que la llamada con Pérez Limantour no se concretó, pero esto necesitaba confirmarlo. Sobre todo porque no sabía si antes de que él llegara, Ledesma había tratado de contactar a otra persona.

Colgó y repitió el incansable rito de la presunción de su celular.

—Hasta eso, no resultó tan pendeja esta niña —dijo Ledesma.

—Imagino que todos están muy atareados en el Congreso durante estos días. En especial el tema del presupuesto y más lo debe estar el licenciado Pérez Limantour —preguntó Henríquez con la intención de poner un anzuelo para ver si lo pescaba.

—No es sólo el presupuesto coronel. Es más que eso; la renuncia del presidente a su partido que ha sido seguida por muchos diputados que ahora son independientes —aunque la mayoría de los legisladores siguen en sus partidos—, ha cambiado la dinámica y la reglas de la negociación política. Si me permite la expresión aquí entre nosotros, y si usted dice que yo la dije lo negaré: los enanos crecieron de repente. Antes se les mandaba, ahora hay que pedirles las cosas por favor.

Primer intento y nada. No mencionaba el nombre. Henríquez pensó que debía ser más arriesgado. No sabía en qué momento le indicarían que lo llevara a la biblioteca.

—Con razón no pudo localizar al licenciado Pérez Limantour, que como líder de uno de los partidos de oposición debe estar también hasta el tope —preguntó resuelto.

—Imagino que así es, porque la niña me dijo que está en una reunión de trabajo y que pidió que no le interrumpieran. Lo malo es que no contestó su secretaria habitual porque había ido al baño y tomó el recado una asistente de ésta. De lo contrario, seguro que le hubiera avisado. Pero así es, a veces las llamadas se bloquean por asuntos tan idiotas como pararse a hacer pipí. Habrá que servir menos café en las oficinas.

Mientras Ledesma continuaba su monólogo riéndose de sus propios chistes, Henríquez empezó a hacer el recuento de daños. La mala noticia era que Pérez Limantour enteraría con toda seguridad de que está en Los Pinos. La buena era que el mensaje que eventualmente llegaría a sus oídos, sería que el líder de la Cámara de Diputados se encontraba en la Residencia Oficial para reunirse con el presidente, lo que podría hacer las veces de una cortina de humo.

Mientras tanto era necesario mantenerlo hablando, lo que por fortuna, no representaba mucha dificultad, bastaba decirle cualquier estupidez que lo hiciera hablar de sí mismo. Éste era uno de sus temas favoritos.

Pese a ello, la posibilidad de escuchar un timbre telefónico lo tenía muy nervioso a Henríquez; podía ser otra vez su maldito celular o, y esto significaría un descanso, que le llamaran a él para que lo condujera a la biblioteca. Pensó que tenía a toda costa que evitar lo primero, más porque se le presentó una oportunidad inesperada al darse cuenta que Ledesma empezaba a dar muestras de querer ir al baño, por lo que decidió valerse de todas su mañas.

Henríquez sacó su celular y simuló que leía un mensaje. Se volteó hacia Ledesma y le dijo:

—Licenciado me informan que en pocos minutos me avisarán para llevarlo a la casa del presidente. Yo le sugiero, para que cuándo nos llamen no lo vayan a interrumpir, que apague su celular de una vez. Además de que como usted sabe bien, porque entiendo que ya ha venido otras veces, al presidente le disgusta que los timbrazos interrumpan las reuniones.

—O sea, ¿la reunión con el presidente no será en su despacho?

—No, por lo que me acaban de avisar será en la casa del presidente.

—Tiene usted razón, es mejor apagarlo de una vez —sacó el aparato y lo apagó.

—Oiga que bonito está su celular ¿Debe ser carísimo? —Le comentó Henríquez contentó por lo que había logrado.

—Sí es muy caro, pero lo paga la Cámara, ¿dónde está el baño?

Henríquez le señaló la puerta y espero a que pusiera el pasador, para enviar un mensaje al celular de Guajardo informándole que Ledesma había tratado de contactar sin éxito a Pérez Limantour, pero que le dejó un recado informándole que se encontraba en Los Pinos.

Apenas había apretado la tecla de "enviar" oyó que el pasador se volvía a correr.

§§§§

Guajardo calmaba sus nervios viendo como el debate presupuestal entre los secretarios de la Defensa y de Marina con el subsecretario de Hacienda estaba sirviendo como la distracción perfecta. No había necesidad de hacer más. De los tres, al que menos conocía era a Jaime Lascurain aunque tenía una buena opinión de él, derivada de comentarios que de vez en cuando había escuchado del presidente y de Axkaná. Conocía por experiencia propia que ambos lo consideraban un colaborador cercano, porque le constaba el flujo de documentos que se daba entre Los Pinos y su domicilio particular, a lo que se aunaba su presencia reiterada en reuniones de trabajo privadas que en la agenda presidencial nunca se hacían del dominio público, y en las que participaban muy pocas personas cuyo denominador común era tener la confianza del primer mandatario.

Cuando éste asumió la presidencia, Lascurain fue su candidato para hacerse cargo de la Secretaría de Hacienda. Ambos se tenían estima y respeto profesional, producto de relaciones de trabajo que a lo largo de su carrera habían mantenido, pese a que no habían sido continuas sino esporádicas. Sin embargo, en esa Secretaría, como ocurrió con muchas otras, el presidente no pudo colocar a personas de su confianza, debido a que la conformación del gabinete se convirtió en un complicado proceso de negociación de cuotas, donde cada partido reclamó la suya.

Ante estas circunstancias, la estrategia defensiva fue nombrar como subsecretarios a personas reconocidas por su lealtad al presidente, para que actuaran como cuñas de sus sendos superiores, lo que resultaba en una tarea ingrata, porque quienes tenían que jugar estos papeles se veían obligados a hacer malabarismos para servir a dos jefes al mismo tiempo. Además de que, en la práctica, la gestión de la administración pública se había hecho en extremo complicada, porque a su vez, los secretarios designados por los partidos procuraban, mediante la creación de puestos de asesores a los que dotaban de facto de funciones ejecutivas o nombrando a los subordinados de sus reportes inmediatos, establecer puentes que neutralizaran a aquéllos que no consideraban leales.

De manera curiosa, la larga experiencia de Lascurain y el respeto profesional del que gozaba en la administración pública, le permitió ajustarse a esta situación con relativa facilidad. Antes ya había tenido que desempeñarse en ambientes hostiles. Empero en esta ocasión se le facilitaban las cosas al contar con la confianza y el respaldo que tenía del presidente. Esto le había permitido en algunos asuntos diferir abiertamente de la opinión de su jefe inmediato con quién, pese a estos desencuentros ocasionales, mantenía una relación en apariencia cordial, lo que también facilitaba el prestigio que Lascurain disfrutaba en el ámbito internacional y que lo hacía un interlocutor respetado al momento de negociar con gobiernos extranjeros e instituciones financieras internacionales. Foros donde el secretario de Hacienda era casi un desconocido.

Guajardo seguía la plática con los ojos, que no con los oídos, porque estaba concentrado en su reloj y en sus pensamientos. No estaba escuchando nada, mientras miraba de vez en cuando hacia la puerta con la esperanza de que se abriera. Por fin, le pareció escuchar una voz ronca del otro lado que daba las gracias, palabra que oyó con más claridad cuando por fin apareció la larga y delgada figura de Santiago Órnelas, ministro presidente de la Suprema Corte de Justicia que, a diferencia de los demás, traía consigo un portafolio de cuero lleno a tope, lo que impedía que fuera cerrado y dejaba ver los legajos que contenía.

Guajardo se acercó a saludarlo y le invitó a unirse al resto del grupo que se mantenía junto al ventanal. Pero antes, y al notar que no había lugares designados como era normal que ocurriera en las reuniones con el presidente, le preguntó a Guajardo dónde podía dejar su portafolio. Éste, que era ducho en los protocolos, no le dio ninguna respuesta pero le ayudó con rapidez a colocarlo en una de las sillas que estaba al lado del sillón presidencial y lo acompañó a donde se encontraban los demás.

Órnelas dijo las típicas frases de cortesía al general Gutiérrez y al almirante Lazcano, a los que sólo conocía de actos oficiales, pero con quiénes no tenía en la práctica ningún contacto. Menos aún con Lascurain que habilidosamente se presentó y le dio los buenos días.

Mientras intercambiaban saludos, Guajardo miró su reloj en forma ostensible; faltaban cinco minutos para que dieran las nueve. Órnelas que ya se había integrado al grupo, lo observó y sintió que le debía una disculpa.

—Disculpe general, yo le dije que me tomaría cuarenta y cinco minutos, pero el tráfico está muy pesado. Mi chofer intentó distintas alternativas, pero todo estaba igual. No sé qué pasó, al menos en la radio no dijeron nada.

—De dónde viene, licenciado —pregunto Lascurain.

—De Churubusco.

En ese momento Guajardo cayó en la cuenta de que Benavides también vivía en la misma zona, por lo que era muy probable que estuviera atorado en algún embotellamiento. De otra manera no entendía por qué, si fue el primero al que llamó, éste sería el último en llegar.

Dudó por un momento en llamarle por el celular a Benavides, pero prefirió esperar porque no le pareció el momento propicio. Además de que su ansiedad había disminuido porque recibió un mensaje de texto donde le informaban que Arzamendi había aterrizado en el Campo Marte.

El arribo de Órnelas había convertido la animada plática en un silencio incómodo. Esto no sólo se debía a la dificultad momentánea para volver a encontrar un tema común, sino porque al llegar el presidente de la Corte se hizo evidente la heterogeneidad del grupo, lo que acrecentó la incertidumbre de todos respecto a cuál era la razón por la que habían sido convocados con tanta premura y con la consigna de que fueran discretos.

Sin embargo, los endémicos problemas del tránsito en la Ciudad de México permitieron encontrar un tema común para reconducir la plática, a la que en pocos minutos después se incorporó Benavides, quién, sabiendo que estaba retrasado, abrió la puerta cual toro de lidia y como si acabara de salir de la habitación un momento antes, se integró con rapidez al grupo y empezó a contar sus peripecias para sortear los múltiples problemas que encontró, lo que condimentó con opiniones técnicas nada halagüeñas respecto el agravamiento de los problemas viales y urbanos de la capital.

Pasaron apenas cinco minutos de la llegada de Benavides cuando entró Fernando Arzamendi. Pero tan pronto asomó la cabeza se detuvo en seco.

Desde que le habló Guajardo temprano en la mañana hasta que cruzó el umbral de la puerta, pensó que venía a sostener una reunión privada con el presidente. En su mente se había hecho todos los escenarios posibles. El que más temía era una remoción vergonzosa de su cargo como secretario de Gobernación. Por lo que ver que había más personas convocadas lo relajó, pero al mismo tiempo lo intrigó, como también ocurrió con quiénes en el otro extremo lo habían visto llegar.

—¿Qué tal el vuelo en helicóptero? —le preguntó Guajardo mientras lo saludaba.

—Excelente. Esos aparatos son muy cómodos y relativamente silenciosos. Parece que estás en un avión.

Guajardo lo tomó del brazo con suavidad e intentó conducirlo hacia el ventanal donde estaba la plática. Pero él no se movió. En voz baja y casi dándole la espalda a los demás, le preguntó con altanería:

—¿De qué se trata esto Pascual? Yo te pregunté si había más convocados y tú no me dijiste nada, y ahora veo al Ejército, la Marina, la Suprema Corte, al jefe de asesores y para colmo un subsecretario de Hacienda, que apenas conozco. A lo que habría que sumar con mi persona a la Secretaría de Gobernación. ¿Para qué es este pinche tutifruti? —remató en un tono insolente, como si saber que no se le pediría la renuncia lo hubiera envalentonado.

Los ademanes y el tono utilizado por Arzamendi irritaron a Guajardo. Éste, que no estaba del mejor ánimo para dar explicaciones diplomáticas y menos para aguantar poses de *prima donna*, le pidió que lo acompañara a una esquina de la biblioteca donde estaba el servicio de café y que era el lugar más apartado del resto.

Lo miró de frente tomándolo del brazo izquierdo con cierta fuerza y le dijo:

—Mira cabrón. Yo llegué a ser jefe del Estado Mayor porque aprendí a obedecer antes que a mandar. Y esto significa hacer lo que te dicen que hagas ¿Te queda esto claro o lo repito?

Arzamendi permaneció en silencio por unos instantes pero no bajó la mirada. Guajardo tampoco hasta que lo soltó y salió al vestíbulo para avisarle a Axkaná que estaban listos.

El secretario de Gobernación sacó su celular para apagarlo, obedeciendo así con las habituales recomendaciones presidenciales cuando había juntas, se sirvió un café, acomodó en el plato un par de galletas porque no había desayunado y, con los humos amainados, se integró al grupo.

§§§§

Mientras revisaba sus apuntes Pérez Limantour aguardaba con impaciencia la comunicación con el secretario de Seguridad Pública.

Si la respuesta era que no estaba, quizá éste se encontraría o estaría por llegar a Los Pinos. Por el contrario, si tomaba la llamada desecharía la hipótesis de que la reunión en la Residencia Oficial, se debía a un asunto de seguridad nacional.

Oyó el teléfono y lo levantó con rapidez.

—Licenciado, le van a poner en la línea al ingeniero Cervantes. Disculpe que me haya tomado tanto tiempo, pero me han tardado mucho en comunicarme con él.

—No se preocupe Viviana. Aquí espero.

Dijo varias veces "bueno" pero no obtuvo respuesta, sólo oía un ruido sordo. Hasta que con cierta dificultad pudo escuchar a Cervantes.

—Hola Narciso, ¿Cómo estás? Te oigo lejos y con mucho ruido.

—Sí, lo que pasa es que estoy en un rancho por acá en Querétaro y no están muy buenas las comunicaciones por celular, aunque los teléfonos satelitales sí trabajan muy bien.

—¿Qué estás en un operativo?

—Para nada Rubén. Estoy con todo mi equipo en una encerrona para hacer nuestro plan estratégico. Pero cuando me dijeron que tú me llamabas me salí de la reunión.

Pérez Limantour encontró parte de lo que estaba buscando. Pero quería descartar cualquier posibilidad de que no hubiera ningún problema. Alguna vez había oído que el presidente procuraba respetar la agenda de sus subordinados y, en ocasiones, les permitía estar ausentes o enviar un sustituto.

—Qué bueno. Pero en lo general ¿cómo van las cosas?

—Se han calmado bastante, por eso es que pudimos hacer esta reunión que estaba programada desde hace mucho. Hoy por la mañana revisé el reporte y todo está tranquilo. Pero ¿qué se te ofrece Rubén? Estoy a tus órdenes.

—Nada que no pueda esperar tu regreso. Sólo quería saber si estabas libre para cenar porque me gustaría comentarte algo.

—Mira yo no regreso hasta mañana. Pero le voy a pedir a mi secretario particular que me abra algún espacio en la agenda de la semana próxima y te lo comunique. Él se quedó en México ¿Te parece? Por allá, ¿tú cómo vas?

—Ya te lo platicaré en persona. Las cosas se nos han complicado a todos los partidos desde el 1º de septiembre. Al menos logramos que la discusión de los temas más controversiales la sacáramos del período ordinario. Esto nos da hasta el 15 de enero, para saber con quienes contamos y cuántos en definitiva se volvieron independientes. Pero ya lo comentaremos. Lo bueno es que tú estás al frente de la Secretaría de Seguridad Pública y nos cuidas a todos —lo que Cervantes entendió a la perfección como un mensaje cifrado.

—De acuerdo. Nos vemos la semana que viene.

—Buen viaje y que tu reunión sea un éxito. A ver si ahora sí les sale bien el plan.

—Ja, ja. Que cabrón eres. Nos vemos.

Pérez Limantour colgó satisfecho porque había confirmado que la reunión de Los Pinos no era de seguridad nacional. Pero a la vez inquieto porque seguía sin encontrarle un motivo lógico.

Llamó a la extensión de Viviana para saber si tenía noticias de su cuñada sin obtener respuesta. Lo intentó varias veces pero no logró nada. Salió molesto a buscarla pero ni ella, ni la secretaria de apoyo estaban en su lugar. No tenía ánimos de buscarlas, prefirió regresar a su escritorio para concentrase en su pensamientos. Notó que su estado de ánimo empezaba a pasar de la curiosidad a la preocupación.

Casi cuando cerró la puerta su jefe, Viviana regresó, en apariencia del baño. Pero la lucha que en su cuerpo sostenían el aroma de su perfume recién aplicado y el hedor del cigarro que había fumado en las escaleras de emergencia, hacían evidente que su temporal ausencia no se debía sólo al ineludible desahogo de una cuestión fisiológica, sino a la imperiosa necesidad de ponerle algo de nicotina a su sangre, que se hacía más intensa cuando la presión del trabajo le inyectaba adrenalina.

Viviana se disgustó porque Vicky, la otra secretaria, no se encontraba en su lugar, lo cual no debía ocurrir porque tenía instrucciones precisas de no moverse, si ella no estaba. Ya se encargaría —pensó— de hacerle notar este error a Pérez Limantour. Más aún, porque ya le empezaba molestar como éste se turbaba con el escote y la falda pegada de su joven y bien formada compañera.

Observó que el foquito de su celular prendía y apagaba. Revisó la pantalla y vio entre varios mensajes y llamadas perdidas, uno de su cuñada con el sugestivo título "algunas noticias".

Con rapidez se dio a la tarea de capturar en su computadora toda la información para hacerla del conocimiento de Pérez Limantour de inmediato, cuando aspiró un perfume dulzón y sintió el contoneo de su compañera que recién había vuelto a su lugar.

—¿Dónde estabas Vicky? Sabes bien que no le gusta al licenciado que lo dejemos solo y que no haya nadie para atender los teléfonos.

—Discúlpame pero, como tú, yo necesitaba también ir al baño. De hecho me asomé antes de entrar y como no te encontré pensé que ya venías de regreso.

Viviana se le quedó mirando sin poder decir nada, mientras la otra se levantaba para darle un recado que tenía apuntado. Lo leyó y le preguntó enojada:

—Carajo ¿Por qué no le pasaste la llamada?

—Porque tú me dijiste que el licenciado no quería interrupciones.

—Pues sí es cierto, pero que no sabes quién es el licenciado Ledesma —le reclamó con enfado—. ¿Dijo si volvería a llamar?

—No, su secretaria sólo me pidió que le informara lo que apunté en el recado.

—Entre más buenas, más pendejas —pensó, mientras resoplaba y se alisaba su cabello entintado de un rojo otoñal.

Caminó hacia la impresora para recoger la bitácora modificada. Adjuntó el recado con un clip y sin tocar la puerta entró con un gesto de disgusto a la oficina de su jefe.

—Disculpe licenciado que entre de esta forma pero estoy muy molesta. No se puede confiar en nadie. Me paro un momento al baño y esta niña —la tal Vicky— deja la oficina sola, nadie atiende los teléfonos y para colmo de males ni siquiera es capaz de pasarle ni las llamadas, ni los recados. Ya le he insistido que contratemos personas con más experiencia, pero usted no quiere.

Pérez Limantour buscó la manera de atemperar los ánimos de su secretaría para que con calma le diera cuenta de los informes de su cuñada, que era lo que en verdad quería escuchar y no una escena de celos.

—Cálmese Viviana. Sabe que no tenemos recursos para contratar gente con experiencia y no creo que esta muchacha sea tan mala. A ver: ¿cuál es la llamada o el recado que no me dio Vicky?

Viviana, sabedora de lo que tenía entre sus manos, decidió jugar con él y tomar una dulce venganza.

—Qué le llamó el licenciado Ledesma y que cuándo pueda que se reporte con él.

—No estoy de humor para tomarle llamadas a Ledesma en estos momentos. Ya sé lo que quiere hablar conmigo. Así que ni se preocupe. Vicky hizo bien en no pasarme ni la llamada, ni el recado. Pero ya dejemos esto por la paz. Cuénteme. ¿Tiene más noticias de su cuñada?

—O sea, ¿no lo comunico con Ledesma? —preguntó Viviana.

La insistencia, en apariencia tonta, de su secretaria, enfadó a Pérez Limantour y en un tono firme la paró en seco.

—Por favor Viviana, qué no me oyó que le dije que no me interesa hablar con él. No quiero en estos momentos discutir las cuestiones presupuestales que se trataran en la sesión de mañana.

—Disculpe licenciado, es que como el recado que me entregó Vicky dice que el licenciado Ledesma está en Los Pinos, y que si por favor lo llama a su celular, pensé que quizá usted querría devolverle la llamada.

—Carajo —dijo gritando Pérez Limantour a todo volumen—, ¿y por qué esta pendeja no me pasó la llamada? Me lleva la chingada, a ver si ésta inútil me localiza de inmediato de Ledesma mientras usted me dice lo de su cuñada.

Con una sonrisa de oreja a oreja, Viviana salió a pedirle a Vicky, quién tenía cara de haber escuchado que le hablaban del mismo infierno, que hiciera la comunicación. Después regresó al despacho de Pérez Limantour, a quien encontró reflexionando con los codos sobre la mesa y las manos entrelazadas. Se sentó y empezó a darle las últimas noticias que había incorporado a su bitácora.

—Esto es lo que me dice mi cuñada, aunque me hace la aclaración que todas las horas son aproximadas, porque sus contactos si se dan cuenta de lo que pasa pero no están justo en la puerta por la que suelen entrar los funcionarios: A las 8.45 llegó el licenciado Ledesma a Los Pinos, desde donde supongo intentó llamarlo usted, por el recado que le acabo de dar. Antes había arribado a las 8.20 el licenciado Lascurain, que mi cuñada sabe que viene de Hacienda pero no conoce con precisión su cargo.

—Es el Subsecretario de Hacienda y gente muy cercana al presidente —agregó un Pérez Limantour ya más tranquilo después del exabrupto y gratificado por la labor que hacía la cuñada de Viviana.

—A las 8.55 llegó el licenciado Santiago Órnelas, presidente de la Suprema Corte y cinco más tarde lo hizo el jefe de asesores, Joaquín Benavides. Todos pasaron directamente a la biblioteca de la casa del presidente, donde parece que van a desayunar. El único que no está ahí, porque está esperando en una sala de recepción junto al despacho del presidente, es Ledesma. Mi cuñada todavía no me puede confirmar, quién llegó temprano en el coche militar. Pero me dice, que hace cinco minutos, es decir, entre las 9 y la 9.10, vieron que se estacionaba junto a la casa del presidente otro coche militar del que bajó un civil.

—Ése era Arzamendi. Seguro lo recogieron en el Campo Marte porque viajó de Pachuca a México en helicóptero.

—¿Eso cómo lo puede saber? —preguntó la secretaria sorprendida.

—Yo sé muchas cosas, Viviana. Déjeme su bitácora y comuníqueme con la gobernadora de Hidalgo tan pronto termine de hablar con Ledesma.

Viviana se levantó satisfecha de haberle dado un buen golpe a su compañera y además de haber demostrado su eficacia. —Soy insustituible —se decía a sí misma.

Apenas abrió la puerta cuando apareció Vicky.

—Licenciado, el celular del licenciado Ledesma está apagado. Pero pude dejarle su mensaje en el buzón.

—Viviana, es crítica la llamada con la gobernadora de Hidalgo —le insistió su jefe apresurándola.

§§§§

Pese las circunstancias del momento Axkaná recorría con un paso normal y tranquilo el trayecto entre su oficina y la casa del presidente. Mentalmente repasaba la agenda que en principio desahogaría y lo que sería importante considerar en cada punto. Su notable memoria le hacía depender poco del papel escrito para recordar. Por otro lado, le quedaba claro, que lo primero que debía cancelar eran las reuniones con los embajadores. Esto alargaría dos horas más el tiempo que tendrían para tomar una decisión.

Sin embargo, el aspecto que consideraba más delicado es cómo se manejaría la cancelación de la entrevista en cada uno de los casos. En especial, la del embajador de Venezuela, porque si no se hacía con delicadeza se podría prestar a interpretaciones tergiversadas, que con certeza recogería de inmediato la Oficina de Prensa de la Presidencia de su país y que haría del conocimiento de los medios para mostrar su descontento. Noticia que, en segundos, llegaría de regreso a México en un momento nada oportuno, porque pondría los reflectores sobre Los Pinos.

Desde esa perspectiva resultaba crítica la colaboración del secretario de Relaciones Exteriores. Por fortuna, Alfonso Suárez era un hombre de larga trayectoria en el servicio diplomático, que sin ser afín a ningún partido, su designación prácticamente no representó ningún problema, porque puso término a un desfile de cancilleres improvisados, algunos de los cuales nunca habían tenido experiencia diplomática, mientras que otros, aun estando dentro del servicio exterior, habían subido más por sus relaciones que por sus capacidades.

Axkaná pensó que no había más remedio que llamarle e inventar algo creíble. Como diplomático su discreción era algo que lo caracterizaba, por lo que asumía con un buen grado de certeza que estaría más preocupado por conocer cuándo serían las nuevas fechas para que los embajadores se reunieran con el presidente, que por saber con exactitud las causas de la abrupta cancelación.

En forma instintiva quiso tomar su celular y llamar al secretario, pero prefirió no hacerlo sino en un lugar cerrado. Pensó que para eso, después de revisar los temas de la agenda con Guajardo, usaría una sala pequeña que estaba en la parte de baja de la casa del presidente.

Continuó su camino, pero empezó a sentir una vibración sobre su muslo derecho que al principio lo desconcertó, porque no tenía idea de que se trataba, hasta que advirtió que era el segundo celular del presidente. Se paró y lo sacó del bolsillo cuando ya había dejado de vibrar. Se trataba otra vez del número privado, sin embargo, observó que en esta ocasión se había dejado un mensaje en el buzón de voz.

Apretó la tecla para llamar al buzón y escuchó una voz grave, como si se tratara de un hombre maduro, que decía con tono amable:

—La próxima llamada conteste por favor. Es urgente.

—¿Quién querría localizar al presidente con urgencia a través de un celular y para qué? —se preguntaba confundido.

Molesto se hacía esta pregunta porque, además de que el tiempo se volvía cada vez más breve, ya eran muchas cosas que tenía que controlar y no deseaba más distracciones, pero a la vez le intrigaba conocer que podría ser eso que debía comunicarse de manera urgente. Esto le generaba dudas; no estaba seguro si debía contestar la siguiente vez.

Por lo pronto decidió que lo mejor sería no hacerlo.

Capítulo V

Sofía cerró la puerta y exhausta se recargó contra ella, como si algo le dijera que ya no le estaba permitido entrar. Era la primera vez que se sentía una extraña en esa casa, pese a que siempre había sabido que no le pertenecía y que su estancia ahí era sólo temporal. Quizá, la cercanía con su padre le había hecho obviar esta sensación. En cambio ahora, la invadió de repente el mismo sentimiento que experimentaba cuando dejaba las casas que ella y su ex marido, alquilaban por largas temporadas en el sur de Francia durante el verano, porque lo que había llegado a formar parte de su cotidianeidad, como si hubiera sido suyo toda la vida, se transformaba al momento de preparar la partida, en sitios ajenos y objetos impersonales. Así, desde esa óptica lo miraba todo a su alrededor. No era que esa casa y su contenido no le pertenecieran, sino que ella era la que ya no pertenecía a ese lugar.

Decidió que lo mejor sería mudarse esa misma noche a la vieja casona de sus padres. Más aún, porque tampoco quería ningún gesto de condescendencia hacia ella por parte de nadie. Si algo le disgustaba era inspirar lástima. Menos quería convertirse en presa del morbo de los medios de comunicación que estarían ávidos por saber cuándo dejaría Los Pinos, para estar prestos con sus cámaras y sus estúpidas solicitudes de entrevistas, y poder así lucrar con el dolor ajeno so pretexto de cumplir con el sagrado deber de informar. Tampoco deseaba que se soltaran los más representativos personajes del canibalismo político, que serían capaces de convertir en carnada el detalle más ínfimo e intrascendente, con tal de sacar raja para sus intereses.

A Sofía no le iba a resultar difícil empacar, porque lo único que tenía en esa casa era su ropa y unos cuantos objetos personales. El resto de sus pertenencias seguían en el departamento de Dublín que, como parte del acuerdo de divorcio, quedó a su nombre y que hasta ese momento no había decidido qué hacer con él. Quizá podría ser el momento de regresar y convivir con sus amigos —pensó fugazmente.

Tomó la carta póstuma y la releyó varias veces. Estaba claro que su padre, además de expresar su voluntad para que sus exequias se realizaran en privado y de manera sencilla, la señalaba a ella como la responsable de asegurar de que así fuera, lo cual haría cumplir al pie de la letra. Sobre todo, porque esto sería una oportunidad para demostrarle a la clase política que ella tanto detestaba, algo de lo que carecían la mayor parte de sus miembros; que su padre llevó hasta la tumba la congruencia entre sus convicciones y su manera de vivir.

Pensó que cuando la llamara Axkaná no sólo lo pondría al tanto del contenido de la carta de su padre, sino que le pediría que ésta se incluyera como parte del comunicado de prensa mediante el cual se informaría a la opinión pública de su fallecimiento. Ella de ninguna manera, quería aparecer ante los medios.

Pasó a su recámara y vació sobre su cama la bolsa donde puso los objetos que trajo de la casa de su padre, para empacarlos junto con su ropa. Se detuvo un momento a mirarlos con tristeza, pero cuando lo hacía se dio cuenta que olvidó tomar el alhajero de su mamá, mientras que había metido sin querer las pastillas de glucosamina de su papá que era algo que en realidad no tenía ningún valor.

—Sí serás idiota Sofía —se dijo a sí misma— dejas las alhajas y te traes las pastillas.

Sin embargo, en ese momento notó que éstas no eran de la marca que acostumbraba tomar su papá. Esto era algo que conocía muy bien, porque era la encargada de comprárselas, ya que el producto que él prefería sólo se conseguía en una tienda extranjera de medio mayoreo a la que ella tenía acceso. Asumió, que quizá se le terminaron y dado que estaban distanciados prefirió conseguirlas en otra parte, aunque no fueran del mismo laboratorio. No le dio importancia y comenzó a empacar.

§§§§

Pérez Limantour caminaba con lentitud a lo largo y ancho de su oficina. No eran nervios lo que sentía sino ansias cuya intensidad aumentaba. La llamada con la gobernadora de Hidalgo no se había podido realizar, porque estaba desayunando con el secretario de Comunicaciones. De hecho, ahí también debería haber estado Arzamendi, si no lo hubieran llamado de Los Pinos. Aunque para su tranquilidad, ella ya estaba informada de que era urgente que se comunicará con él, por lo que era cuestión de esperar con paciencia.

Se detuvo junto a su escritorio, pero permaneció de pie mirando desde arriba, como si revisara un mapa con la intención de ubicar una ruta, las anotaciones que había hecho con base en la información recabada por la cuñada de Viviana y en las que ya estaban incorporados los datos más recientes.

Con los brazos cruzados y la cabeza agachada recorría el pedazo de papel con todo detenimiento, en busca de algo que le permitiera descifrar lo que ocurría en Los Pinos en esos momentos. Las dos hipótesis originales estaban descartadas. Al parecer Arzamendi no sería removido de su cargo, lo cual en principio le causaba alivio pero no lo dejaba tranquilo del todo. Tampoco parecía que la reunión hubiera sido propiciada por un incidente que pusiera en riesgo la seguridad nacional, porque no había sido convocado el secretario de Seguridad Pública y éste le había confirmado que no había ocurrido nada anormal.

Pero mientras eliminaba posibles escenarios, los nombres que se incorporaban a la lista de convocados agregaba complejidad al análisis, porque conformaban un grupo demasiado heterogéneo. Mientras que seguía abierta la incógnita respecto a la persona que llegó directamente a la casa presidencial pasadas las seis de la mañana.

Tan absortó estaba en sus elucubraciones que el timbrazo del teléfono lo sobresaltó.

—La licenciada Margarita Buentono —dijo Viviana, que se encargó personalmente de cumplir la orden que en un principio su jefe le dio Vicky y a quién le había quedado claro que más valía tener experiencia que una buena talla. Por lo que con docilidad cedió los trastos sin siquiera respingar.

—Hola Rubén ¿cómo vamos por allá?

—¿Puedes hablar? —le advirtió antes de decirle cualquier cosa.

—Sí, estoy sola en mi despacho de la Casa de Gobierno. Por suerte ya se fue el secretario de Comunicaciones. Gracias a Dios le pude sacar lo que quería, pero estos pinches tecnócratas sí que son difíciles, porque nada más ven números y no entienden nada de política. Pero esto no es importante: ¿qué hay de nuevo?, ¿le cortan la cabeza a Arzamendi?

—Para nada. Sin embargo, tratando de averiguar si esto iba a ocurrir me he enterado de varias cosas que veo extrañas.

—Por favor, no me vayas a decir que debemos estar preocupados por nuestro amigo.

—Para serte franco no lo sabría.

—¿Pero entonces que carajos es lo que te ha extrañado tanto como para llamarme con tanta urgencia? —preguntó Margarita con impaciencia.

—Algo raro está pasando en Los Pinos. Ahí te va: poco después de la seis de la mañana llegó un automóvil del Ejército con una persona, que todavía no identifico, y que pasó directamente a la casa del presidente. Después arribó Axkaná, quién, antes de pasar a ésta, visitó primero a la hija del presidente y más tarde se fue a su oficina donde se encerró a hacer llamadas, para convocar a una reunión urgente, quizá un desayuno, donde están, además de Arzamendi, los secretarios de la Defensa y Marina, el presidente de la Suprema Corte de Justicia, un subsecretario de Hacienda, el jefe de Estado mayor Presidencial y el jefe de Asesores, y al que con seguridad se integrará también Ledesma que está en una sala de espera del despacho oficial del presidente.

Pérez Limantour se detuvo para esperar alguna reacción pero no oía nada.

—Bueno, ¿me escuchas Margarita?

—Estoy abrumada. ¿Cómo carajos conseguiste toda esta información?

—Eso es algo que prefiero no decirte en estos momentos. Pero como te das cuenta se descarta la hipótesis de la renuncia de Arzamendi.

—Es obvio que tampoco parece ser un asunto de seguridad nacional, porque no veo al secretario de Seguridad Pública —observó Margarita puntualmente.

—Así es, Margarita, esto lo confirmé con el propio Narciso, por quien supe, sin darle detalles, que no estaba convocado y que el tema de seguridad pública está sin novedad.

—¿Sabes si Sofía fue también a la casa del presidente después de que la visitó Axkaná? —preguntó Margarita.

—Lo desconozco. No tengo ninguna información, aunque mis fuentes no siempre saben todo. Pero lo puedo preguntar.

—¿Guzmán también está en el desayuno?

—En apariencia, todavía se encuentra en su oficina. Pero la información que recibo, aunque reciente, no es en tiempo real. Así, que es factible que ya se haya incorporado. Me sorprendería que no fuera así.

—¿Conoces cuál es la agenda del presidente para hoy? A veces la distribuyen a los medios el día anterior. En especial, si hay un acto público que deba cubrir la prensa.

—No la tengo, pero es fácil conseguirla con nuestros amigos de los medios. ¿Por qué te interesa?

—Esto nos podría indicar si lo que está pasando puede ser tan importante como para que haya cambios de última hora en la agenda. Por lo que sabemos este desayuno se programó de improviso y con gran discreción, porque quienes en persona convocaron a los invitados fueron nada menos que, el secretario Particular del presidente y el jefe del Estado Mayor Presidencial —concluyó Margarita.

—Ya entiendes el porqué de la urgencia —dijo Pérez Limantour.

—¿Urgencia o preocupación? Rubén. Déjame preguntarte algo: ¿Confías en nuestro amigo? Tú sabes lo que podría ocurrir si nos traiciona o si cometió un error y algo se filtró.

Pérez Limantour se quedó paralizado, porque sabía que Margarita había sacado a flote la causa de su verdadera preocupación.

—No lo sé y no me quiero imaginar lo que sucedería.

—Rubén, después de que hablaste con él, ¿tuviste alguna confirmación de su parte?

—No, apenas la semana pasada pudimos reunirnos para concretar todo y acordamos que sólo hablaríamos del asunto en persona. Así que desconozco por completo hasta donde pudo haber llegado.

—No sé si ya me contagiaste tu temor, pero se me hiela la sangre pensar que no tenemos ningún control sobre lo que él tiene o, quizá, tuvo en sus manos. Por eso me intriga saber quién llegó a ver al presidente tan temprano y que hizo que se disparara una reunión de emergencia. Esto no me deja bien, yo…

Pérez Limantour la interrumpió con brusquedad para evitar que siguiera hablando.

—gobernadora, creo que lo mejor es que nos reunamos a la brevedad para discutirlo en persona. ¿En cuánto tiempo podrías estar aquí?

—Con el helicóptero del gobierno del Estado en no más de una hora ¿En dónde nos reuniríamos?

—En el lugar de siempre.

—O sea, que estará él —preguntó Margarita.

—Aja. Yo creo que necesario reunirnos los tres, para que todos estemos al tanto.

—De acuerdo es lo mejor. Como es usual yo llegaré sola sin escolta ni chofer.

—Yo haré lo mismo. Nos vemos allá. Espero que para entonces tenga más información. Buen viaje.

§§§§

La conversación que se desarrollaba en la biblioteca había adquirido su propia dinámica, mientras que el poco conocimiento que se tenían entre sí, hacía improbable que externaran en público sus inquietudes respecto al objeto de la reunión, por lo que esta posibilidad estaba auto controlada.

Esto le dio confianza a Guajardo para abandonarla por un momento y esperar a Axkaná en el vestíbulo de la casa presidencial. Mientras éste llegaba pensó que sería conveniente continuar con la cortina de humo que Henríquez había iniciado con la idea del desayuno, por lo que pidió que le subieran un servicio individual al presidente, asegurándose de que él mismo estuviera en la puerta de la recámara para recibirlo y pasarlo personalmente, lo que ocasionó que el cabo López pusiera una cara de asombro, como si en la alcoba presidencial hubiera habido una resurrección. Para él era imposible entender lo que estaba ocurriendo.

Ante esto, y para poner las cosas en claro de una manera contundente Guajardo optó por hacerle al cabo López, una recomendación similar a la que antes le hizo Henríquez. Así que tan pronto salió de la recámara le advirtió:

—Recuerde cabo que además de no estar autorizado para moverse de aquí, tampoco lo está para preguntar nada y menos para hablar, oír o ver. De lo contrario seremos dos los que le cortemos los huevos ¿Está claro?

—A la perfección mi general. —dijo cuadrándose marcialmente.

Guajardo regresó al vestíbulo y mientras esperaba que Axkaná apareciera en cualquier momento, oyó el timbre de su celular que le anunciaba la llegada del mensaje de texto de Henríquez.

Lo que leía hizo que levantará sus pobladas cejas y las arrugas de su rostro se le marcaran con mayor profundidad.

En tanto Guzmán apareció de repente por la puerta principal

—¿Qué ocurre?, Pascual —preguntó Axkaná.

—Léelo —le dijo Guajardo mientras le entregaba el celular—. Discúlpame, yo traté evitar que esto pasara tan pronto supe que había llegado, pero al parecer Henríquez llegó tarde.

—Ni modo, lo bueno es que no contactó con Pérez Limantour y que ya apagó el aparato. Por lo pronto esto nos lo quita de encima. De hecho me acaban de dar el recado de que me está buscando. Ya sabíamos que lo haría. Es un cabrón que conoce muy bien dónde meter hilo para sacar listón.

—¿Qué has pensado de la agenda? ¿La quieres ver? aquí la tengo.

—No, la conozco de memoria. Después del acuerdo conmigo hay cuatro embajadores con reuniones de 30 minutos cada una. Creo que lo mejor será que hable con Alfonso Suárez para cancelarlas. Sin embargo, el caso que me preocupa, porque las cosas se pueden salir de control, es el embajador de Venezuela.

—¿Qué le vas a decir al secretario de Relaciones?

—Primero le debo inventar un pretexto que en principio le resulte creíble, para que con convicción lo utilice después con los embajadores. En el caso del venezolano, le voy a pedir un favor especial para no que haya malas interpretaciones.

—¿Y con la reunión y el evento con el sector privado que haremos?

—Nada Pascual, que lleguen y esperen. Ya hicimos todo lo nos tocaba hacer. Estamos cerca del fin.

—Es que en el evento del banco está previsto que haya prensa.

—Pascual —le dijo enseñándole el reloj— pasan de las nueve. No creo que la reunión dure más de dos o tres horas sin que hayamos alcanzado una conclusión y definido lo que vamos a hacer. Yo creo que alrededor de la una de la tarde estaremos comunicando la noticia a la opinión pública.

—¿Le pido a Henríquez que prepare algo?

—No te apures, al fin que aquí sobran salones que podemos habilitar en cualquier momento. Para qué movemos más cosas, ya me cansé de estar inventando explicaciones. Además de que la prensa ya estará aquí porque debe cubrir el evento del sector privado, como tú acabas de decir.

—¿Cómo están las cosas adentro? —preguntó Axkaná para saber qué ambiente le esperaba.

—Tranquilas. Todos tienen cara de jugadores de póker, pero se muerden un huevo para saber la razón por la que están aquí. Aunque al cabrón de Arzamendi le tuve que dar un chingadazo porque llegó muy mamón.

—¿Qué te dijo?

—Nada, lo que me molesta de este mamón es que se cree superior a los demás. No acababa de entrar cuando empezó a reclamarme que no le hubiera dicho quiénes estaban convocados, además de que no entendía que estaba haciendo en este pinche tutifruti, como le llamó a la reunión, y menos con funcionarios que ni siquiera eran miembros del gabinete.

—Cálmate Pascual, ya te desquitarás cuando veas cómo se le caen los calzones al momento que entre Ledesma. ¿Y Peralta, cómo está?

—Estaba muy alterado pero ya lo tranquilicé. Yo sé que a ti no te simpatiza pero no es un mal tipo. A mí, me queda claro que está muy comprometido con el presidente, gracias a esto aceptó quedarse, porque la verdad no tenemos nada para retenerlo.

—¿Tienes el certificado de defunción?

—Sí aquí está — le respondió mostrándole el folder con el logo de la presidencia que llevaba consigo.

—Creo que lo mejor será que regreses a la biblioteca. Yo voy a meterme a la salita para llamar a Suárez y a la señora Sofía. Si te preguntan cuándo empezaremos, diles que entre diez y quince minutos. Tan pronto me veas entrar, llama a Henríquez para que traiga a Ledesma.

§§§§

Axkaná cerró la puerta de la salita y utilizó el conmutador de Los Pinos, para llamar al celular del secretario de Relaciones Exteriores.

—Buenos días, licenciado. Habla Axkaná Guzmán.

Suárez contestó sorprendido —Si dígame— en tanto la comunicación parecía interrumpirse además de la presencia de mucho ruido, como si tallaran el aparato contra algo.

—¿Soy inoportuno? —preguntó Axkaná para conocer en qué situación se encontraba su interlocutor.

—Para nada, licenciado. Lo que ocurre es que, como supe que hoy habrá una manifestación sobre Reforma y avenida Juárez, preferí quedarme en casa para asegurarme que estaré en Los Pinos a las 10.30 y aquí he tenido que lidiar con mis nietos. Pero no se apure, ya me encerré en mi despacho.

—Justo de eso le quiero hablar. Ha surgido algo imprevisto y no será posible que el presidente reciba a ninguno de los cuatros embajadores.

—¿Algún asunto en particular? Aunque desde luego no pretendo ser indiscreto, licenciado. Pero se lo pregunto porque será necesario que les dé alguna explicación a los embajadores. En especial a uno de ellos que con seguridad usted identifica.

—No hay problema y claro que sé de quién me habla. Y si me lo permite, este caso en particular lo abordaré más adelante. Como usted sabe, a partir de los anuncios que hizo el presidente el pasado 1º de septiembre, las relaciones con el Congreso y en especial con las dirigencias de los partidos se han tensado, lo que está complicando la negociación del presupuesto más de lo previsto. Por ende, la presidencia desea estudiar con detenimiento la mejor estrategia para desatascar las cosas.

—Me queda muy claro, licenciado y estoy al tanto de lo que pasa en la Cámara. Pero qué es lo que me propondría en el caso del embajador de Venezuela.

—Licenciado Suárez, no sé si sea un atrevimiento de mi parte, pero le quiero proponer que vaya usted a la embajada o a su residencia para ofrecerle una disculpa en persona y darle la explicación que juzgue conveniente, con base en ,,,,

Mientras estaba dando esta explicación, Axkaná volvió a sentir la vibración del celular del presidente que, por un instante, le hizo perder el hilo de lo que estaba diciendo, porque a la vez que lo enojaba el reiterado e inacabable movimiento del aparato, volvía a dudar respecto a contestar o no. Al menos en ese momento no podía hacerlo —pensó—, aunque quisiera.

…., perdóneme, con base en lo que le he informado. Creo que, como a usted, lo que me preocupa es que malinterprete las cosas y le informe de la cancelación a sus superiores y a la prensa de su país, noticia que tendríamos de vuelta en México en escasos minutos, cuando lo que ocurre no tiene nada que ver con las relaciones entre ambas naciones.

Por suerte para Axkaná, el secretario de Relaciones era un viejo lobo de mar que sabía a la perfección que, aun si mencionar el nombre de presidente o que actuaba por instrucciones de éste, cualquier comentario o sugerencia de un secretario particular debía suponerse, con un alto grado de certidumbre, que provenía de su jefe. Así que no tomó ningún riesgo.

—Lo entiendo a la perfección y no me parece una mala idea la suya. Por el contrario, creo que está dentro de las prácticas diplomáticas que bien vale la pena emplear en momentos delicados como éstos.

—Muchas gracias, secretario. Anticipaba que me entendería. Por último, aunque yo sé que esto sobra en el caso de una persona con la experiencia de usted, particularmente en el ámbito de la diplomacia, le puedo pedir que estas cancelaciones las maneje con la mayor discreción posible. Lo que nos preocupa es que no deseamos calentar más el ambiente político.

—No se apure. Comprendo lo que quiere decir. ¿Cuándo me avisarían sobre las nuevas fechas? Le insisto en esto porque sé que varios de los embajadores tienen planeado regresar a su país.

—Yo le avisaré a la brevedad. Muchas gracias —se despidió Axkaná.

Tan pronto finalizó la llamada revisó el celular. Otra vez el numero privado y un nuevo mensaje en el correo. Marcó la tecla para escuchar la grabación y oyó la misma voz que no podía reconocer, aunque había algo en su acento que le sonaba familiar.

—Por favor conteste es urgente. Vuelvo a llamar en cinco minutos.

Decidió que la siguiente vez sería mejor contestar. Miró su reloj y consideró que todavía le daba tiempo de llamar a Sofía para saber si se le ofrecía algo.

Tomó el teléfono y marcó a su extensión.

—Qué tal Sofía, habla Axkaná. ¿Cómo te sientes?

—Ya más tranquila, gracias. Me quedé un rato con mi papá para despedirme. Después tomé algunas cosas que me parecieron de valor, me vine para acá y estoy empacando.

—¿Por qué? Nadie te está corriendo.

—Te agradezco tu apoyo, pero lo he pensado y lo mejor es que esta noche me vaya a la casa de mis papás. Vivir aquí sólo tuvo razón porque estaba cerca de mi padre. Además de que tú sabes lo que me molesta el ambiente político y no quiero que ser el pretexto para que la prensa invente algún chisme.

—Como tú quieras yo respeto tu decisión y te reitero mi apoyo. ¿Para eso querías que te hablara?

—No, lo que te quiero informar es que mi padre dejó una carta póstuma en la que manifiesta su voluntad respecto a sus funerales y me encarga a mí asegurar que se respete.

—¿Qué dice la carta? —preguntó Axkaná sorprendido por la noticia.

—Ya te la mostraré para que la leas, porque no sólo habla de sus funerales sino de cualquier tipo de homenaje póstumo. Pero lo importante es que dejó muy claro su deseo de que fueran privados. Así que te pido que consideres esto.

—Pero Sofía, ¿tú sabes lo que estás diciendo?

—Axkaná —le respondió Sofía con firmeza—, tú estás equivocado, no lo digo yo, lo dice él. Mi obligación es que se cumpla su voluntad. Además, la carta está dirigida a la opinión pública y uno de mis encargos es que la haga de su conocimiento, por lo que te pido que se divulgue junto con el comunicado de prensa que informe del fallecimiento.

Bastante atribulado estaba Axkaná para discutir en esos momentos los funerales del presidente, cuando ni siquiera había resuelto la forma de comunicar la noticia de su muerte y las acciones que esto desencadenaría. Por lo que prefirió recular y posponer la controversia para más tarde, cuando pudiera hablar con ella en persona.

—Sofía, estoy por entrar a la reunión que te comenté. Ya están todos esperando. Dame la oportunidad de pensar cuál es la mejor forma de resolver esto.

—De acuerdo, pero no creas que tienes mucho margen. Oye ¿hay algún inconveniente si regresó a la recámara de mi papá?, porque olvidé el alhajero de mi mamá.

—Ninguno. Ahí sigue un cabo cuidando que nadie entre. Te llamó más tarde para informarte que acordamos —le respondió con impaciencia porque sabía que el celular del presidente volvería a sonar, y ahora, sí quería contestar.

—Gracias. Oye ¿te puedo decir una cosa que a lo mejor es una tontería?

—¿Es urgente?, porque ya me están esperando —respondió él con impaciencia.

—No, es algo rápido, lo que pasa es que me llamó la atención que las pastillas de glucosamina que estaban en la mesa de noche, no son de la marca que tomaba mi papá, porque yo siempre se las compraba.

—¿Y si él mandó comprarlas porque se le acabaron? —preguntó Axkaná.

—No lo sé. Pero me pareció ver que en su closet todavía hay varios frascos sin abrir. Pero eso es algo que también quiero checar ahora que vaya de nuevo a su recámara.

—¿Tú tienes las pastillas?

—Sí, me las traje accidentalmente —respondió Sofía.

—Ahora que lo dices, a mí me pareció haber visto ese envase sobre su escritorio hace dos días. De hecho, me llamó la atención mirarlo ahí porque tu papá era obsesivo con el orden y en ese sentido la medicina desentonaba con el resto. Por cualquier cosa ponlas a buen resguardo. Yo te llamó más tarde. Pero si tienes algo que quieras comunicarme, hazlo por escrito a través de Henríquez.

Axkaná colgó y puso el celular sobre la mesa de centro. Se fijó un plazo de espera no mayor a cinco minutos para recibir la llamada. Después no tendría más remedio que apagarlo y entrar a la reunión. Más aún porque ésta era una indicación del presidente cuando tenía juntas, y en ese momento más que nunca, a Axkaná le importaba que esto se cumpliera, porque quería que todos permanecieran incomunicados con el exterior.

Mientras esperaba, se percató que el comentario de Sofía lo devolvió a la sensación que tuvo cuando se encontraba en la recámara. Algo ahí no cuadraba, por eso ahora el tema de las pastillas empezó a revolucionar su cabeza. No tenía idea de cómo llegaron al escritorio del presidente. Podía preguntarle a Guajardo si su jefe había enviado a alguien a comprarlas. Aunque esta opción chocaba con su habitual hermetismo, sobre todo cuando se trataba de cuestiones personales.

Otra posibilidad era que se las hubiera regalado alguna persona que tuvo acuerdo con él y que supiera que las usaba. Empezó a hacer el esfuerzo por recordar las agendas de los dos días anteriores, mientras escribía sobre un block de notas que estaba junto al teléfono los nombres que le venían a la cabeza. Cuando terminó, se dio cuenta que en ella había tres personas que en esos momentos participarían en la reunión, por lo que pese a su excelente memoria, sintió que era indispensable confirmar esta información con su asistente.

§§§§

—¿Qué ocurre Rubén? Me salí a la mitad de una junta del consejo de administración que es muy importante, porque vamos a decidir asociarnos con una firma extranjera en una de nuestras filiales. ¿Es tan urgente como dices en el mensaje o te puedo llamar más tarde?

—Sí, muy urgente. Tengo informes de que algo pasa en la casa del viejo. Parece una reunión de emergencia que decidió convocarse poco después de la seis de la mañana.

—¿Sabes quiénes están?

—Gente de su confianza en el gabinete, incluso hay quiénes no pertenecen a él pero de muy alto nivel.

—¿Sabes si están todos, todos, todos? Tú me entiendes.

—Sí —respondió lacónicamente pero seguro de la claridad de su respuesta.

—Pero entonces ¿qué te preocupa?

—Que no sé con precisión dónde estamos parados. Desconozco que tan lejos avanzó nuestro asunto y en este momento, como tú te darás cuenta, no lo puedo confirmar. Por lo pronto estoy buscando más información por otras vías porque tengo algunos cabos sueltos que amarrar.

—¿A qué cabos te refieres?

—Me falta el nombre de una persona; sé que no es un civil. Y saberlo es fundamental porque en apariencia fue el primero en llegar a ver al viejo poco después de las seis de la mañana. Esta visita me pone nervioso porque no sé qué pudo haberle informado o qué ocurrió, pero fue lo que en principio detonó la reunión de emergencia.

—Ahora te entiendo. ¿Estás desconfiando? ¿Crees que el asunto se nos puede revertir?

—No quiero ser pesimista, pero tampoco estoy del todo cierto. Aunque una cosa es no atreverse y otra, muy distinta, sería la de traicionar para salvar el pellejo cuando se ven las cosas perdidas.

—No me jodas Rubén. Que esto estaría cabrón cuando tienes en tus manos el entero premiado de la lotería. Pero ¿Ya pensaste en que sucedería si pasó lo que tenía que ocurrir?

—Sería demasiado pronto. No me parece factible. Mira, comentándolo con nuestra amiga, pensamos que lo mejor sería reunirnos para hablar en persona, poner nuestras mentes en claro y estar listos para cualquier cosa. Por eso ¿te parece que nos veamos donde siempre?

—De acuerdo, además de que es importante que respetemos las reglas que nos impusimos y dejemos el teléfono. Al margen de que me encabrona hablar como lo estamos haciendo, porque no me queda claro si entiendo lo que me quieres decir o comprendes los que yo te digo. Voy a dar instrucciones de que los esperen. Yo no tardo más de una hora.

Ramiro Castillo habló con su secretaria por un momento y regresó a la sala de consejo, donde todos aguardaban de pie a que éste ocupara su lugar para volver a tomar asiento y reanudar la reunión.

En el centro del amplio salón destacaba una mesa en forma de herradura hecha de una madera africana catalogada como en peligro de extinción. Aspecto que Castillo no perdía la oportunidad de presumir cada vez que alguien manifestaba su admiración por la belleza de su apariencia, la suavidad de su textura y su resistencia para hacer frente al trajín de portafolios, computadoras, papeles y tazas de café. Pese a que en la pared lucían con enmarcado orgullo, los valores de su corporativo, donde entre otros, como la ética, la responsabilidad social y el respeto a dignidad humana, se ponía de relieve el compromiso empresarial con la protección al medio ambiente.

Este contraste sintetizaba su perene dualidad con la que veía muchos aspectos de la vida y en los que siempre terminaba racionalizando la opción que a él más le convenía. Así, podía criticar al gobierno por su incapacidad recaudatoria y al mismo tiempo urdir todo tipo de estrategias legales e ilegales para abatir al mínimo el pago de impuestos.

Se sentó parsimoniosamente y le bastó inclinar la cabeza para que la junta volviera a estar en marcha. Enfrente de él se encontraba una pantalla gigante de plasma donde iban apareciendo láminas de gráficas y estadísticas a las que aludía su vicepresidente de Finanzas relativas a la fusión que estaban por hacer en una de sus tantas filiales, a través de las cuales su poder se extendía a lo largo y ancho de la economía nacional y allende las fronteras del país.

No obstante, en su mente la voz y las imágenes eran cuestiones distantes. No veía, ni escuchaba nada. Sus pensamientos estaban concentrados en lo que recién había hablado con Pérez Limantour, porque se preguntaba si habría valido la pena cruzar una línea que siempre había respetado.

Su éxito empresarial estaba ligado a su habilidad para relacionarse con la clase política sin importar que cambiaran partidos, programas de gobierno o funcionarios. A quienes estaba acostumbrado verlos pasar por enfrente de su escritorio, como algún día se le hizo notar el director de una paraestatal, a quién le reclamó una disposición que mermó sus ganancias, diciéndole en actitud prepotente que si se sentía muy valiente por estar sentado detrás de un escritorio. Más aún, porque meses atrás había tratado de seducirlo sin ningún resultado, a través de terceros para que cambiara su decisión.

—Se equivoca señor Castillo, usted, como otros líderes empresariales y sindicales, son los que nos ven a los funcionarios públicos pasar por delante de sus escritorios. Ustedes se quedan, nosotros nos vamos. Sólo deben tener la habilidad suficiente para adaptarse cual camaleones a las reglas de cada caso. Al final lo que les interesa es sacar raja de lo que puedan. Ustedes siempre estarán con el ganador.

Por suerte para Castillo, y con un poco de ayuda de una bien cultivada red de amigos en el poder y en los medios comunicación, ese director no duró mucho en el cargo, por lo que disfrutó su partida como una manera de dulce venganza que, entre otras cosas, le permitió recuperar con creces el terreno perdido.

Pero una cosa era valerse de relaciones bien aceitadas y recompensadas con generosidad mediante recursos que en el anonimato tomaban el sol en fideicomisos ubicados en paraísos fiscales, para obtener contratos, información privilegiada, beneficiarse de privatizaciones amañadas y evitar que otros empresarios, ya fueren nacionales o extranjeros, entraran a sus feudos. Otra, muy distinta, era que él participara directamente en el ámbito donde sólo actuaban los políticos. Sobre todo porque consideraba que a ellos les tocaba realizar el trabajo sucio, mientras él los veía hacer la tarea a distancia, lo que además le garantizaba que al margen de la rencillas entre ellos, él seguiría siendo amigo de todos.

No sabía porque, lo que empezó siendo una plática causal con Pérez Limantour se convirtió al final en una idea concreta que derivó en un acto temerario. De alguna manera, su éxito empresarial había calado en su ego y empezó a verse a sí mismo como un líder social que podía hablar de todo y a nombre de todos, porque a fuerza de que se le acercaran para pedirle opinión, consejo o cualquier tipo de apoyo, comenzó a sentirse el depositario y el valedor de las preocupaciones de muchos grupos sociales. Bastaba, que diera una entrevista de banqueta donde opinara sobre cierto tema, para que recibiera cartas, correos y llamadas telefónicas, felicitándolo por sus opiniones y la manera valiente —a decir de algunos— de defender los intereses de tal o cual grupo.

Por lo que una vez que el presidente anunció el 1° de septiembre que renunciaba a su partido, lo que imitaron un buen número de legisladores, y que en adición emprendía un nuevo rumbo de gobierno que reforzaba con el envío de una batería de iniciativas al Congreso, sintió sobre sus hombros el peso y la responsabilidad de su liderazgo para detener algo que le afectaba en forma directa, pero también a los muchos que se apiñaban detrás de él con la esperanza de que los defendiera y no permitiera que un status quo tan cómodo como previsible, se trastocara por un escenario impredecible con el altísimo riesgo de verse perjudicados en sus intereses y prebendas, paciente y eficazmente cultivadas.

—Tenía que actuar —se decía a sí mismo—. Alguien debía impedir que se desmoronara lo que al país tanto tiempo y trabajo le había tomado construir —repetía en ese ánimo que lo impulsaba a considerarse un garante de los intereses nacionales. Al menos ésta era la fachada que le gustaba vender y de hecho fue la razón que facilitó que Pérez Limantour se le acercara y le tomara confianza.

Pero, así como la percepción de su omnipotencia le hacía asumirse como alguien que debía dar las pautas para guiar al rebaño, también lo fue haciendo más audaz para cruzar los márgenes de la legalidad, que ya no se limitaban a comprar políticos y servidores públicos a cambios de favores, sino que su ámbito de acción se había extendido a campos menos visibles que los empresariales pero más provechosos, para lo cual la dimensión, complejidad y

146

diversificación de su grupo resultaba ser un eficaz parapeto para mover recursos ilícitos de terceros, a través de complicadas tramas que impidieran rastrear los puntos de origen y destino. De hecho, estos caminos eran los mismos que en los casos más complicados, utilizaba para blanquear los sobornos de las personas cuya voluntad compraba y que terminaban comiendo —literalmente— de su mano.

Por ello lo anunciado el 1º de Septiembre le preocupó de sobremanera, porque significaba que las reglas del juego podrían cambiar en forma drástica y eso le afectaría no sólo en sus negocios sino pondría en riesgo su vida misma. Por ende, en estos argumentos encontró la valentía para cruzar, sin limitaciones de ningún tipo, una frontera que siempre había respetado y meterse de lleno al juego político, lo cual no hizo sin antes cerciorarse de que minimizaba todos los riesgos, para lo cual contaba con larguísimas e intrincadas cadenas de contactos para poder conseguir lo que quería y permanecer como el gas grisú, tan anónimo como letal. Además de que le tranquilizaba que el aspecto medular del asunto sólo lo conocían, además de él, tres personas sobre las cuáles tenía los medios para asegurar su lealtad, aunque, como si fuera un seguro de vida, ellas también tenían la manera de garantizar la suya.

Pese a ello, no le había dejado un buen sabor de boca percibir el acobardamiento y pesimismo de Pérez Limantour, que con habilidad quiso disfrazar de preocupación. No era tiempo de flaquezas —se decía— sino de pensar en términos positivos, por lo que estaba seguro de que todo saldría bien y de que los acontecimientos se moverían en la dirección que tenían planeada.

En forma abrupta detuvo sus reflexiones. Miró su reloj, vio que eran las 9.30 y calculó que faltarían veinte o treinta minutos para que Pérez Limantour y Margarita Buentono llegaran a las oficinas de Santa Fe donde solían reunirse. Volteó a ver al vicepresidente de Finanzas, quién al percibir que su jefe estaba por pronunciar palabra detuvo su explicación, razón por la que todos voltearon de manera automática a ver a Castillo.

—Señores, yo creo que quizá esto lo debemos examinar con más detalle —comentario que de inmediato ocasionó un movimiento de cabezas que aprobaban esa propuesta, como cualquier otra que hubiera hecho el máximo patrón— por lo que considero que para el caso debemos programar una reunión de todo un día y no sólo de media mañana como lo hicimos hoy. Por lo que sí les parece, mi secretaria les avisará cuando se llevará a cabo.

El vicepresidente de Finanzas acostumbrado a estos repentinos cambios de agenda, donde todo y nada podía adquirir la calidad de urgente, apagó la computadora con resignación, mientras que su jefe salía de la sala de juntas sin despedirse de nadie.

§§§§

Axkaná permanecía sentado con la pierna derecha cruzada, la cual columpiaba con obvia impaciencia. Su inquieta mirada recorría todos los rincones de esa sala en la que había estado decenas de veces y donde a la esposa del presidente, durante el breve lapso que vivió en Los Pinos, le gustaba recibir amigas y personas de su confianza, porque era una habitación pequeña, acogedora y muy iluminada de manera natural.

Miró el reloj del celular; marcaba la 9.23 por lo que faltaban dos minutos para que se cumpliera el plazo de espera que el mismo se fijó para aguardar la llamada de un desconocido y averiguar de qué se trataba.

Decidió aprovechar ese mínimo intervalo para llamar a su secretaria y pedirle que le informara sobre quiénes habían tenido acuerdo o audiencia con el presidente los dos días anteriores, lo cual por fortuna contestó rápido y con la eficiencia que la caracterizaba.

Confirmó lo que quería; tres de las personas que estaban convocadas a la reunión habían estado a solas con el presidente el 29 y 30 de noviembre.

Se percató que la observación casual de Sofía respecto a las famosas pastillas lo estaba distrayendo, cuando él debería estar concentrado en los aspectos torales de la reunión que estaba por iniciar.

El reloj del celular del presidente casi señalaba las 9.30 Ya había excedido con amplitud el lapso de espera que él se fijó para que volvieran a llamar. Dudó en apagarlo, pero prefirió dejarlo en el modo de vibrar. Así, durante la reunión, podría darse cuenta si entraba una llamada, aunque no la contestara.

Se guardó el celular en la bolsa del pantalón y caminó con rapidez hacia la puerta. Apenas asió la perilla, el teléfono empezó a vibrar. Permaneció estático porque dudaba entre salir o quedarse. No le parecía prudente esperar más, el tiempo estaba en su contra. Además de que varios de los convocados ya llevaban más de una hora de espera. Sin embargo, la curiosidad por saber cuál era la urgencia de quién reiteradamente llamaba lo hicieron contestar.

Apretó la tecla pero permaneció en silencio.

—Aló, aló, aló.. —escuchó la misma voz que antes había oído en el buzón.

—Si dígame ¿a quién busca? —respondió ansioso por oír a su interlocutor hablar, porque había algo en su acento que le sonaba familiar, incluso le parecía extranjero. Más aún, porque usaba el "aló" en lugar del "bueno".

—Usted es el licenciado Axkaná Guzmán —dijo quien llamaba.

Se quedó totalmente desconcertado. Esperaba una respuesta, no una afirmación, y menos que su interlocutor lo identificara, cuando él ni siquiera sabía con quién hablaba. Optó por ser directo.

—¿Cómo lo sabe y quién es usted?

—Porque lo he escuchado varias veces y nos hemos encontrado un par de domingos en la casa del presidente. Soy Álvaro Zuluaga.

Axkaná empezó a revisar con prisa en sus archivos mentales. No tardó mucho en recordar el nombre, en particular porque por asociación de ideas, el acento colombiano se lo había facilitado.

—Claro doctor Zuluaga lo recuerdo, es el amigo del señor presidente que está especializado en el calentamiento global.

—Así es licenciado, ¿podría hablar con el señor presidente es algo urgente?

Axkaná tenía ganas de estrellar contra el piso el celular que apretaba con coraje, porque se dio cuenta que había perdido un tiempo precioso para esperar una llamada que en principio parecía misteriosa, pero que había resultado provenir de un amigo científico del presidente, que éste solía invitar a comer los domingos para pasar las tardes platicando sobre el calentamiento global, y que justo en el momento menos oportuno había decidido llamar para comunicarle algo que según él era urgente.

Axkaná se sentía como un perfecto estúpido que había estado pendiente de un teléfono que al parecer su jefe tenía para que le llamaran sus amigos. En fin, así era él, no le gustaba mezclar lo público con lo privado, al grado que estableció una cuota mensual que él pagaba con regularidad a Los Pinos para cubrir los gastos de su despensa y la de Sofía, lo cual creó un problema administrativo para recibir el dinero, porque esta posibilidad nunca estuvo prevista.

—¿Qué carajos podía ser más urgente en ese preciso momento?— pensó furioso— Que se partió Groenlandia a la mitad.

Contrario a su costumbre de conservar la calma y emplear sus mejores modales, sin importar si se encontraba bajo presión, respondió la pregunta del científico de una manera ostensiblemente grosera con la finalidad de cortar por lozano la conversación.

—Doctor Zuluaga. El presidente ya tiene su recado pero no puede contestar su llamada. Está reunido con varios colaboradores atendiendo un asunto delicado.

—Ya sé que es delicado. Por eso quiero hablar con él —insistió Zuluaga con sequedad.

Axkaná caminaba por toda la sala como un animal salvaje recién enjaulado. Seguía maldiciendo el momento que se le ocurrió contestar la llamada. Ya podía estar en esos momentos en la reunión atendiendo el asunto que en verdad era urgente.

—Doctor Zuluaga, con todo respeto no le puedo pasar al presidente en estos momentos. Le insisto. Dígame lo que quiere que le informe o si prefiere llame más tarde. Yo ya no puedo atenderlo porque me esperan en esta reunión que fue convocada de manera urgente.

Axkaná espero unos instantes pero nadie respondía. Imaginó que Zuluaga se había sentido ofendido y que indignado había preferido colgar. Pero a punto de que él hiciera lo mismo, volvió a escucharlo hablar pero de una manera más serena y comedida, que enfatizaba su acento colombiano.

—Yo sé de qué reunión me habla o quizá se refiere al desayuno. Ahí están los secretarios de la Defensa, Marina y Gobernación, el presidente de la Suprema Corte, el general Guajardo, Jaime Lascurain y Joaquín Benavides. Además de que es probable que se incorpore el licenciado Ledesma que, hasta donde sé, está en la recepción. Además le puedo decir que el licenciado Arzamendi tuvo que suspender una gira por Hidalgo porque fue convocado de urgencia y que hay otra persona en la casa de presidente, cuyo nombre no tengo, pero que conozco que llegó poco después de la seis de la mañana en un auto del Ejército. ¿Es ésta la reunión a la que debe incorporarse, licenciado? —terminó preguntándole con ironía.

Axkaná quedó de una sola pieza. Inmóvil y de pie permanecía mudo. Su mente estaba en blanco. No encontraba qué responder. Prefirió sentarse y tomar un respiro. En el otro lado de la línea, el silencio de su interlocutor evidenciaba la certeza de éste respecto al brutal efecto que sus palabras habían causado.

Axkaná sentía la boca seca. Movió la lengua para humedecerla. Pero no hablaba. Se encontraba en estado de shock. No sólo todo el esfuerzo que él y Guajardo habían puesto para mantener la reunión en secreto se había desvanecido en un instante, como si Los Pinos fuera una casa de cristal a la vista y oídos de todos, sino que además esto lo había sabido por boca de un extranjero que en apariencia era un científico, y de lo cual por supuesto empezaba a dudar.

Lo primero en lo que reparó es que pese a toda esa información, no había mencionado nada sobre la muerte del presidente. Más aún, porque genuinamente había demostrado que creía que estaba vivo, al insistir en que lo comunicara. De igual forma le llamaba la atención que tuviera los nombres de todos, incluso la localización de Ledesma, pero que en cambio desconociera todavía el nombre de Peralta. Por ende, juzgó que antes de decir cualquier cosa lo mejor era tratar de saber cómo se había hecho de toda esta información.

—Doctor Zuluaga, ¿qué usted sabe todo esto, es lo que quiere que sepa el presidente? —preguntó con la misma humildad del boxeador que se levanta de la lona.

—No es sólo eso, Axkaná, si me permite llamarle por su primer nombre, sino quién y cómo lo sabe.

Axkaná decidió actuar y decir verdades a medias para saber hasta dónde conocía Zuluaga lo que estaba ocurriendo y que más podía sacar de él sin comprometer nada. Le perturbaba de sobremanera saber cómo había sucedido esa fuga de información y quién era responsable. Que esto hubiera ocurrido le hizo recordar la sensación de estar siendo observado que experimentó en la mañana cuando caminaba en los jardines de Los Pinos.

—Doctor, la reunión ya inició y no puedo interrumpir al presidente. Más aún, cuando oyó su correo de voz me entregó su celular, indicándome que permaneciera afuera hasta que usted se comunicara, para que yo le dijera justo lo que le mencioné en un principio; que le dijera que tenía su recado y que se reportaría más tarde. Disculpe mi reacción inicial, pero creí que usted me daría un mensaje relacionado con su especialidad, lo que me pareció inoportuno en estos momentos.

—No se apure Axkaná, yo entiendo que la naturaleza de su trabajo implica estar sometido a una tensión constante ¿Le dijo algo más el presidente? —preguntó Zuluaga con curiosidad.

—No. Sólo mencionó que me lo explicaría después —afirmó de una manera tan categórica que parecía verdad lo que estaba diciendo.

—Así es. Todo se lo va a comentar a usted el día de hoy durante su acuerdo.

La respuesta lo hizo sentir que había dado en el blanco y que empezaba a obtener información novedosa. Además de que ésta le estaba permitiendo amarrar piezas que tenía sueltas, porque de inmediato recordó la llamada que le hizo el presidente la noche anterior, pidiéndole que abriera un espacio de dos horas, porque quería entregarle un documento y despachar una serie de cosas que estaban atrasadas, pero que por más que había revisado todos los asuntos pendientes, nunca pudo identificar a cuáles se refería.

—Si lo tenemos programado para más tarde

—Axkaná, voy a ser breve e iré directo al grano, porque sé que tiene prisa, y a mí también me urge que el presidente conozca cómo se ha filtrado esta información.

Axkaná sostenía con una mano el celular y con la otra se tapaba el oído izquierdo para no perder palabra de lo que Zuluaga estaba por develarle.

—Mi apellido no es Zuluaga, ni soy científico. Ésta es una fachada. Pertenezco a la Interpol y dirijo a un equipo que está dedicado a investigar el movimiento de dinero de procedencia ilícita. En virtud de que identificamos como involucrados en esta actividad a varios individuos que ocupan posiciones relevantes en el sector privado y en la política mexicana, y que por ende gozan de buenas conexiones en la administración pública y en el ámbito judicial, nuestro director general le propuso al presidente que actuáramos de manera muy discreta y que yo, como jefe del equipo, le reportara directamente a él.

—Para eso entonces eran las reuniones de los domingos —dedujo Axkaná.

—Así es, por eso armamos el teatro de presentarme como un antiguo amigo de él dedicado al calentamiento global, lo que permitiría hacerle visitas de carácter social sin levantar ninguna sospecha. Asimismo, le entregamos el celular que usted tiene en las manos y que cuenta con un sistema que detecta si la línea está intervenida, además de que encripta los mensajes que envía y decodifica los que recibe. Sobra decirle, porque usted conoce a la perfección la falta de confianza que existe del presidente hacia el secretario de Seguridad Pública y el Procurador, que ellos no están informados sobre nuestras operaciones, más aún por lo que le explicaré más adelante. ¿Alguna pregunta?

—No ninguna, por favor siga, su último comentario respondió a un cuestionamiento que estaba por hacerle.

—Después de seis meses de trabajo, el pasado domingo, le di al presidente un *USB* que contiene toda la información digitalizada de las investigaciones que hemos realizado hasta ahora y que le entregará el día de hoy en su acuerdo. No entro en este tema, porque sé de su prisa y porque ya lo haremos más adelante después de que lo discuta con su jefe, sólo le pido como precaución que cuando revise la información en su computadora no la pase a su disco duro y manténgala desconectada de internet, porque sabemos que estos grupos utilizan a hackers como medida defensiva y usted entenderá que los servidores y computadoras de los altos funcionarios son un blanco importante. Por ahora, mi interés supremo es informarle que, como parte nuestras investigaciones, hemos estado rastreando y grabando las llamadas de varios números telefónicos, lo cual hemos hecho con la orden judicial respectiva, trámite que, y con todo respeto licenciado, no es difícil de realizar en México.

—No me lo diga —agregó Axkaná con sarcasmo, mientras su interlocutor hacia una pausa.

—Entre estos números detectamos varios que corresponden al grupo del señor Ramiro Castillo. Rastreando las llamadas de origen y destino, identificamos otros números que pertenecen a la presidencia del partido político donde milita el señor Rubén Pérez Limantour. En virtud, de que el modo de vida de esta persona no coincide palpablemente con las posiciones que ha ocupado y la que ostenta hasta el momento, le pedimos al señor presidente su autorización para intervenir sus teléfonos, lo cual hemos hecho por espacio de tres meses, razón por la cual le dije al principio de esta conversación, que ya le había escuchado por lo que no me fue difícil reconocer su voz, dado que entre las llamadas que grabamos hay varias que él le hizo, como ocurrió esta mañana cuando trató de localizarlo, sin éxito por cierto.

Axkaná estaba absorto escuchando al supuesto Zuluaga. El sentido de urgencia que había tenido desde que le llamó Guajardo en la madrugada estaba ahora en estado latente. Su prioridad era esperar a que le dijera todo, la reunión podía aguardar todavía algunos minutos.

No quería perderse detalle, pero de pronto lo interrumpieron unos golpes en la puerta.

—Un momento doctor, Zuluaga.

Apareció Guajardo quien para no cortar la conversación, se limitó a indicarle con las manos de que ya era tiempo de comenzar. Axkaná le respondió con señas, dándole a entender que le diera cinco minutos más. Tan pronto el Jefe de Estado Mayor se retiró, él volvió a pegarse como lapa al auricular.

—Continúe por favor.

—Como le decía Axkaná, hemos detectado algunos indicios que podrían vincular a Pérez Limantour y a la señora Margarita Buentono con Castillo en cuanto al blanqueo de fondos, aunque todavía tenemos que desarrollar más trabajo de inteligencia en otros países para hacer un rastreo exhaustivo. Esto lo estamos realizando con gran discreción porque no queremos levantar ninguna sospecha que pueda alertar a todos los involucrados, aunque hemos contactado a algunos para acelerar las investigaciones y que están cooperando a cambio de esperar la benevolencia de la justicia.

—Disculpe que lo interrumpa doctor Zuluaga, pero cuál es la urgencia de todo esto —dijo Axkaná con impaciencia.

—Lo urgente por el momento —respondió Zuluaga— es que hoy escuchamos varias conversaciones en el teléfono de Pérez Limantour que consideramos relevantes, porque nos hacen temer que posiblemente detectaron nuestros movimientos, por lo que quizá sea necesario que actuemos con más rapidez de la que teníamos prevista y esto es lo que quiero que sepa el presidente.

—¿Cuáles son esas llamadas? —preguntó Axkaná con curiosidad.

—Temprano en la mañana hubo una comunicación de Buentono a Pérez Limantour informándole de la llamada urgente que recibió el licenciado Arzamendi para presentarse en Los Pinos. En principio, no detectamos nada más que chismorreo respecto a la posible remoción del secretario de Gobernación. Más adelante, Pérez Limantour intentó sin éxito contactarlo a usted, como ya le había dicho. Poco después habló con el secretario Seguridad Pública, lo único rescatable de esta conversación fue que el primero se enteró que no había habido ningún incidente serio en el ámbito de la seguridad nacional. Más adelante, Pérez Limantour recibió una llamada del licenciado Ledesma, pero no se concretó porque había pedido que no lo interrumpieran. Por el recado que dejó el segundo supimos que llamó de Los Pinos. De hecho Pérez Limantour ya intentó responderle pero el celular está apagado y la secretaria sólo ha podido dejar mensajes en el correo de voz.

—Discúlpeme doctor Zuluaga, pero estas llamadas no tienen nada de raro. Pérez Limantour es un reptil que le encanta estar buscando información que le dé ventaja, mientras que el señor Ledesma cuando viene a Los Pinos, y de hecho también vino hace dos días, se dedica a llamar a medio mundo para decirles que hablará con el presidente, con lo cual se da importancia o muchas veces se convierte en mensajero para hacerle favores a terceros y poder cobrárselos políticamente más adelante. Le repito que tengo prisa ¿podría ser más concreto? Y sobre todo me interesa saber cómo se filtró todo esto.

—A eso voy. Hace poco menos de 45 minutos, la gobernadora de Hidalgo llamó a Pérez Limantour y éste le dio la lista de todas las personas que le mencioné con sus respectivas horas de llegada a Los Pinos. Incluso saben que usted estuvo encerrado en sus oficinas haciendo llamadas y que había pasado muy temprano a visitar a la señora Sofía. Notamos en la plática su preocupación por lo que está

157

sucediendo, más aún porque desconocen el nombre del militar que llegó temprano. Una de sus sospechas es que éste le llevó al presidente alguna información que desencadenó la reunión, la cual imagino está relacionada con los resultados de las investigaciones que le entregué.

—¿Cómo se enteraron de todo?

—No lo sabemos, lo cierto es que por alguna vía que no es la telefónica, alguien dentro de Los Pinos le está pasando esta información a Pérez Limantour casi en tiempo real. De hecho, Buentono le preguntó sin ambages a éste cómo la estaba consiguiendo, pero no le respondió.

—¿Por qué cree que están preocupados?

—Porque temen que alguien a quien le encomendaron algo importante los haya podido traicionar, o bien que sus planes se hubieran trastocado, por lo que decidieron reunirse a la mayor brevedad con Castillo.

—¿En dónde?

—No lo mencionaron. Sólo dijeron que sería "el de siempre" al que llegaría la señora Buentono sin escolta, ni chofer, lo cual me habla del secretismo que desean mantener respecto a sus movimientos.

—¿Cuál de los dos llamó a Castillo? —preguntó Axkaná buscando entender mejor lo que estaba ocurriendo.

—Pérez Limantour se comunicó con Castillo haciéndole notar a la secretaria la urgencia que tenía de hablar con él, lo que hizo que abandonara una reunión de consejo para tomar la llamada. Notamos la misma preocupación de parte del primero y en la conversación volvió salir el tema de una posible traición. Acordaron reunirse en una hora, lo que me lleva a pensar que se encontrarán juntos a las 10.15 aproximadamente.

—¿Pueden seguir a Castillo?

—No, porque nuestra vigilancia está concentrada en rastreo de las cuentas personales y de las sociedades del Grupo empresarial del señor Castillo en México y en otros países. Más allá de la intervención telefónica, no hacemos ningún otro trabajo de campo.

—¿Cree la Interpol que el supuesto traidor del que usted habla se pueda encontrar entre quienes les están dando información a ustedes a cambio de aminorar sus problemas judiciales?

—No tenemos idea, ni sabemos qué rol esté jugando esa persona, aunque en apariencia se le encargó una tarea muy importante para ellos, pero desconocen si la llevó a cabo, o si algo salió mal o si los traicionó. Esto nos ha hecho pensar en los nombres de varios individuos que sabemos que actúan como testaferros de Castillo, algunos de cuales nos han estado dando información, pero por el momento no tenemos nada en concreto.

—En fin licenciado —continuó Zuluaga— creo que ya he tomado bastante de su tiempo. De mi parte esto es todo lo que quiero que haga del conocimiento del presidente, gracias por estos minutos que me concedió y que sé lo valiosos que son para usted.

—Yo soy el que tiene que agradecerle. Esto se lo haré saber al presidente de manera inmediata —respondió Axkaná con cortesía.

—Licenciado, sólo un último comentario. Cuando hablé con el presidente sobre cuál sería la mejor estrategia para actuar, que como usted entenderá no sólo abarca al gobierno mexicano sino al de varios países, me comentó que primero lo vería en detalle con usted y que después convocaría a su grupo más cercano para discutirla. ¿Sabe usted por qué el presidente invirtió el orden? Se lo preguntó, por qué convinimos que el destape de este asunto sería simultáneo para que todos los gobiernos involucrados actuaran al mismo tiempo, por lo que me preocupa que México se adelante sin estar todos coordinados.

—No le puedo responder, porque justo cuando la reunión estaba a punto de iniciar el presidente me pidió, sin decirme más, que esperara en privado una llamada que estaba por entrar a su celular. Por lo que sólo podré contestar a su pregunta cuando termine la junta. Yo le trasmitiré al presidente sus inquietudes. Ahora lo dejo porque ya me están esperando.

Capítulo VI

Margarita Buentono salió del elevador y encontró a un guardia de seguridad esperándola en el vestíbulo. No le fue difícil llegar hasta ahí, porque era un lugar al que había venido varias veces, aunque no siempre para los mismos fines.

El guardia, le abrió la puerta de cristal y entró en las solitarias oficinas de lujo que alguna vez habían albergado a una de las empresas de un amigo de Castillo, que se dedicaba a proveer servicios financieros a personas con un alto nivel de ingresos y que además, como era su caso, buscaban mecanismos para permanecer anónimas. Los famosos HNWIs como a ella se lo explicaron cuando, por recomendación de aquél, ahí mismo fue atendida por un muchacho bien parecido cuya indumentaria y accesorios de marca, no dejaban lugar a dudas que su propia familia pertenecía a ese reducido grupo, y que además hablaba con una mezcla de palabras en español y en inglés, que en forma deliberada pronunciaba con un marcado acento estadounidense para evidenciar en dónde había estudiado.

—Disculpe, qué son los *eichendobliuais* —le preguntó Margarita después de haber utilizado el término más de cinco veces, sin que ella pudiera entender de que estaba hablando.

—No se apure señora, él que tiene que disculparse soy yo; mire, de acuerdo a la *Securities and Exchange Commission* de los Estados Unidos, los *high net worth individuals* son aquellos individuos cuyos *financial assets* pasan del millón de dólares y éste es el segmento del mercado en el que estamos especializados en esta empresa.

En aquel instante se sintió importante y muy satisfecha al oír que el monto del capital que había acumulado a lo largo de su carrera, y que rebasaba con creces esa cifra mínima, la hacía acreedora a una etiqueta que la diferenciaba del ahorrador común y que marcaba una clara distancia respecto a la situación económica de su juventud cuando se inició en la política, que si bien no era de pobreza, sí padeció las limitaciones propias de una familia que arañaba con trabajos el escalón más bajo de la clase media.

Sin embargo en esos momentos, mientras recorría esas oficinas tan desiertas como opulentas y que hacía mucho tiempo habían dejado de heder a nuevo, lo que menos le importaba era la dimensión de sus cuentas bancarias porque la invadía, como solía ocurrirle con regularidad, una sensación de profunda insatisfacción. Nada la llenaba pese a sus logros políticos y económicos, mientras que sus relaciones personales no pasaban de ser aventuras fugaces. Con sarcasmo y autocompasión pensó que ese entorno que la rodeaba también la representaba, porque pese al lujo evidente todo estaba vacío.

Tomó asiento en la sala de juntas que siempre utilizaban cuando se reunían ahí. No la más grande donde sólo había estado una vez, cuando se llevó a cabo la primera y única reunión que hubo con un grupo más amplio, al que convocó Castillo poco después de los anuncios del 1º de septiembre, para comentar la situación política del país.

No eran muchos en esa ocasión, apenas veinte quizá, pero bastante representativos de sectores o grupos que no estaban conformes con lo que el presidente había anunciado y menos todavía con la mayor parte de sus iniciativas. La reunión inició con un tono discreto. Los comentarios y las críticas se hacían con serenidad y sin aspavientos. Pero al amparo de la sensación de aislamiento que producía la soledad y el vacío del lugar, y en la medida que los participantes empezaron a sentirse en confianza al ver que otros coincidían con sus puntos de vista, las intervenciones empezaron a revelar rabia y zozobra, además de que ya no se limitaron a plantear quejas sino a pedir que se hiciera algo para detenerlo todo o al menos ralentizarlo, lo que dio paso a propuestas de todo tipo que incluyeron desde la consabida solicitud de apoyo por parte del algún organismo internacional hasta sugerencias que, sin ser del todo explícitas en sus objetivos, podrían calificarse como radicales.

Ella se había limitado a oír. No consideró conveniente emitir ninguna opinión, salvo en la etapa inicial, cuando hizo algunos comentarios muy generales, porque no se sentía cómoda con el grupo y prefirió ser prudente, particularmente en el momento que la discusión empezó a escalar por peldaños que consideró peligrosos, como cuando un envalentonado director de un medio de comunicación dijo casi a gritos que: "A este cabrón hay que sacarlo a chingadazos de Los Pinos —a lo que agregó con toda decencia— que le pedía perdón de las damas".

Ella había acudido a la reunión porque se lo pidió Castillo con mucha insistencia, y a quién le debía varios favores aunque estos siempre eran recíprocos, lo que en gran parte explicaba su categoría de HNWI. Le dijo que se trataba de un grupo pequeño porque quería una junta muy discreta pero de alto perfil. Incluso le mencionó que asistiría Octavio Mireles, el presidente de la Cámara de Senadores.

No obstante, prefirió consultarlo con Pérez Limantour, quien le aconsejó que sí asistiera, no sólo porque él también estaba invitado, sino porque el encono que había despertado el presidente en grupos muy poderosos, representaba una oportunidad que su partido podía capitalizar para su beneficio en las elecciones de diputados previstas para julio.

Al final de la reunión consideró que, dados los ex abruptos que ahí ocurrieron, había sido imprudente asistir, porque esas cosas podían filtrarse y lo dicho por una sola persona con facilidad podría endosársele a todos los asistentes, por eso le pareció lógico que Mireles jamás apareciera por ahí, porque en su calidad de presidente de la Cámara de Senadores habría sido un movimiento arriesgado.

Pero si su imprudencia la había dejado incómoda, más frustrada se sentía por haber perdido el tiempo porque no se llegó a ninguna conclusión concreta, salvó las usuales y vagas sugerencias como: "debemos organizarnos", "hay que volvernos a reunir", "para la próxima hay que invitar a fulano o zutana". Sin embargo, tratándole de encontrar un sentido a las cosas, asumió que quizá la intención de Castillo había sido demostrar su capacidad de convocatoria para refrendar su rol de líder empresarial en un momento complicado para el país, que más adelante podría servirle para llevar agua a su molino y, a la vez, propiciar la catarsis de muchos de sus amigos y conocidos.

Sin embargo, cuando ella y Pérez Limantour pasaron a despedirse de Castillo y le hicieron los típicos comentarios de cortesía respecto al supuesto éxito de la reunión, él les pidió que se volvieran a juntar ahí mismo al día siguiente, pero con un grupo más pequeño, que a la postre resultó que no pasaba de ellos tres. Pese a que poco después se integró un cuarto miembro que, por razones de privacidad, jamás acudió a ninguna junta, aun cuando siempre estuvo presente de manera virtual.

Nunca imaginó que llegarían tan lejos. Empero, ahora que veía las cosas en retrospectiva, le asustó observar cómo, casi de manera casual, fueron escalando cada peldaño, mediante la elaboración de sesudos argumentos que les servían para racionalizar la subida al siguiente hasta que al final, cuando alcanzaron la cúspide, todo lo que se propusieron hacer estaba, según ellos, debidamente justificado.

Pero ella no se engañaba, también habían jugado un papel importante las ambiciones y los temores que tenía cada uno. Esto generaba una dinámica perversa que se retroalimentaba y que, a su vez, se la contagiaban entre ellos, porque así como era factible ganar mucho si ejecutaban lo planeado, también había una gran posibilidad de perderlo todo si se quedaban con los brazos cruzados apostando a que no les ocurriera nada.

Esta opción la consideraban de alto riesgo, porque los cambios emprendidos por el presidente estaban modificando, y transformarían aún más, el escenario político, como lo comprobaron más adelante, cuando en todos los partidos se dio la renuncia de muchos de sus diputados y senadores, lo que estaba vulnerando el poder de la partidocracia y, por tanto, su capacidad para conducir a sus huestes y proteger sus intereses personales, por lo que no les quedaba duda que habría nuevas reglas del juego, lo que podía hacer que los tiros salieran para cualquier parte.

Para ella fue un proceso angustioso y a lo largo del cual tuvo dudas que conservó en su intimidad, porque exponerlas al resto hubiera podido crear desconfianza, en especial hacia Castillo cuya relación siempre tuvo como hilo conductor el beneficio personal y su mutua complicidad. Se dio cuenta, literalmente, lo que había significado venderle el alma al diablo, que además en este caso, tenía recursos sobrados para perseguir a cualquiera. Por lo que le aterraba tenerlo como enemigo, así que prefirió, sobre todo al final, guardarse sus titubeos.

Asimismo, siempre había tenido la sospecha de que Castillo podía jugar en varias pistas al mismo tiempo, lo que en adición le servía para diversificar el riesgo. Pese a que les repetía con vehemencia que, además de ellos cuatro, nadie sabía más del asunto. Ella lo dudaba.

En su cabeza quedo registrado el nombre de Mireles como uno de sus invitados y pese a que no asistió, ella suponía que posiblemente estaba al tanto de todo, además de que en la segunda fase de su famoso plan, podría convertirse en la pieza clave. Sin embargo, salvo esa mención efímera de su nombre, nunca más había vuelto a pronunciarlo durante las reuniones que tuvieron. Más aún, jamás había mencionado en su presencia, el nombre del cuarto miembro del grupo, a quién siempre identificaba como "nuestro amigo". Aunque, desde luego ella lo conocía porque se lo había dicho Pérez Limantour. Pero así era Castillo, le gustaba que todos los hilos colgaran de su mano, lo que no eliminaba que entre éstos hubiera comunicación sin que él lo supiera.

Reflexionar sobre la personalidad de Castillo, la hizo dar un salto al otro extremo de un ring imaginario donde veía al presidente.

A partir del 1° de septiembre éste le generaba sentimientos contradictorios. Por una parte, lo detestaba por lo que podían implicar sus acciones para ella y para el cómodo status quo en el que estaba acostumbrada a desenvolverse, junto con muchos otros que también lo repudiaban. Pero, por la otra, le impresionó la actitud temeraria de un hombre que ella había juzgado en forma equivocada como un producto del sistema y que, por ende, se suponía que su misión sería protegerlo, como al parecer había hecho con eficacia durante los dos primeros años de su gestión, al punto que no faltaron las reiteradas auto congratulaciones de aquellos que habían impulsado su candidatura, porque sus dotes conciliatorias lo convertían en un negociador reconocido que había permitido que la alianza navegara con relativa tranquilidad, hasta que para el asombro y desconcierto de muchos, decidió seguir su propio rumbo.

—¿Por qué un hombre que podría estar cerca de un retiro tranquilo había tenido las agallas de relanzar su gobierno de una manera tan audaz, como si los últimos cuatro años de su sexenio fueran el inicio de su período presidencial y en ellos se le fuera la vida entera? —se preguntaba. Ella, a sus cuarenta y dos años, dudaba si sería capaz de ese atrevimiento.

Pensaba que quizá, un funcionario joven podría sentir miedo a perder lo que en una madurez temprana la vida le promete, porque los cargos públicos, aun el de presidente, no le significan el punto final de su vida activa sino sólo una etapa. Mientras, como era el caso del presidente, un hombre que roza el inicio de su vejez y que empieza a ver cercana la otra orilla, podría inclinarse por asumir una actitud temeraria y a darlo todo en sus etapas postreras, para al menos emparejar el balance que tarde o temprano hiciera de su vida. Más aún, si recién había perdido a su esposa.

¿Cuántas de las decisiones y actitudes de presidentes y primeros ministros son impulsadas por los aspectos más básicos de la naturaleza humana, como el temor, la ambición, la envidia, la codicia, la frustración, el ego o la venganza, aun cuando se planteen y racionalicen a partir del interés del Estado o se hagan incluso en nombre de Dios? —se preguntaba.

Tan sumergida estaba en sus pensamientos, que no se dio cuenta que Pérez Limantour había llegado y que llevaba tiempo observándola recargado en el quicio de la puerta de la sala de juntas, mientras ella contemplaba desde el piso 20 ese pedazo de la Ciudad de México que parecía extraído del cualquier urbe de alguna nación desarrollada, aun cuando detrás de los acicalados edificios estuvieran cientos de viviendas humildes, que tercas recordaban que el país no crecía para todos.

—De noche, la vista panorámica de Santa Fe es aún más bonita. Incluso te recuerda Singapur —interrumpió Pérez Limantour con una voz suave para no asustarla.

—No te oí entrar, quizá sean las alfombras que no permiten escuchar los pasos. ¿Cuándo llegará Ramiro?

—Cálculo que debe estar aquí en cinco minutos, es decir a las diez y quince. Además sus oficinas están cerca. Pero ¿cómo le hiciste tú?, yo pensaba que serías la última en llegar.

—Tuve suerte. El helicóptero estaba listo y el piloto consiguió que lo dejaran aterrizar en un helipuerto que está aquí en Santa Fe. Después tomé un taxi de sitio, aunque está a muy pocas cuadras de aquí ¿Tienes más información de lo que está pasando en Los Pinos?

—No todavía. Cuando Viviana sepa algo me enviará un mensaje.

—¿Ahora si me vas revelar cómo lo has conseguido todo?

—De la manera más sencilla, a través de gente que está en la tramoya pero que desde ahí y a través de sus redes de amistad puede acceder a información que quizá para ellos no es relevante, porque es parte de su día con día, pero que puesta en otras manos puede resultar muy valiosa. Aunque te debo decir, que esta técnica la utilizó Fouché durante una de las etapas más duras de sus vida, porque a través de la servidumbre que atendía los banquetes de la nobleza, pudo averiguar cosas valiosas que a la postre le permitieron ganar el favor de los poderosos como del mismísimo Napoleón. ¿Te has preguntado lo que saben de ti en tu propia secretaría particular y si todos los que trabajan en ella te son leales?, ¿qué platicarán tus guardaespaldas con otros escoltas, mientras esperan que salgas de una reunión o de una cena?, ¿qué imaginarán ahora que no estás con ellos?; ¿qué tienes un amante?

Se lo quedó mirando con el ceño fruncido, mientras digería la intención de las preguntas.

—Perdóname Rubén con razón dicen que eres el perfecto hijo de puta. ¡Así, que tienes alguien infiltrado en la Secretaría Particular del presidente!

—No lo niego, pero debo decir que yo no la infiltré, porque se trata de una mujer, sino que fue un regalo que el destino nos dio a todos nosotros y que en estos momentos está resultando especialmente útil, porque sin estar en las grandes alturas, es el único medio que tenemos para saber lo que está pasando y contar con un mínimo de tiempo para reaccionar, si las cosas salieran mal.

—¿Qué es lo que más te preocupa ahora?: ¿qué hayan descubierto lo que planeamos, o qué nuestro amigo se pudiera haber echado para atrás, o incluso qué nos haya traicionado?

—Te soy franco. Me preocupa todo.

—¿Comentaste esto con Castillo?

—Sí, ya lo conoces, es un adicto al optimismo. Él cree que no debemos descartar que ya dimos en el blanco, lo cual sería increíble porque lo habríamos hecho el día uno del año uno. Pero, para serte sincero esta posibilidad me parece inaudita con base en la información que tuvimos cuando lo planeamos todo, y, más aún, porque lo echamos a andar hace apenas unos días.

Mientras escuchaba a Pérez Limantour, el rostro de Margarita se tornaba más serio, lo que evidenciaba que, en algún grado, se estaba contagiando de los temores del primero. Sin embargo, la conversación tuvo un final abrupto cuando ambos escucharon que ingresaban a la oficina los guardaespaldas de Castillo que, como uno de los rituales del poder, solían adelantarse a su jefe para revisar el sitio al que llegaría.

Ambos prefirieron guardar silencio y esperar que arribara. Ya habría tiempo de hablar.

Mientras, Pérez Limantour aprovechó el paréntesis para leer un mensaje que acababa de recibir en su celular.

§§§§

Axkaná tenía claro que el inicio de la reunión ya no podía esperar, pero era incapaz de moverse del sillón. Su cuerpo lo percibía tirante y adolorido, sobre todo la espalda donde por lo regular se le acumulaba la tensión, lo que reflejaba la dosis de adrenalina que significó la llamada de Zuluaga, la frustración de saber que cada paso era observado desde dentro y la certeza, aun cuando no podía ser absoluta, de que la muerte del presidente no había ocurrido de manera natural sino que era el resultado de una conspiración que estaba en marcha.

Esto lo sospechó tangencialmente en un principio, aunque Peralta dijera que había sido un paro cardiaco. Pero en aquel momento fue sólo una corazonada que le vino tan pronto entró en la recámara del presidente y que, aun cuando al principio consideró es posibilidad, prefirió mantenerla en el radar, pero ya no seguir profundizando en ella; porque le pareció que pecaba de malicioso y que su imaginación lo estaba llevando a crear una ficción, que podría hacerle perder la objetividad para encarar un momento tan difícil. Ahora, se congratulaba que al menos dio algunos pasos asumiendo que esto podía ser verdad.

Todavía cuando Sofía lo alertó sobre las pastillas, seguía teniendo dudas. Le resultaba impensable que se cometiera un magnicidio a través de un método tan antiguo como el envenenamiento. Pero ahora advertía a partir de las reacciones que él mismo tuvo en un principio, que esa fórmula servía además para establecer una coartada perfecta para ocultar el asesinato y pasar página: la muerte natural. Más aún, si después se hacían públicos los antecedentes de hipertensión que padecía el presidente.

¿Cuál sustancia se usó? Era una pregunta abierta cuya respuesta estaba con toda certeza guardada en el frasco. Pero aun si esto podía aclararse, lo que en verdad iba a resultar en extremo difícil de saber, sería quién se las había dado, y aun conociéndolo con certeza, no sería algo sencillo de probar.

—Imbéciles no son, estos hijos de puta —pensó con coraje. No obstante, le pareció curioso que lo negro de su conciencia y su afición a la porquería, los estaba confundiendo y atemorizando cuando, si ya supieran lo que en verdad había ocurrido en Los Pinos, con seguridad estarían celebrando la victoria.

Si hasta ese momento mantener en secrecía la muerte del presidente había significado una responsabilidad enorme que estaba a punto de descargar, ahora la certidumbre de su asesinato, la convirtió súbitamente en una losa todavía más pesada y puntiaguda, porque las posibles implicaciones del fallecimiento crecían de manera exponencial.

—¿Qué haría el presidente si estuviera en mi lugar?: ¿lo comunicaría al grupo o mantendría toda la información para él? — Se preguntaba Axkaná como una fórmula para que su líder, aun muerto, le ayudara a definir el camino al imaginar lo que hubiera hecho en circunstancias semejantes.

Así, recordó lo que acostumbraba decirle cuando, aun sin haberlas llevado a cabo, discutía con él, quizá para aclarar sus ideas, los argumentos que lo impulsaban a tomar decisiones políticas que consideraba complejas.

—Axkaná —le decía hablándole como un tutor— tomar decisiones políticas equivale a lanzar piedras al centro de un estanque. Por lo que antes de llevarlas a cabo es necesario imaginar sus consecuencias para saber preverlas.

Al acordarse de esto, la pregunta que se hizo le pareció obvia: —¿cuáles serían las implicaciones políticas que tendría hacer del conocimiento de los demás y, después, informarlo a la opinión pública, que el presidente fue asesinado?

De inmediato cayó en la cuenta que, en la encrucijada donde se encontraba, las cosas no serían tan fáciles, porque no había videos, ni un asesino evidente y menos todavía un cañón humeante.

Hasta ahora no tenía nada sólido, salvo sus propias conjeturas que estaban basadas en datos fragmentados, aunque éstos los había cohesionado de una manera lógica y consistente, al juntar la información que le dieron Sofía y Zuluaga con el recuerdo que tenía de haber visto el envase de las pastillas sobre el escritorio del despacho oficial, y con los nombres de quienes en los dos días anteriores habían estado en éste y a solas con el presidente.

Tan sólo explicar su teoría le pareció una tarea compleja. En especial porque conocía la personalidad de quiénes estaban en la reunión y la forma como usualmente procesaban la información. Algunos partían de lo general a lo particular para entender una situación, en cambio otros optaban por el camino inverso. Esto le hizo prever que darles demasiado detalles podría propiciar que la discusión se atascara en puntos de poca relevancia, lo que además implicaría consumir un tiempo valioso.

Pero estas reflexiones sobre la manera cómo cada uno de los convocados procesaría la información que les diera sobre el fallecimiento del presidente, lo llevó a hacerse preguntas todavía más complicadas.

—¿Cómo puedo informarle al grupo que el presidente fue asesinado, si es factible que entre ellos se encuentre uno de los que participó en el complot? ¿Quién entre ellos es el maldito traidor?, o ¿podría haber más de un implicado? —se cuestionaba.

Tenía, por lo que revisó en la agenda, tres nombres que le parecían posibles en función de que habían estado a solas con el presidente en los días anteriores, además de que uno de ellos podría convertirse con relativa facilidad en su sucesor.

—Axkaná, ya casi van a dar las 9.45 y tú estás aquí sentado —lo increpó Guajardo que había entrado a la sala sin tocar la puerta—. Estás pálido, ¿te sientes bien?

Axkaná respiró hondo para tratar de relajar la tensión que lejos de ceder había aumentado. Sentía un deseo enorme de compartir su angustia y sus dudas con Pascual. Pero prefirió callar por el momento.

—Así, lo hubiera hecho el presidente —pensó.

—No te preocupes Pascual estoy bien, sólo un poco cansado. Lo que pasa es que me tomó más de lo que supuse la plática con el secretario de Relaciones.

Axkaná se puso de pie y se encaminó a la biblioteca.

—Vamos para allá Pascual, ya llegó la hora.

—De acuerdo. Aprovecho para informarte que mientras estabas aquí, la señora Sofía regresó a recoger alguna cosa y al salir me entregó este sobre para ti. También le tuve que explicar el asunto del desayuno, porque yo me atreví a pasar una charola a la recámara del presidente, para seguir con la cortina de humo que inventó Henríquez; por si las dudas.

—Ni puta idea tienes lo mucho que esta idea de Henríquez nos ha ayudado. No me cabe la menor duda; ha sido la mejor cortina de humo que pudo haber pensado —dijo Axkaná sonriéndole, mientras la cara de Guajardo hacía evidente que no entendía a cabalidad cuál era el sentido de lo que le estaba diciendo.

— Llama a Henríquez para que traiga a Ledesma. Esto ya no puede tardar más. Sólo dame un minuto, para leer el mensaje de la señora Sofía. Espérame en el vestíbulo para que entremos juntos.

Axkaná cerró la puerta de la salita y abrió el pequeño sobre que contenía una tarjeta del presidente con su nombre en el anverso y que con certeza Sofía había tomado de su escritorio. Su letra era muy clara y el mensaje contundente, aunque por las dudas había tratado de evitar que alguien no enterado, pudiera entenderlo.

"Hay suficientes reservas para dos meses y confirmo no son iguales a la que tengo. Para su uso lo más antiguo tenía prioridad".

—Cabrones, ya lo pagarán y yo me encargaré que no se salgan con la suya —dijo Axkaná en voz alta.

Abrió la puerta y se encaminó a la biblioteca.

§§§§

—¿Por qué tan callados? —preguntó Castillo mientras saludaba a Margarita y le plantaba un beso en la mejilla pero cercano a los labios, porque siempre había fantaseado con la posibilidad de comprar no sólo su mente sino también su cuerpo, pero en esto ella nunca había cedido pese a la multitud de indirectas e invitaciones a lugares paradisiacos, a los que le prometía llegar en su lujoso jet privado.

—Aquí comentando las últimas noticias que me acaban enviar —dijo Pérez Limantour, mientras la gobernadora oía con sorpresa un pretexto que ella desconocía.

—¿Cuáles son? —cuestionó Castillo en tono autoritario.

—Axkaná se dirigió a la casa del presidente poco después de la nueve; más tarde habló para preguntar cuál había sido la agenda del presidente en los dos últimos días. Esto lo sé porque por casualidad mi fuente de información estaba enfrente de su secretaria. Entre 9 y 9.30 la hija fue a la casa presidencial pero no pasó ahí más de diez minutos. Imagino que acudió a comentarle a su padre algo urgente, pero lo hizo de manera rápida. Por lo que hace a la agenda: de nueve a once el viejo tenía acuerdo con Guzmán, que sabemos fue cancelado; de once a una de la tarde recibirá por separado a cuatro embajadores, después tiene dos reuniones con gente del sector privad y, por último está prevista una comida privada a las dos de tarde, en la que con certeza estará su hija para celebrar el inicio de su tercer año de gobierno, aunque esto es una especulación de mi informante. De cualquier manera para ratificar que las audiencias con los diplomáticos seguían en pie, eché mis redes en la Secretaría de Relaciones Exteriores y me confirmaron que el secretario estará en Los Pinos alrededor de las 10.30, aunque prefirió salir desde su casa porque hoy habrá una manifestación que partirá del Ángel y del monumento a Revolución para dirigirse al Zócalo. Por último, Ledesma ya se unió al desayuno y quién lo condujo a la casa presidencial fue el subjefe del Estado Mayor.

—¿Ya sabemos quién llegó a la seis de la mañana? —preguntó Buentono con una curiosidad nerviosa.

—Todavía no. Pero mi fuente conoce que requerimos esta información de manera urgente —respondió apenado Pérez Limantour.

—Entonces que tenemos en concreto Rubén. Yo no veo porque te preocupas y, por la cara de Margarita, me da la impresión de que ya la contagiaste —comentó Castillo con un aire tranquilo, pero que con sutileza establecía quién era el dueño del circo.

—En pocas palabras, lo único que sabemos es que algo sucedió muy temprano en Los Pinos que desencadenó una reunión de emergencia a la que están convocados funcionarios que en su mayoría son de la confianza del presidente, o bien, son personas que se comportan en forma institucional —resumió la situación Pérez Limantour.

—Pero entonces por qué estás preocupado. Yo al menos hasta ahora no veo nada por lo que debamos estar nerviosos —comentó Castillo.

—Lo que no les he comentado, y de hecho estaba a punto de hacerlo con la gobernadora, cuando tú llegaste, es que le he enviado un par de mensajes a nuestro amigo y no los ha respondido.

—¡Carajo Rubén!, que no dijimos que evitaríamos a toda costa usar cualquier medio electrónico para comunicarnos, y ahora resulta que se te empiezan a doblar las piernas y te da un ataque de pánico —le reclamó Castillo contrariado.

—No te apures, Ramiro. No fue un mensaje de texto por celular, sino un correo electrónico que circula a través de varias cuentas que están encadenadas y cuyos nombres son letras mezcladas con números, por lo que la comunicación pasa a través de varios servidores, además de que obviamente la redacción del mensaje que le envié no es explícito. Así que no hay por qué preocuparse.

—Pero el acuerdo fue que no habría ningún tipo de comunicación —insistió Margarita.

—Así es y no la ha habido, solo que me pareció prudente contar con alguna forma de comunicación práctica y segura en caso de que hubiera alguna emergencia. Por eso diseñé este mecanismo —respondió Pérez Limantour en actitud defensiva.

—¿Hace cuánto que le enviaste el mensaje? —preguntó Castillo.

—En los últimos treinta minutos lo he hecho un par de veces.

—Ahí está la razón por la que no contesta —dijo Margarita—; que no te acuerdas que el presidente le disgusta que los celulares estén encendidos en las reuniones. O ya se te olvidó la anécdota de que le pidió al secretario del Trabajo que saliera de una reunión porque lo sorprendió enviándole mensajes a una novia.

—Tienes razón gobernadora, no lo había pensado. Gracias, me haces descansar estoy creando fantasmas donde no los hay —contestó aliviado Pérez Limantour.

—Amigos —dijo Castillo en tono conciliador— no es tiempo de perder la calma sino de esperar que tengamos más noticias, ya decidiremos qué hacer más adelante. Yo soy optimista y creo que estamos a punto de empezar la segunda y decisiva fase de nuestro plan. Y para tranquilizarlos, les hago una pregunta que quizá nos pueda responder el informante de Rubén: ¿alguien ha visto al presidente el día de hoy?

Buentono y Pérez Limantour permanecieron callados mirándose con expresión de sorpresa.

—Ya lo ven, ni siquiera se han planteado la posibilidad de que todo vaya como nos conviene. Así que, por la agenda que describiste, el momento de la verdad será a las once de la mañana cuando el presidente acuda a su despacho para recibir al primer embajador que está citado. Mientras tanto esperemos, faltan apenas cuarenta y cinco minutos.

—Tienes razón, dejemos que las cosas sucedan para saber en dónde estamos —respondió Pérez Limantour.

—Me gustaría ofrecerles algo, pero aunque esta oficina nos permite vernos con gran privacidad y hacerlo de manera discreta, porque es un edificio gigantesco con mucho movimiento, tiene la desventaja de que no les puedo ni siquiera invitar un café, aunque si lo apetecen podría enviar a una persona que baje a comprarlos. Yo voy a pedir un capuchino doble. ¿Seguro que no apetecen algo?

Buentono y Pérez Limantour rechazaron la propuesta de Castillo y casi al unísono respondieron con las mismas palabras.

—Gracias Ramiro, prefiero esperar.

§§§§

Axkaná sintió las miradas de todos sobre él cuando, junto con Guajardo, entró a la biblioteca y observó cómo se dispersaba el grupo, porque era usual que la llegada de ambos, en especial la del segundo, presagiaba el próximo arribo del presidente.

Saludó a cada uno con cortesía sin intercambiar ningún comentario, salvó con Arzamendi, que a propósito se aisló del resto del grupo para poder mencionarle en privado que después de la reunión deseaba hablar con él, porque quería decirle algo sobre Guajardo para evitar que hubiera malas interpretaciones que pudieran llegar a oídos del presidente.

Los demás sólo le estrecharon la mano y fueron tomando un lugar en la mesa en cierto orden jerárquico, porque los de menor rango optaron respetuosamente por ubicarse en los sitios más distantes del sillón del jefe del Ejecutivo. Pero, como era habitual, todos permanecieron de pie en espera de su llegada que con ingenuidad creían que estaba a punto de ocurrir.

Cuando asumían que sólo faltaba el presidente miraron sorprendidos como se abría la puerta que daba al vestíbulo y aparecía Ledesma, cuyo rostro dibujó también un gesto de confusión que hizo más contrastante las arrugas de su cara con el color de su cabello teñido de negro azabache.

Pero Ledesma, avezado en la teatralidad del ambiente político, recuperó con rapidez la jovialidad de su carácter y, en su acostumbrado tono fanfarrón, se paseó saludando alrededor de la mesa en el sentido opuesto a donde estaba Arzamendi, lo que hacía obvio que deseaba que fuera el último en su camino.

Axkaná presenciaba la escena desde la cabecera opuesta a la del presidente, que era el sitio que solía ocupar cuando había reuniones con miembros del gabinete, mientras observaba de reojo como Guajardo no le quitaba de encima la mirada a Arzamendi cuyas facciones endurecidas denotaban, sin margen de duda, el enojo que estaba sintiendo al ver en la mesa donde estaba a punto de sentarse con el jefe del Ejecutivo, a uno de sus más acérrimos enemigos políticos, pero en su expresión también resultaba obvia su incertidumbre respecto al objetivo de la reunión, alrededor del cual había creado todo tipo de especulaciones desde que fue convocado temprano esa mañana.

—Qué tal Arzamendi, como éstas —le preguntó Ledesma, sin mirarlo a la cara.

Éste solo le tendió la mano pero no le dio ninguna respuesta. Ledesma se hizo el disimulado y pasó a ocupar uno de los lugares vacíos, mientras que de un extremo al otro de la biblioteca, Axkaná y Guajardo intercambiaron una leve sonrisa, al tiempo que el segundo cerraba la puerta, una vez que instruyó a Henríquez para que no hubiera ninguna interrupción.

Axkaná tomó el celular de su saco, lo apagó y ostensiblemente lo puso enfrente de su lugar, para incitar a que los demás actuaran igual. Una vez que la mayoría lo hizo, miró el antiguo reloj de pie que funcionaba con la puntualidad de nuevo y que señalaba las 10.15, respiró a profundidad y les dijo:

—Señores, les puedo pedir que se sienten por favor. Quiero comentarles algo importante —dijo extendiendo ambas manos para invitarlos a tomar asiento.

Pudo ver cómo sus palabras sembraban el desconcierto. Algunos de inmediato se sentaron, porque, con base en su propia experiencia, daban por hecho que Axkaná les daría alguna información sobre el retraso de la llegada del presidente y les trasmitiría alguna excusa de parte de éste, además de explicarles cuál era el objeto de la reunión. Pero otros, en especial Arzamendi y Ledesma, se quedaron de pie por unos instantes en actitud dubitativa para después acomodarse en sus asientos con lentitud. Guajardo tomó el lugar que estaba a la diestra de Axkaná.

—Señores, con seguridad desde que fueron convocados de manera urgente a esta reunión se han preguntado cuál es su propósito. Cuestionamiento que con certeza, porque conozco un caso en particular, se les ha hecho más evidente cuando llegaron aquí y advirtieron la heterogeneidad de este grupo en cuanto a la naturaleza de sus funciones públicas. Por eso lo que deseo hacer en primer término, es decirles que la razón de su presencia, obedece a la profunda lealtad que siempre le han manifestado al señor presidente y que éste se las ha reconocido sin que ustedes lo supieran, al llamarles en privado y en reiteradas ocasiones, su gabinete leal. Pese a que nunca, hasta este momento, habían estado todos juntos.

Lo sorpresivo y extraño de las palabras de Axkaná, y la seguridad que manifestaba al dirigírselas, galvanizó a todos, como si ellos y el sillón donde se encontraban fueran una misma pieza. Más aún porque estaban acostumbrados a verlo desempeñar en las reuniones un papel auxiliar y subordinado a la figura presidencial, dado que era un valor entendido que sus intervenciones fueran complementarias y cuidadosamente planteadas para reducir al mínimo la posibilidad de que estuvieran en conflicto con las opiniones de su jefe, a sabiendas de que en privado podría expresarle su propias apreciaciones y comentarle sin ambages sus puntos de vista. En cambio, en ese momento él parecía haber asumido con sutileza el lugar del mandatario.

—El objetivo de esta reunión urgente es comunicarles algo de suma gravedad que hace indispensable su lealtad al presidente, su talento profesional y, en especial, su convicción de servicio a México.

Hizo una leve interrupción y sin mayores preámbulos fue directo al fondo del asunto.

—El presidente de la República fue encontrado muerto en su cama a las 5.45 de la mañana.

Se quedó callado con los codos puestos en la mesa y las manos entrelazadas, mientras observaba a su alrededor una serie de rostros descompuestos, confundidos o literalmente congelados que se miraban entre ellos o lo veían a él, como si en los ojos de los otros, pudieran amainar el impacto que les había producido la noticia.

Nadie hablaba. El silencio en la biblioteca era absoluto salvo por el sonido del incansable péndulo del reloj de pie que marcaba los segundos y que por instantes desparecía con los trinos de los pájaros que se filtraban del jardín o por el sonido lejano de alguna de las voces del personal militar o de mantenimiento, que recorrían o trabajaban en zonas contiguas a las casa presidencial.

Así pasaron algunos segundos hasta que empezaron a escucharse expresiones que se decían al aire sin dirigirse a nadie en particular: "No puede ser", "es una desgracia", "esto es muy grave para el país", "ocurre en el peor momento político", "no lo puedo creer", "apenas hace unos días estuve con él y se veía muy bien". Para después pasar a las preguntas obvias que no tenían más destinatario que Axkaná.

—¿Se sabe cómo ocurrió? —preguntó el secretario de la Defensa

—En apariencia fue un paro cardiaco mientras dormía —respondió Axkaná sin ánimo de dar mayores explicaciones.

—¿Pudo ser un infarto? —cuestionó Lascurain con un dejo de aflicción.

—No parece que así haya sucedido, porque no hay evidencia de que hubiera sufrido algún dolor agudo.

—¿Cómo está la señora Sofía? —preguntó el presidente del Suprema Corte.

—Es una mujer fuerte, pero desde luego que se encuentra muy consternada en estos momentos.

Axkaná dejó por un tiempo que las preguntas fluyeran como una fórmula para que se disipara el impacto inicial que había causado la noticia. Mientras él las respondía de manera paciente y lacónica, observaba con atención lo que hacían sus sospechosos, dos de los cuales permanecían callados, aunque los percibía ensimismados y con su mente puesta en otra parte. Al final, cuando juzgó que los cuestionamientos comenzaban a ser redundantes, volvió a dirigirse a todo el grupo con el objetivo de conducirlos hacia el siguiente punto de la agenda que se había trazado.

—Señores, creo que ahora comprenderán, dada la gravedad de esta noticia, la razón que tuvimos el general Guajardo y un servidor de convocarlos a esta reunión sin hacerles explícito el propósito de la misma. No obstante, les pedimos que nos disculpen, pero no quisimos correr ningún riesgo de que se filtrara este terrible y complicado acontecimiento para el país, sin antes estar preparados para afrontarlo.

—Mi general Guajardo y licenciado Guzmán por lo que a mí concierne ustedes no tienen que pedirnos ninguna disculpa —dijo el almirante Lazcano—. Creo que actuaron con sensatez pensando en el bien de México. También quiero dejar claro que sus palabras iniciales, me han hecho sentir muy honrado por la distinción que el señor presidente tuvo hacia mí, a quién siempre reconocí como un líder integro que me honró al darme la oportunidad de servirlo como mi Comandante Supremo.

Las palabras que Lazcano dijo visiblemente emocionado, fueron secundadas por otros con expresiones parecidas. Entre los que se distinguió Ledesma cuyos comentarios condimentó con una rebuscada verborrea, lo que provocó que terminaran sonando tan huecos como una campana.

—¿Cuántos, además de nosotros conocen la noticia? —preguntó Arzamendi.

—Sólo cinco personas más, incluyendo a la señora Sofía —respondió Axkaná. Pero adrede no le proporcionó mayor información, porque su interés no era dárselas, sino dejar que ellos la pidieran como un recurso para obtener alguna pista que le indicará quién podía ser el traidor.

La brevedad de la respuesta motivó que Arzamendi volviera a preguntar para conocer más detalles:

—¿Quiénes son?

Sin embargo, al mismo tiempo el presidente de la Suprema Corte, que hasta ese momento se había mantenido callado en una actitud reflexiva, levantó la mano pidiendo la palabra; oportunidad que no desaprovechó Axkaná para evitar responderle a Arzamendi, por lo que le cedió la palabra a Órnelas.

—Licenciado Guzmán, yo me uno a los comentarios que se han hecho en esta mesa sobre el señor presidente, a quién tuve el honor y el privilegio de tener como uno de mis maestros. Pero al margen de esta triste noticia que cada uno de nosotros asimilaremos en privado, considero que como servidores públicos que somos todos los que estamos aquí, debemos entrar a discutir los asuntos relativos a la sucesión presidencial de acuerdo a lo que establece nuestra Carta Magna. Si ustedes me lo permiten, voy a tomar el ejemplar de la Constitución que por suerte se encuentra en aquella repisa, para leer el artículo correspondiente.

Lascurain le indicó al presidente de la Corte que no se levantara porque a sus espaldas estaba el librero que, dada la formación profesional del presidente, contenía toda clase de libros sobre derecho que incluían desde estudios comparados, análisis históricos, ensayos o bien se referían a algunas de sus ramas entre las que, por voluminosas, destacaban la penal, la civil y, en particular, la constitucional donde justo se encontraba el ejemplar de la Constitución que había identificado Santiago Órnelas.

Fiel a sus buenos modales, Lascurain prefirió rodear la mesa para entregárselo en la mano, mientras hojeaba en el trayecto las primeras páginas, porque desde que lo tomó le pareció un libro muy viejo.

—Licenciado Órnelas, esta edición es de 1960 no sé si le sirva —dijo Lascurain al momento de dárselo.

—No se apure licenciado, salvó que en 1986 se corrigió un error de redacción del que me acuerdo bien y que tomaré en cuenta durante la lectura, la última modificación al Artículo 84 ocurrió en 1933. Así, que sigue siendo un texto vigente —le respondió esbozando un gesto de resignación.

Tomó el ejemplar, sacó de su portafolio un estuche rígido donde guardaba sus lentes para leer y empezó a buscar el artículo correspondiente mientras los demás guardaban silencio. Casi, a punto de empezar la lectura, se dirigió al resto mirándolos por encima de sus anteojos.

—Disculpen, no sé si les parece conveniente que lo lea. Sé bien que entre los presentes hay varios abogados que con seguridad conocen el texto a la perfección. Sin embargo, considero relevante que en estos momentos todos tengamos claro lo que dice la Constitución y más aún porque en estas circunstancias es nuestra única guía.

Nadie se opuso, todos asintieron con la cabeza y guardaron silencio.

Artículo 84.- En caso de falta absoluta del presidente de la República, ocurrida en los dos primeros años del período respectivo, si el Congreso estuviere en sesiones, se constituirá inmediatamente en Colegio Electoral, y concurriendo cuando menos las dos terceras partes del número total de sus miembros, nombrará en escrutinio secreto y por mayoría absoluta de votos, un presidente interino; el mismo Congreso expedirá, dentro de los diez días siguientes al de la designación de presidente interino, la convocatoria para la elección del presidente que deba concluir el período respectivo; debiendo mediar entre la fecha de la convocatoria y la que se señale para la verificación de las elecciones, un plazo no menor de catorce meses, ni mayor de dieciocho.

Axkaná conocía a detalle el Artículo, por lo que a diferencia de otros cuya formación no era la de abogado, la lectura de Órnelas no le aportaba nada nuevo, en cambio tenía claro cuáles serían los cuestionamientos que suscitaría en virtud de que la redacción de ese mandato constitucional, como muchos otros de la Carta Magna, presentaba serias deficiencias producto de remiendos y de la falta de voluntad de sucesivos congresos para encarar una posibilidad cuya ocurrencia era tan factible como mortales eran los presidentes de la República.

Si el Congreso no estuviere en sesiones, la Comisión Permanente nombrará desde luego un presidente provisional y convocará a sesiones extraordinarias al Congreso para que éste, a su vez, designe al presidente interino y expida la convocatoria a elecciones presidenciales en los términos del párrafo anterior.

En este descuido habían influido los prejuicios, tabúes, la mezquindad y la miopía de la clase política, que en la búsqueda de sus intereses había reducido el horizonte legislativo a su propio tiempo, como si ellos fueran estar siempre, como si el mundo no cambiara, como si lo único factible de suceder era lo que ellos pudieran imaginar —pensaba Axkaná.

Cuando la falta del presidente ocurriese en los cuatro últimos años del período respectivo, si el Congreso de la Unión se encontrase en sesiones, designará al presidente substituto que deberá concluir el período; si el Congreso no estuviere reunido, la Comisión Permanente nombrará un presidente provisional y convocará al Congreso de la Unión a sesiones extraordinarias para que se erija en Colegio Electoral y haga la elección del presidente substituto.

—Señores esto es todo —dijo Órnelas, mientras cerraba el libro con parsimonia. Se retiró los lentes y con sumo cuidado los volvió a acomodar dentro de su estuche, mientras todos lo observaban con el mismo interés que escucharon sus palabras.

—Licenciado Órnelas —preguntó el general Ubaldo Gutiérrez, secretario de la Defensa—, tomando en cuenta que justo hoy, primero de diciembre, inicia el tercer año del mandato del presidente, ¿Podemos decir que estamos en el segundo de los supuestos, es decir, que al Congreso, que además está en período de sesiones, le corresponderá nombrar al presidente sustituto que gobernará el país durante los siguientes cuatro años?

—Claro, ése es el caso, general —respondió Ledesma con tono autoritario, impidiendo que Órnelas pudiera contestar lo que se preguntaba— el Congreso debe ser convocado de manera urgente para designar al presidente sustituto. No hay más. Yo como presidente de la Cámara de Diputados, me debo poner de inmediato en contacto con Octavio Mireles, presidente del Senado para convocar a una sesión conjunta de manera urgente y cuya único punto de la orden del día sea constituirse como Colegio Electoral y elegir al presidente sustituto.

—Yo estoy en total acuerdo con lo que dice Rafael —secundó Arzamendi— La Constitución es muy clara. Creo que por fortuna el Congreso está en funciones, lo que facilita que de inmediato llenemos el vacío de poder que existe en este momento.

Arzamendi continuó su intervención dirigiéndose a Axkaná y Guajardo en tono de reclamo y desquite:

—Con el respeto que me merecen los dos, yo, como secretario de Gobernación, discrepó de lo que se ha dicho, porque conociendo, como tú lo sabes Axkaná, lo que ordena la Constitución, me debiste llamar inmediatamente junto con los presidentes de ambas Cámaras, en lugar de esperar, casi cuatro horas, a comunicar la noticia, lapso en que el Poder Ejecutivo ha estado acéfalo y seguirá estándolo hasta que se reúna el Congreso, lo cual es gravísimo —concluyó en una actitud arrogante que con la mirada se la restregó a Guajardo en particular.

—Yo coincido con Arzamendi —dijo Ledesma porque las palabras de éste reforzaban su postura.

Esto no hizo más que enfurecer a Guajardo, lo cual notó Axkaná, desde que Arzamendi, empezó su comentario diciendo "con el respeto que me merecen…" , por lo que puso su mano sobre el brazo de él para tranquilizarlo y evitar que respondiera, cosa que él no quería hacer tampoco porque estaba confundido al observar que los dos aparentes rivales, que además, eran dos de los tres que habían visto al presidente a solas en los últimos días, de repente parecían estar del mismo lado.

Por suerte Lascurain, ducho en manejarse en condiciones tensas, se puso de por medio y en forma mañosa le planteó una pregunta a Órnelas.

—Licenciado Órnelas, para que el Congreso escoja al nuevo presidente, no me quedó claro cuál es el quórum mínimo que se requiere.

—Si la falta del presidente en funciones ocurre durante los dos primeros años del mandato, se requiere que el Congreso general, es decir las dos Cámaras juntas, se constituyan como Colegio Electoral para nombrar al presidente interino, para lo cual se establece un quórum mínimo de dos terceras partes, lo que implica que deben estar presentes 394 legisladores de los 596 que suman los senadores y diputados.

—¿Me explico, licenciado Lascurain? —preguntó Órnelas con cortesía y todos contestaron en sentido afirmativo.

—Pero —continuó Órnelas— si se tratase de nombrar a un presidente sustituto porque la falta ocurriera durante los últimos cuatro de su mandato. Ni la Constitución y menos la Ley del Congreso establecen un quórum mínimo.

—Doctor Órnelas, preguntó Guajardo —supongamos que el Congreso ya se constituyó como Colegio Electoral. ¿Para escoger al presidente sustituto, es decir a quien gobernará el país hasta el fin del sexenio es necesaria una votación mínima o una mayoría calificada?

—No está previsto nada, ni en la Constitución, ni en la Ley del Congreso, lo que implica que el presidente sustituto podría ser elegido por la mayoría simple del total de legisladores que en ese momento estén reunidos.

—O sea, que esto podría hacer que el partido con más diputados, puede terminar escogiendo al presidente sustituto —preguntó Guajardo con incredulidad.

—Así es, esta posibilidad existe —respondió Órnelas levantando los hombros.

—Doctor Órnelas —comentó Lascurain— no entiendo por qué en el caso de que la falta del presidente ocurriera en los dos primeros años de su mandato y habiendo nombrado el Congreso un presidente interino, no se puede convocar a elecciones antes de catorce meses. Esto me parece absurdo cuando tenemos una estructura como el Instituto Federal Electoral.

—Yo tampoco entiendo —terció el secretario de la Defensa—, ¿por qué la división entre dos y cuatro años?

—Señores, la historia del Artículo 84 está llena de omisiones, parches, incluso de violaciones flagrantes a la Constitución —Respondió Órnelas y recordando sus épocas de maestro de Derecho Constitucional en la Universidad Nacional continuó con sus comentarios, pero tratando de ser didáctico para que lo entendieran y, a la vez, conciso porque que dada la gravedad y la urgencia de las circunstancias era necesario que a todos les quedara claro.

Órnelas guardó un momento silencio como una forma de asegurar que todos pondrían atención a sus palabras para aclarar las dudas y estar en posibilidad de continuar el debate con base en la misma información. Una vez que logró lo que buscaba continuó.

—No quiero entrar en detalles porque no es el momento, pero les puedo contestar que: lo de quórum es una omisión que ahí se ha quedado; que la división de dos años para un caso y de cuatro para el otro, no es más que un ajuste que se hizo en 1933, después de que desde 1928 el período presidencial se había extendido de cuatro a seis años; y por qué digo que se ha violado la Constitución, porque que varias de las personas que así llegaron a la presidencia no cumplían con lo estipulado en el Artículo 82, en virtud de que eran miembros activos del ejército, gobernadores u ocupaban un cargo en el gabinete. Por último, respecto a lo que mencionó el licenciado Lascurain, sobre el período mínimo para que se lleven a cabo las elecciones del presidente interino, mi explicación es que se basó en las circunstancias y los medios materiales que había en 1917. Es obvio que hoy no requeriríamos ese plazo, ni sería conveniente.

—Señores, nos estamos saliendo del tema —intervino Ledesma con brusquedad— A nosotros ni nos corresponde, ni podemos cambiar un coma de la Constitución, así está y ni modo. Éstas son las reglas de juego que tenemos. Lo que urge ahora es nombrar al presidente sustituto. Así que convoquemos de inmediato a Octavio Mireles, presidente del Senado, como dije antes, para que le informemos y nos pongamos de acuerdo en los tiempos y sobretodo en cómo y cuándo se va informar a la opinión pública. Yo tengo el número de su celular—, tomó su teléfono e hizo el amago de encenderlo.

—Espera un momento Ledesma —le gritó Axkaná, las cosas no son tan fáciles como tú crees. Ya consideraste, que una noticia de este tipo no sólo la debemos manejar en el plano político, sino también en el financiero. Entiendes la presión que se vendrá sobre el peso, la deuda del país, los papeles de las empresas públicas y privadas en el extranjero en las bolsas de valores. Ya te pusiste a pensar lo que implica esto para la seguridad nacional, lo que nos va a obligar a tomar providencias, en aquellos lugares que consideramos vulnerables en este momento.

—Qué quieres decir con esto —le preguntó Arzamendi.

—Que tú y Ledesma están equivocados al decir que perdimos el tiempo. Mucho de lo que pase en el país durante los horas siguientes, dependerá de lo bien o lo mal que planeemos nuestras siguientes decisiones. ¿Por qué crees que los convoqué? ¿Por qué te imaginas que están aquí? Para que juntos recemos un rosario. Tú mejor que yo, sabes lo que pasará tan pronto la noticia salga de esta sala porque vives en la Cámara; todos los perros quedaran sueltos e irán en busca del apetitoso manjar que es la Presidencia de la República. Y esto te lo digo, también, con todo respeto —dijo Axkaná.

—Nosotros no soltamos a los perros —respondió Ledesma casi gritando—, yo le advertí al presidente que la renuncia pública a su partido, que en realidad fue una invitación velada para que otros hicieran lo mismo, podría traer problemas, y yo sé que Arzamendi también se lo advirtió —señalando a éste con la mano— porque eso me lo comentó Mireles.

Lejos de reaccionar, Arzamendi permaneció perplejo con el semblante apenas pálido. El señalamiento público que había hecho Ledesma sobre sus opiniones personales, que siempre cuidó de no compartir con el grupo cercano del presidente, claramente había puesto su lealtad en entredicho. Más aún, porque lo había hecho con alguien como Mireles que en forma abierta le había declarado la guerra a su jefe. Pero las miradas filosas que le lanzaban algunos, en especial Guajardo, lo obligaron a reaccionar.

—No pongas palabras en mi boca, Ledesma. Si a ti te gusta creer en chismes allá tú —le reclamó Arzamendi.

—Una respuesta oblicua que no desmiente nada —pensó Axkaná, que veía como Ledesma y Arzamendi evidenciaban su enemistad.

—Por favor señores, calmémonos un poco. —pidió Órnelas— Todos estamos tensos. Pero yo les pido que nos demos cuenta de la responsabilidad que en este momento tenemos. Comparto lo dicho por el licenciado Guzmán; hay deficiencias en nuestra Constitución que a nosotros por circunstancias nos toca paliar, aunque sea por unas horas. Y si considero que aquí debe estar presente el licenciado Mireles, en su calidad de presidente de la Cámara de Senadores, por lo que sugiero que se le convoque de inmediato, pero con idéntica discreción a la que se usó en el caso de los que estamos aquí.

Joaquín Benavides levantó con timidez la mano para pedir la palabra. Hasta ese momento casi no había intervenido, salvo para expresar en coro alguna opinión general como sucedió al principio cuando se habló del presidente. Órnelas, que sin proponérselo había asumido el rol de moderador, se la concedió.

—Yo no soy abogado, sino economista. Así que no pretendo entrar en una discusión constitucional, pero la duda que tengo es que si bien la muerte del presidente fue descubierta a las 5.45 am, no me queda claro cuál fue la hora del fallecimiento. Más aún, ¿Qué ocurriría si éste sucedió la noche del treinta de noviembre y no en la madrugada del primero de diciembre? ¿En cuál supuesto estaríamos?

La pregunta sorprendió a todos, menos a Axkaná, quien se la había hecho a sí mismo esa madrugada cuando se dirigía a Los Pinos, momento donde le quedó claro cuál era la encrucijada donde el país estaba colocado, dadas las circunstancias de la muerte del presidente.

Órnelas dejó puesta su mirada en Benavides mientras pensaba su respuesta, pero no se atrevió a contestar sin antes meditarla a profundidad.

—¿Se conoce la hora del fallecimiento? —preguntó el secretario de Marina dirigiéndose a Axkaná.

—No —respondió sin mencionar en absoluto las conjeturas que había hecho Peralta en la recámara del presidente.

—Asumo que la única forma de saberlo sería mediante una autopsia —propuso el almirante Lazcano.

Esto provocó una rápida reacción de Arzamendi cuyo comportamiento permitía apreciar cierta desesperación, que contrastaba con lo estudiado de sus primeras intervenciones.

—Eso sería algo muy delicado desde el punto de vista político. Equivaldría a abrir una caja de Pandora que no sabríamos a dónde nos llevaría —comentó Arzamendi.

—¿A qué te refieres por caja de Pandora? —le preguntó Guajardo con sequedad.

—A que cualquiera que fuere el resultado de la autopsia, siempre quedaría la sospecha respecto a la veracidad de lo que eventualmente se le informe a la opinión pública.

—Para entenderlo, licenciado Arzamendi —intervino Benavides con su agudeza habitual—, su preocupación es que el solo hecho de hacerle un autopsia al presidente, trasmitirá el mensaje de que su muerte fue producto de un asesinato, pero que, como imagino ocurrirá en este caso, cuando se confirme que su fallecimiento sucedió por causas naturales, nadie lo creerá y de ahí en adelante en el imaginario popular se pensará que se ocultó un hecho criminal.

—Exacto, así es y esto perjudicará al nuevo presidente porque muchos asumirían que podría estar involucrado en la muerte de su predecesor. Por eso no creo que deba hacerse la autopsia —añadió Arzamendi.

Axkaná oía con atención a Arzamendi. Su comentario respecto a la autopsia era razonable. De hecho él había llegado a una conclusión similar cuando en la recámara del presidente había meditado sobre esta posibilidad. Pero lo que llamó su atención fue que en automático Arzamendi diera por un hecho que la muerte ocurrió el 1° de diciembre, cuando ninguno de los presentes tenía claro la hora de la muerte.

—Además una autopsia tomaría mucho tiempo y tendríamos al país en vilo —terció Ledesma.

—Pero no es poca cosa de lo que estamos hablando, licenciado Ledesma —le respondió Benavides en un tono que le resultaba familiar a Axkaná, cuando discutía con él y se entercaba en probar algo.

—Por lo que entiendo —continuó Benavides— la disyuntiva es muy simple: Si la muerte del presidente ocurrió el 30 de noviembre será el pueblo quien escoja a su reemplazo, por el contrario, si ésta ocurrió el 1° de diciembre corresponderá a un puñado de legisladores, quizá acicateados por sus dirigencias o por quién sabe qué intereses, decidir quién gobernara al país durante los siguientes cuatros años, lapso que en muchos países equivale a la totalidad de su período presidencial ¿Estoy en lo correcto, doctor Órnelas?

La claridad con la que Benavides había puesto las cosas dejó a todos callados por un momento. Algunos asentían con la cabeza, otros, como Arzamendi y Ledesma, se miraban entre sí, hasta que la voz de Órnelas rompió el silencio.

—Licenciado Benavides, y aprovecho para responderle la pregunta que me hizo antes, el período presidencial inicia el primer segundo del primero de diciembre y termina seis años después con el último segundo del treinta de noviembre, lo que implica que si el presidente murió el día treinta estaríamos en el supuesto, aunque pudiera ser por escasos minutos, de que su fallecimiento ocurrió dentro de los dos primeros años de su mandato. Por otra parte, su disyuntiva está bien planteada.

—Pero, insisto, hacer una autopsia para determinar la hora precisa de la muerte sería una locura en estos momentos —reiteró Arzamendi alterado.

—Entonces, por qué no asumimos que el presidente murió antes de la doce de la noche que sería la opción más democrática —propuso Lascurain como un recurso pragmático, que causó el disgustó a Arzamendi.

—Licenciado, usted mejor que nadie, sabe cómo están las cosas en el país y que no estamos para elecciones —respondió Arzamendi con brusquedad dando muestras de que estaba perdiendo el control.

— Yo estoy de acuerdo —volvió a secundar Ledesma— el horno no está para bollos.

—Señores, considero que estamos perdiendo objetividad —intervino Órnelas subiendo la voz en un afán por reconducir la reunión—. Creo que debemos analizar lo que tenemos enfrente de una manera fría. Y aun cuando entiendo las preocupaciones de los licenciados Arzamendi y Ledesma, no me parece que a este pequeño grupo le corresponda la responsabilidad de decidir si debería haber elecciones. Tampoco licenciado Lascurain está en nuestras manos juzgar que es lo que más conviene a la democracia del país. Tratemos de actuar con base en datos ciertos y en lo que ordena la Constitución aunque no nos guste.

—Lo entiendo licenciado, pero sería un desastre que optáramos por la ruta de la autopsia, porque nos va crear muchos problemas. Nadie la va a creer —volvió a insistir Arzamendi haciendo evidente con su vehemencia que su desesperación aumentaba.

—¿Y qué propones? —le preguntó Axkaná.

—Llamemos al doctor Peralta, entiendo que es el médico de presidente. Además es un buen amigo. De hecho vamos al mismo club. Es una persona calificada para darnos una opinión. Me extraña de sobremanera que el Estado Mayor no lo haya llamado desde un principio.

—Porque los doctores no curan muertos —le respondió Guajardo subiendo la voz.

Axkaná al tiempo que volvía a poner su mano sobre el brazo de Guajardo para calmarlo, sintió que quizá había encontrado la otra punta de la madeja y que más le valía no dejar que se le zafara.

—¿Tienes su teléfono?— le preguntó Axkaná a Arzamendi con aire de inocencia.

—Sí, aquí lo tengo en mi celular —le respondió.

—¿Podrías llamarlo y solicitarle que venga? Solo te pediría que le inventaras algún pretexto —le recomendó Axkaná.

Guajardo observaba con incredulidad la actuación de Axkaná. Más aún porque no entendía lo que buscaba al hacer que Arzamendi intentara comunicarse con Peralta, si sabía de antemano que sería imposible. Sobre todo, porque el celular del doctor lo tenía guardado en el bolsillo de su pantalón.

—Lo hago con mucho gusto ahora mismo —respondió Arzamendi un poco más relajado.

Axkaná no le quitaba la mirada de encima para poder darse cuenta del más mínimo cambio en la expresión de su cara.

Apenas encendió la pantalla del aparato, el rostro de Arzamendi se tensó.

—¿Pasa algo? —le preguntó Axkaná.

—No, sólo unos correos electrónicos de la oficina pero nada que no pueda esperar.

No obstante, en lugar de buscar el número, Axkaná tuvo la impresión de que los estaba leyendo.

—¿No lo encuentras? yo creo que en el Secretaría Particular debemos tenerlo —le insistió para presionarlo.

—No te apures, ya lo encontré.

Apretó la tecla y se puso el celular al oído.

—Peralta soy Arzamendi, urge que te comuniques conmigo.

—Lo trae apagado sólo me contestó el buzón, pero ya le dejé un recado —comentario redundante porque todos lo habían escuchado.

—Señores —dijo Axkaná— estoy seguro que en la Secretaría Particular tenemos más números donde localizar al doctor Peralta o, en su defecto, podría enviar a buscarlo. Sin embargo, dada la complejidad de las circunstancias prefiero ordenar esto en forma personal, así que si ustedes no tienen inconveniente, me voy a retirar un momento.

—Préstame la carpeta y acompáñame —le pidió a Guajardo en voz baja mientras se levantaba. Pero, aun sin moverse de su sitio, volvió a dirigirse a los demás.

—Sólo les insistiría en mantener esta noticia dentro de estas cuatro paredes. Por otra parte, me comunicaré con el licenciado Mireles, presidente del Senado, para que se integre a este grupo a la brevedad. Son casi las once, espero que, sí logro encontrarlo en su oficina de Reforma, él pueda estar aquí antes de las doce aunque parece que habrá problemas de tránsito en esa zona porque hay una manifestación.

Al oír que se incorporaría Mireles, Arzamendi se sintió relajado —refuerzos, por fin —pensó. Mientras Ledesma y Órnelas hacían claros gestos de aprobación.

—Si me permiten una sugerencia —dijo Órnelas poniéndose también de pie —el tiempo apremia. Yo creo que mientras regresa el licenciado Guzmán y arriba el licenciado Mireles, y dadas nuestras funciones, creo que debemos empezar a discutir las medidas inmediatas que deberán tomarse en el cortísimo plazo.

Propuesta que todos aceptaron y que a Axkaná le pareció una excelente manera de mantenerlos ocupados, mientras él se encargaba de poner su plan en marcha. Pero antes de retirarse junto con Guajardo, se acercó a Benavides y le dijo en voz apenas audible:

—No les quites la vista a los cabrones de Arzamendi y Ledesma. Después te lo explico.

Capítulo VII

Castillo recorría la sala de juntas sin soltar el capuchino doble que sus guardaespaldas le subieron de una cafetería que se encontraba en el mezzanine del edificio. Este ritual era algo que le encantaba hacer, porque así se identificaba con la cultura de negocios estadounidense que admiraba desde muy joven cuando empezó a trabajar. Por ello, era habitual que se aflojara la corbata, remangara la camisa y se desbrochara el cuello como si estuviera dentro de una película gringa cuyo escenario fuera una oficina.

En su recorrido iba haciendo comentarios que se intercalaban con constantes interrupciones cuando debía atender su celular. Sin embargo, no perdía el hilo de lo que decía y continuaba justo en el punto donde estaba antes de la llamada. Así, disertaba sobre la economía del país, el comportamiento de los mercados financieros internacionales, su opinión respecto a una de las empresas cuyo edificio corporativo identificaba a la distancia. Incluso los aderezaba con chistes y ocurrencias de mal gusto, o con un chisme del medio artístico en el que estaba vinculado algún personaje de los negocios o de la política.

Pero de todos los temas que abordaba, la situación política que se había desarrollado a partir de las decisiones del presidente era su preferido, lo que dio pie a que emprendiera una larguísima perorata que mantenía en obligado silencio a Buentono y Pérez Limantour.

—Nunca había visto semejante cosa en mi vida. Un presidente que renuncia a su partido e induce a los legisladores a que lo imiten para que estén en libertad de votar conforme a su conciencia y no cómo les indica su partido; es inconcebible. Y cómo cree este estúpido que hemos mantenido la estabilidad. O es tan ingenuo para no saber cómo se manejan las cosas tras bambalinas. No entiendo porque perdió los papeles. Me extraña que lo haya hecho apenas en el segundo año de su gobierno, si lo que se supone es que los presidentes enloquezcan hasta el último cuando están a punto de desprenderse del poder. Por eso encabronó a todos. Ustedes son testigos, aquí mismo pudieron verlo. Esto no lo podíamos tolerar. Yo creo que nosotros hemos actuado con responsabilidad y patriotismo. No podíamos permanecer pasivos y menos todavía, cuando podemos ser injustamente afectados. Más aún, la gente esperaba que hiciéramos algo. Muchos me lo dijeron en privado esa noche. Otros me llamaron el día siguiente. Pobre pendejo. Y pensar que alguna vez le tuve confianza. Debemos actuar, me decían. Cómo que ahora si va a hacer una reforma fiscal profunda; cómo que ahora va reordenar el desarrollo urbano de muchos centros turísticos; cómo que a va relanzar la televisión abierta propiedad del Gobierno; cómo que ahora se debe legislar sobre el aborto y la eutanasia; cómo que ahora si va a regular a los medios y las telecomunicaciones; cómo que va implantar nuevas medidas para evitar el blanqueo de dinero en el país como en el extranjero; cómo que ahora va establecer una política integral para afrontar el problema de las drogas. Incluso habla de regular algunas y tirar una bola de dinero para poner centros de rehabilitación que atiendan a los drogadictos. Pinche escoria, por mí que se mueran. Esto va en contra de nuestros valores sociales. Alguien tenía que hacer algo y ésos tuvimos que ser nosotros. Hemos actuado por el bien de México. Yo sé que cuando ocurra lo nuestro nadie sabrá lo que hicimos. Pero yo nunca he buscado reconocimientos de nadie. Lo único que me interesa es estar tranquilo con mi conciencia. Y esto fue lo que me dictó. Como a ustedes. Por eso hay que sentirnos orgullos por lo que estamos intentando. Esperemos que las cosas se muevan a nuestro favor y podamos pasar a la segunda parte del plan. Hay circunstancias y vacíos legales que nos favorecen…

El interminable monólogo no ofrecía posibilidades de que Margarita Buentono y Pérez Limantour intervinieran, y más porque con la mirada Castillo les exigía atención total. Sin embargo, sus expresiones corporales revelaban su fastidio y el aburrimiento de tener que escuchar *ad nausean* los mismos argumentos hasta que, para su fortuna, el celular de Castillo actuó como la campana salvadora.

Con el fin de tener más privacidad y usar las líneas telefónicas del conmutador que consideraba más seguras, Castillo prefirió retirarse al despacho que antaño ocupó el gerente de la empresa de asesoría financiera cuando ésta funcionaba.

Margarita se levantó y caminó hacia la ventana.

—Ya me mareó. No para. Al menos no ha prendido su maldito puro que me enferma.

—A mí también ya me cansó —le confesó Pérez Limantour—. No tengo el ánimo para seguirlo. Lo oigo pero no lo escucho.

—Alguna noticia. Ya son las 10.45

—Nada. He estado constantemente revisando, pero sólo he recibido correos intrascendentes o de publicidad. Si Viviana no me envía algo en diez min…

—Así debió ser. No podíamos haber hecho otra cosa, —irrumpió Castillo en voz alta mientras entraba de nuevo a la sala de juntas, sin importarle que hubiera una conversación en curso. Él quería seguir siendo el conductor de orquesta y fuente de cualquier reflexión o idea que ahí surgiera.

—Un momento —dijo Pérez Limantour levantándose como un resorte de su asiento y en la cara una expresión de júbilo— ya tengo el nombre del personaje misterioso: Sergio Peralta.

—Yes —gritó Castillo— mientras lanzaba al aire un gancho derecho con el puño cerrado, gesto que hacía por las mismas razones miméticas que explicaban porque le gustaba beber café mientras caminaba, pero que en esta ocasión condimentó con una típica expresión mexicana— ya chingamos.

—¿Cómo lo supieron? ¿Por qué no lo sabían desde un principio? —preguntó Margarita cuyo rostro no manifestaba emoción, aunque sí cierta distensión.

—Por una tontería, pero permíteme un momento —respondió Pérez Limantour mientras terminaba de leer el mensaje que le envió Viviana—, lo que pasó fue que Peralta llegó con el coche de servicio que usaba el ayudante que apoya a su esposa, porque el suyo se descompuso. Y no fue hasta hace poco, cuando su chofer fue a buscarlo a Los Pinos con el auto reparado, lo que permitió saber a nuestras fuentes que Peralta era quién había llegado poco después de la seis de la mañana.

—Ahora encajan todas las piezas y la famosa reunión ya tiene un sentido —dijo Castillo con entusiasmo— debemos estar listos para accionar la segunda fase del plan.

—Ni nosotros lo hubiéramos creído que íbamos a dar en el blanco justo el primer día —dijo Pérez Limantour ya más relajado— somos unos chingones. No cabe duda.

—No quiero amargar la fiesta —intervino Margarita buscando atemperar los ánimos— pero no debemos cantar victoria. Lo único que conocemos hasta ahora es que la visita del doctor detonó todo.

—Debemos estarle agradecidos a Peralta por la información que nos proporcionó porque eso lo facilitó todo. Si supiera el pobre pendejo para lo que nos sirvió —interrumpió Castillo gesticulando en forma burlona.

—Mantengamos la calma —les insistió Margarita—. No sabemos si el presidente murió o está enfermo. Tampoco tenemos la confirmación de que esto sea resultado de lo que en principio debió haber hecho nuestro amigo. Por lo que sugiero que no adelantemos vísperas y esperemos a saber qué pasa a la once, cuando está previsto que reciba al primer embajador.

—Tienes razón. Además de que en cualquier momento nuestro amigo se podría comunicar con nosotros a través del mecanismo de emergencia, lo que nos permitiría confirmar algunas cosas —apostilló Pérez Limantour.

—Pues entonces esperemos. Aunque el panorama empieza a despejarse a nuestro favor. Yo me sentí confiado desde un principio. Se los advertí par de pesimistas —dijo Castillo, iniciando con estas palabras otro monólogo, mientras Buentono y Pérez Limantour lo volvían a escuchar con resignación.

§§§§

Axkaná salió de la biblioteca con una expresión tensa y se dirigió con suma rapidez a la misma sala pequeña donde había estado antes.

Abrió la puerta con brusquedad. Esperó a que entrara Guajardo que lo había seguido casi pegado a sus espaldas. La cerró y puso el seguro.

—¿De dónde sacaste lo de llamada a Peralta si sabías perfectamente que tú le quitaste el teléfono y que yo aquí lo tengo —le dijo Guajardo mientras lo sacaba de pantalón para mostrárselo al tiempo que tomaba asiento en el sofá y Axkaná lo hacía en uno de los sillones laterales.

—Lo hice porque fue la única forma que encontré para salirnos y retener a los demás ahí, porque es preciso que te informe de cosas graves que tú no sabes y para que juntos planeemos lo que vamos hacer.

El silencio de Guajardo hizo obvia su actitud de que era todo oídos.

—Pascual —le dijo Axkaná en un tono tan serio que a Guajardo le provocó escalofrío—, confía en mí y escucha con atención lo que te voy a decir, porque no tenemos mucho tiempo y debemos actuar con rapidez. Esto es una conspiración. Al presidente lo asesinaron utilizando alguna sustancia.

El rostro de Guajardo esbozo de inmediato un gesto de horror que Axkaná jamás le había visto. Dejó caer su espalda y cabeza contra el respaldo mientras sus brazos laxos quedaron descansando con ambas manos abiertas sobre los cojines del sofá, como si su cuerpo hubiese perdido la tensión que le permitía sostenerse erguido.

Axkaná contemplaba la escena en silencio y conmovido por la reacción de su amigo. Durante esos primeros instantes, Guajardo, a pesar de ser un hombre alto y robusto, le parecía un muñeco de trapo, lo que hizo que sintiera compasión por él, por lo que prefirió no seguir hablando hasta que se repusiera.

—No lo puedo creer. ¿Cómo lo hicieron? —preguntó Guajardo recomponiéndose en el sofá.

—En apariencia las pastillas de Glucosamina que tomó anoche el presidente para sus articulaciones, no eran tales sino que con una alta probabilidad contenían algo, quizá un veneno o un medicamento nocivo, que le causó la muerte.

—¿Tienes pruebas?

—Tengo suposiciones que están basadas en hechos ciertos. Sofía, que tiene en su poder el frasco con las pastillas, que seguro tú viste en la recámara del presidente, me advirtió que no correspondían a la marca que ella siempre le compraba, y que se le hacía raro que las tuviera, porque en su closet hay suficientes envases para dos meses. ¿A menos de que a través del Estado Mayor las hubiera mandado comprar?

—Que yo sepa, no —respondió Guajardo—. No tengo ninguna información al respecto y siempre estoy enterado de lo que el presidente ordena para su consumo y uso personal, porque había dado la instrucción expresa de que cualquier gasto de este tipo se le cargara a su cuenta particular, la que con religiosidad liquidaba al fin de cada mes.

—Ahí tienes —le respondió Axkaná más tranquilo al ver que enganchaba a Guajardo con sus sospechas—, pero lo más grave es que mientras tú, Henríquez y yo, hacíamos todo un circo para que esta reunión se llevara a cabo con la máxima discreción, alguien que está dentro de Los Pinos ha estado filtrando esta información a un grupo integrado por Rubén Pérez Limantour, Margarita Buentono y Ramiro Castillo, quiénes en este momento conocen el nombre de todos los que están aquí y la hora aproximada a la que llegaron.

—¿Pero quién puede ser el hijo de la chingada que está pasando información? —preguntó con coraje Guajardo.

—No sé quién pueda ser, ni me importa en estos momentos. Tengo la impresión de que se trata de alguien que está en funciones de apoyo porque desconoce que el presidente falleció y, por ende, el motivo verdadero de la reunión. Además de que, por alguna razón que no me queda clara, tampoco han podido identificar, al menos hasta ahora, el nombre de Peralta, aunque sí conocen que alguien llegó a la casa presidencial a las seis de la mañana.

—¿Y tú cómo te enteraste de que están ocurriendo estas filtraciones? —preguntó Guajardo.

—La verdad ha sido una combinación de suerte y casualidad lo que literalmente trajo a mis oídos lo que te he informado. Me gustaría decirte más en este momento, pero el tiempo se nos viene encima, ya te lo explicaré más adelante. Tengo información de primera mano que proviene de la Interpol.

La mención de la Interpol transformó el gesto de incredulidad con él que Guajardo había en principio seguido las explicaciones de Axkaná, por una expresión de sorpresa y aceptación respecto a lo que estaba escuchando, por lo que no quiso interrumpirlo y asintiendo con la cabeza dejó que continuara.

—Cuando este trío de mierda conoció a quienes habíamos convocado, algo les preocupó y decidieron reunirse de inmediato aquí en la Ciudad de México en un lugar que desconozco.

—¿Qué pudo preocuparlos? —preguntó Guajardo con expresión dubitativa porque todavía no lograba acomodar todas las piezas.

—Lo que podría haber hecho el cuarto miembro del grupo.

—¿Cuál cuarto miembro? No te entiendo —volvió a cuestionar Guajardo ya irritado.

—No te impacientes, déjame explicarte lo que deduzco de la información que tengo; la misión del cuarto miembro era hacerle llegar las pastillas al presidente y lo que les preocupa, porque la información que tienen está incompleta, es que los haya traicionado. No sé quién es con precisión el cuarto miembro, pero este cabrón está en estos momentos en la biblioteca.

—¿Cómo puedes saberlo y quién es el hijo de puta? —dijo Guajardo sin dejar lugar a dudas que la sangre ya se le había subido a la cabeza.

—Porque el famoso frasco, yo lo vi, por vez primera, hace dos días en el escritorio del presidente; porque para que aceptara este tipo de obsequios y se atreviera a utilizarlos, debió provenir de alguien de su confianza, y porque las únicas tres personas que merecían este calificativo y que estuvieron a solas con él antier son: Arzamendi, Ledesma y Órnelas.

—Órnelas no me se suena, porque nunca ha ocultado la admiración por su maestro. Por eso estoy casi seguro que el traidor es el hijo de su putísima madre de Arzamendi —dijo Guajardo mientras se levantaba del sofá como animal enfurecido.

—Pero ¿para qué querría este pendejo matar al presidente sin ni siquiera puede ser él quién lo suceda? —preguntó Axkaná.

—Ah, ya entiendo, entonces Ledesma pasa a ser el principal sospechoso, porque él sí está habilitado para ser electo como presidente sustituto —agregó Guajardo con una sonrisa como creyendo haber encontrado con relativa facilidad al principal beneficiario de la conspiración.

—Parecería lógico, pero no sé si podemos llegar a conclusiones definitivas con la información que tenemos. ¿Qué tal si los tres o al menos dos de ellos están involucrados?, lo cierto es que el objetivo de estos cabrones era deshacerse de presidente para sustituirlo por alguien a modo, por lo que ahora les es imperativo asegurar que la fecha de fallecimiento sea el 1° de diciembre. Así la conspiración sería un éxito.

—¡Claro porque con puñado de diputados debidamente convencidos, podrán nombrar a quién gobernará el país los siguientes cuatros años! Si yo lo dije en la reunión cuando me puse a hacer cuentas y entendí que no se necesitarán muchos votos para nombrar al mentado presidente sustituto —agregó Pascual con júbilo.

—En cambio —continuó Axkaná desarrollando el argumento — si la fecha de la defunción es 30 de noviembre, se tendrían que convocar a elecciones lo que daría al traste con su plan. Además de que dada la situación política que prevalece, con certeza existiría una gran presión de la sociedad y de los medios, a favor de que antes de convocar a elecciones, se hiciera una reforma a la Constitución para que no hubiera que esperar un mínimo de catorce meses con un presidente provisional.

—Pero déjame aclarar algo Axkaná; por lo que tú dices creo que a estos cabrones algo les falló, porque no imaginaban que el presidente se tomaría las pastillas tan pronto se las obsequiaran. Quizá calculaban que las cosas iban a ocurrir en los primeros meses del año y que, el día en que eventualmente amaneciera muerto, tú ibas a llamar, sin mayor trámite al mamón de Arzamendi como secretario de Gobernación, quién procedería a convocar a los dos presidentes de las Cámaras y tán tán, asunto resuelto. La minoría más grande de legisladores nombraría al presidente sustituto.

—En efecto, una muerte inoportuna, Pascual. Además de que tu explicación cuadra con el empeño que se puso para diferir la discusión de las iniciativas hasta el 15 de enero cuando empezará el período extraordinario.

—Lo que vuelve a poner como sospechoso a Arzamendi porque al final fue él, quién negocio el retraso; tú sabes bien Axkaná cómo esto encabronó al presidente.

—Estoy de acuerdo. Ahora que, por razones que nunca sabremos, el presidente, en lugar de utilizar el frasco más antiguo, como era su costumbre según me dijo Sofía, optó por abrir el más nuevo que justo le acababan de regalar. ¿Por qué? Quizá se sentía tan mal que tomó lo primero que tenía enfrente.

—Por eso es que Arzamendi y Ledesma no quieren que se haga la autopsia. Es muy factible que al menos uno de los dos debe tener los huevos en el cogote.

—En parte tienes razón. Pero no subestimes a estos hijos de puta, porque desde que lo planearon sabían que habría muchos obstáculos para hacerle la autopsia a un presidente que amanece muerto en su cama.

—¿No te entiendo Axkaná? —preguntó Guajardo con impaciencia, porque pensaba que ya tenía la fórmula para demostrar el asesinato e identificar a los culpables.

—Porque para serte honesto, yo comparto las razones que mencionaron para oponerse a que se haga la autopsia. No creo que esta opción sea la más conveniente para el país. Habría una cantidad de especulaciones que, aunque estos cabrones estén detrás de la conspiración, desacreditarían no sólo al gobierno entrante, sino a todas las instituciones y en ese sentido el Estado Mayor estaría en primer lugar.

De inmediato a Pascual se le transformó el rostro. La emoción de sentir que podía acorralar a los culpables, había sido sustituida en escasos segundos por un gesto de incredulidad y preocupación.

Tú, querido Pascual —continuó Axkaná— estarías en el peor de los mundos, porque fuere a cual fuere el resultado de la necropsia, y peor si se encuentra la sustancia que le causó la muerte al presidente, tu cabeza y tu prestigio personal estarían en la picota y, si alguien se lo propusiera, podría hacerte aparecer ante la opinión pública como sospechoso. ¿No le pasó eso al general Domiro García cuando mataron a Colosio?

—¡Claro que me acuerdo! —respondió Guajardo— le pusieron todos los reflectores encima. Incluso se llegó a decir que el segundo disparo lo hizo alguien del Estado Mayor.

—Ahora me entiendes que involucrarte no es una posibilidad nada remota, porque ellos pondrían todo su empeño y sus abundantes recursos para que la sociedad, en lugar de mirar hacia donde debería, voltee hacia donde a ellos les convenga. Te reitero no los subestimes. Lo planearon bien. Son jugadores de ajedrez. No mueven una pieza sin que otra la proteja y además tienen previstas las siguientes cinco jugadas.

Mientras hablaba Axkaná, Guajardo volvió a sentarse con una expresión de incredulidad. De repente había tomado conciencia de que sus manos no estaban tan sueltas como había supuesto para perseguir a los culpables, sino que con facilidad podría estar colocado en la situación opuesta.

—Pero entonces qué sugieres Axkaná: ¿Qué permanezcan impunes, qué se salgan con la suya y qué además pongan a uno de sus lameculos en la presidencia?

—Ya lo pensé. Probar el asesinato e identificar a los culpables es imposible. Aun si en estos momentos tuviéramos los resultados del laboratorio. Pero lo que sí podemos hacer es evitar que un Congreso secuestrado por la minoría más grande, si no es que también lubricado, nombre un presidente sustituto y por eso resulta crítico que Peralta firme el certificado de defunción con fecha de 30 de noviembre.

Sonrió Guajardo con un marcado gesto de incredulidad que causó la misma expresión en Axkaná.

—Que pinche rapidez tienes para reaccionar Axkaná. No acabas de sorprenderme. Lo viste venir desde un principio ¿Verdad? Para eso querías tener a Peralta aquí e incomunicado, y por eso me pediste que te consiguiera el certificado de defunción. Que por cierto tú lo tienes —le dijo Guajardo señalándole la carpeta que Axkaná había puesto en la mesa de centro.

—Mira Pascual, por ser abogado y porque siempre me ha interesado el mentado Artículo 84, de inmediato me di cuenta de la encrucijada que plantea el fallecimiento del presidente al haber ocurrido justo en la frontera entre el segundo y tercer año de gobierno. Pero lo que me hizo pensar que esto podría ser más complicado, fue una corazonada que tuve hoy en la madrugada cuando estábamos en su recámara, en el sentido de que la muerte no había sido tan natural como dijo Peralta. Incluso no estoy seguro de que éste sea ajeno a la conspiración.

—¿Por qué crees eso? —preguntó Guajardo sorprendido dado que las sospechas de Axkaná apuntaban a un militar.

—Porque conociendo lo hermético que era el presidente respecto a su salud, no entiendo cómo pudieron estos cabrones conseguir una información, que yo ignoraba pese a haber sido su secretario particular por más de quince años. Además de que ya oíste decir a Arzamendi hace un rato, que son amigos y que van al mismo club.

—Tienes razón. Pero en estas circunstancias Peralta nos resulta indispensable. Es vital que el certificado esté firmado por su médico personal, de lo contrario, al recurrir a un médico ajeno a la salud del presidente, podríamos tener un lado vulnerable que con seguridad aprovecharían en contra de nosotros.

—Tienes razón, Pascual ¿Qué crees que debemos hacer?

—Hablar con él y soltársela de frente. Si el cabrón está involucrado seguro que por puro pinche miedo se pondrá de nuestro lado. Aunque te confieso, y como ya te lo dije antes, tengo la impresión de que su lealtad al presidente es auténtica.

—¿Crees que debemos hacerlo juntos o por separado? Preguntó Axkaná al darse cuenta que Guajardo parecía conocer mejor a Peralta que él.

—Está muy dolido contigo, aunque te respeta y entiende tus razones. Yo creo que lo mejor será que vayamos los dos para que tú le expliques las cosas en términos generales. Pero después, yo recomendaría que me dejaras solo con él. Esto debe ser una plática de militar a militar.

—De acuerdo. Hagámoslo así. Yo tengo que pasar un momento al despacho del presidente porque necesito usar el scanner. Mientras tanto te hago unos encargos.

Guajardo sacó de la bolsa de su saco una pluma y un pequeño block de notas que apoyó sobre su pierna.

—Habla tú personalmente con Mireles para que venga cuanto antes y que cuando llegue lo pasen al despacho oficial del presidente. Pídele a Henríquez que prepare el salón López Mateos para que de ahí se trasmita por radio y televisión el comunicado de la presidencia que deberá salir alrededor de las 13 horas. Para ello que llame a los de RTC pero que les invente algo, al fin que él es bueno para crear cortinas de humo y que no le informe nada al vocero de la Presidencia, para que éste se mantenga entretenido con los reporteros que estarán en el salón Ávila Camacho para cubrir el evento con el banco extranjero.

—¿Quiénes estarán presentes durante la trasmisión para preparar el presídium?

—El presidente de la Suprema Corte, los presidentes de ambas cámaras y Arzamendi. Para mí, sólo te pido un atril para leer el comunicado.

—¿Arzamendi? —Preguntó sorprendido Guajardo.

—No te apures, yo sé mi cuento. Tenme confianza —le pidió Axkaná y siguió dándole instrucciones.

—Pídele a Henríquez que a partir de las 11.45 cite para la una de la tarde a una reunión urgente del Gabinete Ampliado, así estarán reunidos cuando se transmita el comunicado, al fin que en el salón donde por lo regular celebran sus juntas hay un televisor, por lo que podrán empezar a trabajar tan rápido conozcan la noticia. Por lo pronto, esto es lo que se me ocurre —concluyó Axkaná con un suspiro.

Ambos se levantaron para dirigirse a la puerta.

—¿Estás seguro de que esto es todo lo que has pensado? —le preguntó Guajardo con cara de incredulidad y porque sabía que Axkaná gustaba guardarse ases debajo de la manga.

—Al menos esto es lo que hasta ahora tengo más claro —le respondió, dándole una palmada en el hombro—, nos vemos en el vestíbulo en diez minutos para que vayamos juntos a platicar con Peralta.

§§§§

Buentono y Pérez Limantour se habían podido librar del monólogo de Castillo porque llevaba un buen tiempo contestando en un privado, una llamada de larga distancia originada en Luxemburgo y que después había interconectado con la ayuda de su secretaria, con otra en Islas Cayman.

Pérez Limantour que dominaba el inglés a la perfección. Compartía su atención entre lo que le decía Margarita y lo que podía escuchar de la conversación de Castillo, cuyo tono de voz iba subiendo de volumen en la medida que discutía con sus interlocutores, sobre asuntos relacionados con el movimiento de fondos entre cuentas pertenecientes a empresas cuyo nombre nunca había escuchado.

Cuando más interesado estaba por conocer la razón del enojó de Castillo, sonó su celular y se encendió la pantalla con el nombre de Mireles.

—Hola Octavio ¿cómo estás?

—Bien mano. Pero qué difícil es contactarte y saber dónde andas. Primero te busqué en tu oficina y tu secretaria no soltó prenda. Me dijo que estabas en una reunión y que no te podía pasar el recado. Así que me atreví a molestarte en tu celular porque es importante que sepas que en estos momentos me dirijo, bueno, mejor dicho, voy a tratar de ir a Los Pinos.

—¿Para qué, tienes acuerdo? —preguntó Pérez Limantour fiel a sus tácticas mediante las cuales lograba que el interlocutor le diera toda la información posible.

—No, lo que pasa es que me acaba de llamar el jefe del Estado Mayor pidiéndome que me presente con urgencia en Los Pinos. Aunque por más que le insistí que me dijera para qué, no me quiso decir. ¿Tú sabes algo?

—Para nada. En una de esas te enteras que el viejo ya estiró la pata —dijo riéndose y haciendo muecas burlonas, mientras Margarita lo veía con desagrado.

—Házmela buena. Pinche desmadre que ha armado este buey. Bueno, te dejo porque no sé cómo voy a poder salir de mis oficinas, porque justo aquí abajo pasa una manifestación que se dirige al Zócalo.

—Suerte Octavio y que al menos valga la pena la ida a Los Pinos —se despidió Pérez Limantour.

Tan pronto colgó, corrió al despacho privado donde se encontraba Castillo. Quién lo volteo a mirar con molestia porque no quería que en ese momento nadie lo interrumpiera. Sobre todo porque las llamadas lo habían puesto de mal humor.

Sin embargo, sonrió cuando Pérez Limantour señaló su celular que llevaba en la mano izquierda y levantó el dedo pulgar de la derecha para indicarle que las cosas marchaban por buen camino, porque así lo hacía pensar que Mireles hubiera sido convocado a Los Pinos.

§§§§

Axkaná llegó al vestíbulo antes que Guajardo después de haber estado algunos minutos en el despacho privado del presidente.

Mientras lo esperaba se acercó a la puerta de la biblioteca y pudo oír que Órnelas había asumido el rol de moderador, mientras el grupo parecía estar hablando de un plan para las siguientes cuarenta ocho horas.

Por momentos sintió la tentación de intervenir. Pero se contuvo. Juzgó que su atención debía estar concentrada en las siguientes dos horas. Éste era el lapso crítico donde se definiría cual sería la fórmula para remplazar al presidente y durante el cual, quiénes planearon su muerte, tratarían de culminar con éxito lo que se propusieron.

Axkaná siempre había pensado lo peligroso que resultaba para el país una posible colusión entre el poder político y el económico, sobre todo cuando en la práctica ambos se concentraban en unas cuantas manos. Hoy veía horrorizado de lo que podían ser capaces y de cómo la pasividad y la indolencia social habían facilitado que eso sucediera, pese a que en el camino se prendieron muchas señales de advertencia.

Esto le despertó una curiosidad urgente por revisar el usb que recogió de la recámara del presidente y en el que, según Zuluaga, estaba el reporte de la Interpol sobre las operaciones de blanqueo de dinero que hacía Castillo. Además de que justo en ese momento recordó, la preocupación del colombiano respecto a al cumplimiento de un acuerdo entre el presidente y la Interpol para actuar en forma coordinada. Comentario que sólo registró en ese momento pero que no entendió a qué se refería.

Esto lo hizo preguntarse en qué consistiría esa actuación coordinada y cuándo se daría. Asumió que en esos momentos ésta podría ser una información importante, por lo que era imprescindible tratar de conocerla cuanto antes. Por lo que juzgó que no debería tardar mucho tiempo con Peralta, porque su prioridad era revisar el famoso documento y, en su caso, hablar con Zuluaga. Sería breve con el doctor y dejaría que Pascual hiciera el resto del trabajo.

—Disculpa Axkaná, dijo Guajardo —que apareció de repente en el vestíbulo después de permanecer en la salita donde antes habían conversado y desde la que coordinó todo lo que acordaron.

—¿Cómo te fue con Mireles? —le preguntó Axkaná mientras subían la escalera para ir a la sala de televisión donde estaba Peralta, lo que también aprovechó para devolverle el folder que contenía el certificado de defunción, mientras él conservó una carpeta de piel que tomó del despacho privado del presidente.

—Bien, pero va a tardar un rato porque hay una manifestación sobre Reforma a la que se une otra que partió del monumento a la Revolución. Por lo que yo calculo un mínimo de una hora. Es decir, que va a estar aquí poco después de las doce.

—Esto me da más tiempo para revisar algunas cosas en mi oficina y preparar el comunicado. También quiero tocar base con Sofía para informarle cómo van las cosas y, porque me dijo que en algún cajón encontró una carta que el presidente le dirige a la opinión pública relativa a sus funerales.

—¿Funerales? —preguntó sorprendido Guajardo —sin haberla leído, ya imagino lo que debe decir: austero y discreto hasta el final de sus días.

—Parece que por ahí va.

Cuando llegaron a la puerta de la sala de televisión, Axkaná dejó que entrara primero Guajardo.

Lejos de sorprenderse, Peralta, que estaba sentado en el sofá, no mostró ninguna reacción. Dobló con cuidado el periódico y lo acomodó en la mesa del centro. Mientras Axkaná y Guajardo se sentaron en los sillones individuales para que todos pudieran verse de frente.

—¿Cómo está doctor? —le preguntó Axkaná cortésmente.

—Aquí sentado esperando a saber lo que quieren de mí. No sé cuánto tiempo más me tendrá usted incomunicado —respondió Peralta de forma rasposa pero no agresiva.

—Doctor, yo sé que está molesto conmigo y tiene razón. Fui grosero con usted, por lo que quiero pedirle que me disculpe. No es excusa, y desde luego que no justifica mi comportamiento, pero la repentina muerte del presidente me tensó. Perdí a alguien con quién conviví a diario durante casi veinte años y, debo decirle, que desde el primer día hasta ayer por la noche, cuando se comunicó conmigo por última vez, nunca me trató como su subordinado, sino como un amigo al que se empeñó en guiar con sus consejos y, en especial, con su ejemplo.

Las palabras de Axkaná iban calando en Peralta, cuya expresión y lenguaje corporal dejaban aflorar con sutileza una actitud empática, lo que sin duda había facilitado la plática privada que antes tuvo con Guajardo.

Esto alentó a Axkaná a mantener el tono y el sentido de sus palabras, al percibir que estaba abriendo una vía de entendimiento con su interlocutor al hacerlo sentir que se ponía en sus zapatos.

—Sin embargo doctor, quiero insistirle que pese a esta tristeza, no debí actuar con la brusquedad y falta de respeto que tuve al pedirle su celular. Estoy seguro de que con una explicación amable de mi parte usted lo hubiera entendido. Por lo que le ofrezco mis disculpas más sinceras. Más aún porque sé de primera mano, el gran aprecio que siempre le tuvo el presidente.

Desde que había entrado a la sala, Axkaná no había dejado de tocarse ostensible y reiteradamente las rodillas y de extender, de vez en vez, ambas piernas como si sintiera dolor. Mientras que Guajardo lo observaba confundido desde el sillón de enfrente, porque hasta ese instante nunca lo había visto gesticular como lo estaba haciendo. Sobre todo, porque apenas habían estado juntos hace escasos minutos y no notó nada anormal en él, ni tampoco cuando subieron las escaleras, salvó el rostro cansado de Axkaná producto de tantas horas de tensión.

—No se apure, licenciado Guzmán, yo entiendo que estas circunstancias trágicas y duras para quiénes, que como usted, sentíamos un profundo respeto y admiración por el presidente, nos conmueven y es fácil que perdamos el balance. Créame que a mí me duele, no sólo por la amistad que siempre me dispensó, sino porque a ningún doctor le gusta que muera uno de sus pacientes. Así que demos el asunto por zanjado y dígame cómo puedo ayudar en estos momentos tan difíciles. Por cierto, ¿le duelen las rodillas, licenciado? Veo que se las ha estado tocando y estirando con frecuencia cómo si le molestaran.

—Yo creo que son las articulaciones doctor —respondió Axkaná.

Guajardo levanto las cejas, abrió levemente la boca y lo miró con obvia incredulidad. En escasas horas, había descubierto una faceta de Axkaná que nunca imaginó que tuviera. Más aún, porque siempre lo consideró como alguien que mimetizaba lo metódico de su jefe, por lo que era difícil verlo actuar fuera del guión.

Pero en cambio ahora, se le revelaba como una persona con una enorme capacidad para ajustarse a condiciones inesperadas y para improvisar actuaciones como la que había hecho antes en la biblioteca y como la que estaba haciendo en ese momento delante de Peralta. Por lo que con la misma actitud del espectador que empieza a interesarse en una obra teatral, Guajardo se relajó en el sillón para saber a dónde quería llegar Axkaná con todo eso.

—Tome Glucosamina, licenciado. No es una medicina sino un complemento alimenticio para regenerar los cartílagos, que yo descubrí cuando empecé a tratar al presidente. Él la tomaba desde hace años y me dijo que le daba muy buenos resultados. Así, que yo mismo la empecé a usar, y como sentí que mejoraba sobre todo al correr, comencé a recetársela a mis pacientes. Pero, la única recomendación que yo hago es que se tomen una en cada comida, como dice el envase. Esto no era lo que hacía el presidente, porque él prefería tomar toda la dosis, es decir tres grageas que son algo grandes, antes de acostarse. Incluso, si tenía mucho dolor tomaba una de pilón, como él decía —dijo sonriendo—, de hecho estoy seguro que ayer en la noche se las tomó porque hoy en la mañana vi el frasco en su mesita de noche.

Al ver como Axkaná seguía con profunda atención lo que estaba diciendo, el doctor continuó con sus comentarios aderezándolos con anécdotas.

—¿Sabe a quién se la recomendé y la ha caído muy bien?

—No sé doctor—respondió Axkaná ávido por oír la respuesta.

—Al licenciado Arzamendi. Él y yo vamos al mismo club. Así que una vez que coincidimos en las caminadoras y me comentó que tenía un problema similar al mío, yo le platiqué lo mismo que a usted le acabo de contar.

—Pues creo que me las voy a empezar a tomar doctor —dijo Axkaná pensativo, mientras sostenía su mirada en la de Guajardo, cuyos ojos traslucían las ganas de vengarse.

—Licenciado, entiendo que esto no es una visita médica, así que dígame en qué puedo ayudar.

Axkaná le dio una amplia pero concisa explicación sobre lo que preveía la Carta Magna en caso de que el presidente faltare y hubiere que nombrar su reemplazo. Le explicó con detalle los dos caminos que planteaba la Constitución si la ausencia se produjera durante los dos primeros años o a lo largo de los cuatro restantes del sexenio. Sin embargo, Axkaná hizo un esfuerzo por no demostrarle ninguna preferencia hacia alguna de las dos opciones, porque no quería que Peralta se sintiera presionado y que terminara por desconfiar de sus palabras. Además de que puso cuidado en hablar en plural y salpicarlas de vez en vez con el término gabinete, para darle a entender que hablaba a nombre de éste.

—Doctor, como usted comprende el gabinete y los presidentes de los poderes legislativo y judicial están en una situación muy complicada desde el punto de vista constitucional, porque el fallecimiento del señor presidente ocurrió, por lo que usted me explicó cuando estábamos en su recámara, entre la noche del 30 de noviembre y la madrugada del 1° de diciembre.

—Así es licenciado. Disculpe ¿Han tratado algo sobre la posibilidad de una autopsia para estos fines? —preguntó el médico. Además, por lo que recuerdo, creo que usted también pensó en esa opción temprano en la mañana.

—Desde el punto de vista político la consideramos muy complicado —respondió Axkaná.

—Qué bueno, porque pese a los avances científicos tampoco puede establecerse la hora de un fallecimiento con una precisión indiscutible. Además del tiempo que tomaría y que una vez ordenada se tendrían que realizar todos los protocolos médicos para establecer no sólo la hora de la muerte sino la causa, lo que también podría llevar a la necesidad de hacer análisis adicionales que consumirían todavía más tiempo, y, por lo que usted me explica, esto es lo menos que nos sobra en este momento.

—Así es doctor, por lo que hemos puesto la confianza en usted, para que conforme a su criterio profesional determine la hora del fallecimiento.

—Caray licenciado, nunca pensé que tendría el peso de la Constitución en mis espaldas y menos aún una responsabilidad de esta magnitud —dijo Peralta sin ocultar su preocupación.

—Así es doctor, la vida lo ha colocado en una situación que con toda certeza jamás imaginó —le respondió Axkaná mostrándole empatía.

—¿Cuánto tiempo tengo?, porque me gustaría revisar el cuerpo con mayor detenimiento.

—Son las 11.20 Tenemos previsto que el comunicado se emita a las 13 horas.

Peralta permaneció varios minutos en silencio con la mirada puesta en una ventana que daba al jardín. Sus gestos indicaban que estaba concentrado en repasar todo lo que debía hacer para cumplir con la encomienda que se le había asignado.

—De acuerdo, aunque quiero dejarle claro que será una estimación dentro de un rango de tiempo —respondió Peralta con preocupación y estableciendo los límites de su tarea.

—Así lo entiendo doctor —respondió Axkaná—. Yo tengo que reintegrarme a la reunión. Si a usted le parece lo dejo con mi general Guajardo que podrá auxiliarlo en lo que usted necesite, incluso cuenta con el certificado de defunción para que usted nos haga favor de llenarlo una vez que concluya la revisión. Sólo le pido que cuando termine regrese a esta sala, en caso de que el Gabinete requiera de su presencia.

Se despidió de Peralta reiterándole las disculpas que le hizo en un principio y se encaminó a su oficina.

§§§§

—No puedo creer que estos banqueros internacionales sean unos burócratas de mierda, que con el cuento de las regulaciones vivan poniéndote trabas. Aunque claro que se suavizan al percatarse de los monto de qué se trata, entonces les brota el ingenio. Por eso tengo que tener todo el tiempo a los abogados junto a mí, para entender lo que me están proponiendo. Pero para eso hay que pagarles una fortuna a estos cabrones, que te cobran hasta las llamadas que les haces para felicitarlos el día de Navidad. Pero ni madres, éste es el precio de la invisibilidad.

—Ahí es como queremos permanecer todos Ramiro —acotó Margarita Buentono— porque en caso contrario nos llevaría el carajo.

—Aunque para efectos prácticos, no son tan invisibles Margarita —le respondió Castillo riéndose y con una expresión que dejaba claro quién ponía el dinero, lo que notoriamente la molestó.

—Como tripulantes que somos del mismo barco, todos comemos de lo que pescamos —intervino Pérez Limantour para balancear las cosas y evitar que fueran a mayores. Más aún porque había visto como Margarita se había ido impacientando con Castillo.

Éste se le quedó mirando a la cara con el gesto adusto. Pero entendió se había pasado de la raya y que no era el mejor momento para pelear. Quiso iniciar otra conversación pero lo interrumpió el sonido del celular de Pérez Limantour.

—A ver Rubén, qué noticias tenemos de tu informante ahora, espero que sean tan buenas como la llamada de Octavio Mireles —preguntó Castillo.

En tanto Margarita, que había memorizado la agenda presidencial, la iba desahogando en su cabeza mientras pasaba el tiempo.

—Ya son las 11.30 lo que implica que estamos media hora después de la entrevista con el primer embajador de la mañana —comentó Margarita.

Un momento por favor, déjenme leer el mensaje —respondió Pérez Limantour mientras tecleaba su celular.

—Margarita y Ramiro —les dijo con una amplia sonrisa— tenemos buenas noticias, el secretario de Relaciones y los embajadores no se han presentado. No obstante, al interior de Los Pinos, nunca se les indicó que las audiencias se hubieren cancelado. Por eso no nos dieron la información antes, sino hasta que se percataron de que no habían llegado.

—Con seguridad la cancelaron directamente Guzmán o Guajardo sin decirle a nadie, para lo cual debieron haber hablado con el secretario de Relaciones. Sigue estando clara la intención de mantener todo en secreto. Quizá, están esperando a que se incorpore Mireles para transmitir la noticia —comentó Buentono.

—O sea ¿Qué ya podemos cantar victoria? —les preguntó Castillo con claras muestras de que buscaba una respuesta afirmativa.

—Yo me esperaría —le respondió Pérez Limantour— demos tiempo a tener más información y a que llegue Mireles. Vamos bien, pero todavía no nos adelantemos. Además de que sigo pensando que en cualquier momento tendremos noticias de nuestro amigo.

§§§§

Como le indicó Zuluaga, Axkaná se cercioró de desconectar su computadora de la red antes de encenderla.

Insertó el usb y al instante apareció en la pantalla el nombre del único archivo que contenía "Informe Chester".

Quiso abrirlo pero la computadora le pedía una clave.

Estaba frustrado. No tenía el ánimo de ponerse a jugar a las adivinanzas con una máquina. Pero aun así, intento varias opciones: la fecha de nacimiento del presidente, ésta junto con sus iniciales, la combinación de éstas y la de su esposa, el nombre de Sofía. Sin embargo, el resultado fue el mismo, en tanto su enojo se acrecentaba con el sonido estridente de una cuerda de violín desafinado, que sonaba después de cada intento fallido.

—Pinche Zuluaga, por qué no me dijo el cabrón que se necesitaba una contraseña —pensaba con rabia— aunque de inmediato se dio cuenta que no lo hizo porque él estaba en el entendido de que el presidente vivía y que le entregaría toda la información durante el acuerdo que estaba programado. Por eso no le dijo nada.

Se le ocurrió que quizá podría llamarlo. Sacó el celular del saco del presidente y empezó a revisar el directorio pero no encontró ni siquiera un número. Los listados de las llamadas de salida y entrada estaban vacíos, por lo que dedujo que quizá el aparato tenía algún programa que las borraba.

Perdió la esperanza de encontrar el número y marcó la extensión de la casa de Sofía.

—Soy Axkaná, ¿Cómo estás?

—Bien, recibiste mi mensaje.

—Sí, por eso me urge pasarte a ver y porque quiero que me enseñes la carta.

—Aquí te espero.

Apagó la computadora. Desconectó el *USB* y lo guardó en su bolsillo junto al celular del presidente.

§§§§

—Yo no sé qué piensen pero debemos aprovechar para discutir lo que serán nuestros siguientes movimientos. La verdad no entiendo porque ustedes los políticos quieren tener todos los pelos de la burra en la mano antes de dar un paso. En los negocios hay que arriesgar.

—Pero estos no son negocios, Ramiro, todavía no estamos seguros de lo que ocurrió. Y qué tal si el presidente sólo está enfermo o si la dosis que tomó no fue suficiente para matarlo y en estos momentos se preparan para investigar qué fue lo que pasó. Así que no corramos —le dijo Margarita en forma directa.

—Pero todo lo que dices Margarita son puras especulaciones.

—Y qué son las tuyas Ramiro ¿noticias confirmadas?

Margarita Buentono no toleraba la presencia Castillo por períodos muy largos, porque consideraba que su personalidad avasallante succionaba todo el oxígeno a su alrededor y la hacía sentir virtualmente arrinconada, por lo que su paciencia para aguantarlo decrecía en la medida que el tiempo pasaba. Además de que había encendido su puro y ella sentía que la peste le impregnaba hasta la ropa interior.

—Pero yo creo que Ramiro tiene razón Margarita, no nos quita nada hablar, aunque sea un ejercicio teórico, de la segunda fase, como lo hicimos antes —intervino Pérez Limantour que hacía esfuerzos por permanecer en medio de los dos, aunque también le fastidiaban las poses arrogantes de Castillo, pese a que las toleraba mejor.

—De acuerdo —aceptó Margarita de mala gana.

—Ahí están nuestros dos candidatos listos para competir por la presidencia —dijo con seguridad Ramiro Castillo.

—¿Cuáles dos? —preguntó desconcertado Pérez Limantour.

—Sí, Ledesma y Mireles, los presidentes de las dos Cámaras —respondió Castillo—. En eso habíamos quedado.

Margarita Buentono sintió que el cinismo de Castillo para mentir terminó con su paciencia para soportarlo. Además de que ella había imaginado desde un principio, cuando todo se empezó a planear, que la eliminación del enemigo común sería el punto de quiebre de la cohesión del grupo, porque en forma inevitable se abriría un espacio de indefinición donde sería más complicado mantener el control de las cosas, lo que facilitaría que afloraran las traiciones. Más aún, porque una vez hecho el trabajo sucio, saltarían al ruedo algunos espontáneos que hasta ese momento habrían sabido permanecer en la orilla.

—No, Ramiro —lo contradijo Buentono—, siempre dijimos que apoyaríamos a Ledesma para que el Congreso lo eligiera como presidente sustituto, porque después de conversar con él y valorarlo como una opción en múltiples ocasiones, llegamos a la conclusión de que al no estar de acuerdo con lo que estaba haciendo el presidente, una vez que llegara a la Presidencia podría eliminar aquello que nos podría perjudicar. Más aún, si nosotros le hacemos ostensible nuestro respaldo.

—¿Por qué ahora incluyes a Mireles?; ¿platicaste algo más con él? —preguntó Pérez Limantour dejando de lado la deferencia con la que solía tratar a Castillo—. Te lo digo, porque de acuerdo a nuestro plan, éste no debería aparecer en el escenario hasta que estuviera terminada la primera fase y sería sólo para convencerlo de que apoyara a Ledesma.

—Bueno, sí nos hemos visto. Ustedes saben que cultivamos una larga amistad y algo hemos hablado, pero de manera muy general. Yo creo que es una persona tan capaz como Ledesma —respondió Castillo sin contestar la segunda pregunta de Pérez Limantour.

No has contestado la pregunta, Ramiro ¿Qué hablaste con él? —le preguntó impaciente Buentono. Porque aquí mismo —dijo ella golpeando la mesa con ambas manos—, en este preciso lugar, acordamos que, por seguridad, sólo estarían involucradas cuatro personas en la primera fase y que nuestra única opción, una vez que muriera el presidente, sería apoyar abiertamente a Ledesma para que accediera a la presidencia como presidente sustituto y nos la debiera. Cosa que por cierto ni él mismo sabe. Y ahora, al cuarto para el ratito, nos enteramos que tú tienes otra cosa en mente y que "algo" —dijo moviendo los dedos para señalar las comillas— hablaste con Mireles. Una persona que por cierto, ni Rubén y menos yo, miramos con respeto por la cantidad de chingaderas que nos ha hecho.

Margarita guardó por un momento silencio para recuperar un poco al aire que había perdido al tener que hablar de una manera tan exaltada. Pero, no ocupó mucho tiempo y prosiguió el interrogatorio en el mismo tono inquisitivo.

—Por lo que entiendo Ramiro —continuó Buentono con una voz enérgica—, no importa que caballo gane, tú siempre estarás con el ganador. Entonces te preguntó: ¿a favor de quién piensas mover tus hilos en el Congreso?

Cuestionamiento al que Pérez Limantour agregó otro más en un tono burlón:

—¿Qué más información le diste además de preguntarle hipotéticamente, claro está, lo que haría si faltara el presidente?

Castillo no respondía. Estaba desconcertado. No era usual que nadie lo tratara así y menos Buentono y Pérez Limantour que por años habían comido de su mano, por lo que las recriminaciones que éstos le hacían, poco a poco fueron mermando su paciencia hasta que estalló.

—Mira Rubén, yo creo que alguien no está entendiendo las cosas —gritó Castillo enojado.

—¿Quién es alguien? —le respondió con violencia Margarita—. Tú fuiste el que no entendió que cualquier decisión la tomaríamos en grupo. ¿Quién te crees que eres?

—Él que les paga —le gritó Castillo levantándose y dirigiéndose hacia ella hasta una distancia que casi la tocaba—, o ya se te olvidó Margarita gracias a quien vives como vives.

—Y a poco ahora me vas a salir que eres millonario por tus grandes dotes de empresario, cuando es del dominio público cómo y con la ayuda de quiénes hiciste tu fortuna, por favor, para lo único que eres bueno es para jugar con la cartas marcadas —le respondió Margarita retándolo, pese a que lo tenía parado enfrente de ella a menos de un metro de distancia.

Esto creaba un escena cómica porque mientras él tenía un vientre que se desbordaba por encima de su pantalón, ella, además de bien formada y ser una mujer espigada, le sacaba más de diez centímetros de altura.

Cuando estaba a punto de responderle Castillo que ya agitaba su dedo índice casi tocando a Margarita en el pecho, lo que había provocado que Perez Limantour corriera para interponerse entre ambos, sonó el celular de éste, lo que facilitó que se disolviera el trío y que cada quién se moviera a un lugar distante del resto.

—Lean el correo que me envió nuestro amigo — y les enseñó la pantalla del celular.

"Confirmado, cayó. Espera +"

La noticia distendió el ambiente pero no del todo.

—Nuestro amigo se ganó su premio —dijo eufórico Castillo

—Déjate de mamadas y de estar jugando a los espías y detectives —le respondió Buentono volviéndolo a provocar y cuya rabia lejos amainar con el mensaje recién recibido se había acrecentado—, deja de llamarle nuestro amigo y llámalo por su nombre, porque por lo visto tú te has encargado de invitar a otros amigos a nuestras espaldas.

—No es éste el mejor momento para discutir. Pensándolo bien Margarita, no nos afecta que Mireles también se mueva. En el fondo es mejor que sean dos, porque así logramos que las cosas se vean menos sospechosas —remató Pérez Limantour en tono conciliador y visiblemente más tranquilo por la confirmación de la noticia.

—¿Estás seguro? Rubén, mejor preguntémosle a Ramiro por quién apuesta. Por lo pronto voy a bajar a comprar un café y regreso cuando "nuestro amigo" —enfatizó burlándose—, nos vuelva a comunicar algo.

§§§§

Tan pronto llegó Axkaná a la casa de Sofía, ésta le entregó la carta del presidente y lo invitó a tomar asiento en la sala.

La leyó con detenimiento.

—¿Qué piensas hacer, Sofía?

—Contratar a una funeraria para retirar el cuerpo.

—Pero ¿tú sabes lo que va implicar realizar los funerales del presidente en una funeraria?

—Si lo entiendo, Axkaná, pero tú comprende que mi papá ya no es el presidente y que el Estado no tiene ya ningún derecho sobre su cuerpo y sí en cambio tiene la obligación de respetar su última voluntad, y ésta es que no quería ningún homenaje.

—Sofía te propongo lo siguiente: que permanezca por unas horas el cuerpo de tu papá en un salón de Los Pinos para que la gente que lo apreciaba tenga la oportunidad de despedirse de él. Entiende que para muchas personas, y en este grupo me incluyo, el presidente era su líder y que como tal les inspiraba respeto y admiración. Quizá por haber vivido tantos años fuera del país y lejos de él, tú no valoras esta perspectiva de él, pero créeme que a lo largo de su carrera, y no sólo mientras estuvo en la presidencia, dejó una huella profunda en mucha gente a quiénes apoyó, orientó y les brindó aliento en tiempos de difíciles.

Sofía lo oía con atención. Era cierto que por disgustarle la política y por tener un océano de por medio, no había podido conocer un lado importante de la vida de su padre, donde también tenía afectos que con claridad describían las palabras de Axkaná.

—Discúlpame Sofía que te insista, pero tú no tienes el derecho a negarnos la oportunidad de rendirle un homenaje a tu padre, por más que sepamos que se colarán gentes hacia las que sentimos repugnancia.

—¿Cuál es tu propuesta? —respondió Sofía sin ocultar su afectación por las palabras de Axkaná.

—Que después del homenaje en Los Pinos se traslade el cuerpo al crematorio para que ahí se lleve a cabo un servicio privado, porque me imagino que querrás hacer lo mismo que con tu mamá. Por mi parte, yo me aseguraré que sólo las personas que tú escojas, se les permita la entrada al recinto donde está el crematorio.

—De acuerdo, pero todos los gastos funerarios los voy a pagar yo. De hecho mientras te esperaba he estado buscando las claves de mi cuenta para hacer las transferencias bancarias pero no las encuentro. Aunque creo que las puse en el block de notas de mi celular.

Mientras Sofía buscaba en su celular, Axkaná hizo lo mismo con el celular del presidente. Puso el cursor sobre el botón de notas y lo apretó. Apareció entonces, lo que parecía ser una larga contraseña integrada por mayúsculas, minúsculas y signos intercalados seguida por la palabra Chester.

—Sofía, ¿me puedes prestar tu computadora?

—Si tómala, está en el estudio —le dijo sin apenas mirarlo mientras ella continuaba la búsqueda de la contraseña de su cuenta bancaria.

—Oye a ti te dice algo la palabra Chester —le preguntó en voz alta desde el estudio mientras esperaba a que terminara de encender la computadora.

—Sí, es una palabra que viene de latín *castrum* y que después los sajones adoptaron como *ceaster*, que quiere decir villa, fortaleza o castillo romano. De ahí viene el origen de nombres como Manchester, Chichester o el de la ciudad de Chester entre otros.

—¿Castillo, dices? —preguntó para estar seguro.

—Sí, pero a qué viene eso ahora —respondió sin que ella perdiera de vista la pantalla de su celular donde seguía buscando las claves de sus cuentas bancarias.

—Después te explicó, dame un minuto.

Repitió el ritual que recién había hecho en su oficina. Asegurándose de no estar conectado a la red. Insertó el usb y cuando le solicitó la contraseña, puso la que aparecía en el celular. De inmediato, advirtió que la computadora empezaba a abrir el archivo.

En la pantalla apareció un directorio integrado por dos carpetas: *English version* y Versión en español. Optó por la segunda y apareció una larga lista de carpetas:

          📂 Reporte Chester
- 📁 Resumen ejecutivo
- 📁 Plan de acción
- 📁 Andorra
- 📁 Bermuda
- 📁 Ciudad de México
- 📁 Islas Caimán
- 📁 Isla del hombre
- 📁 Granada
- 📁 Londres
- 📁 Luxemburgo
- 📁 Mónaco
- 📁 Nueva York
- 📁 Seychelles
- 📁 Suiza
- 📁 Equipo de trabajo

Abrió el Resumen Ejecutivo donde lo primero que resaltó fue el nombre de Ramiro Castillo. —*Míster Chester* —pensó con sarcasmo al recordar la explicación de Sofía y haber visto que el documento tenía una versión en inglés.

Pese a que era un documento que rozaba las cincuenta páginas, lo pudo leer en poco tiempo. Gracias a que su larga experiencia como secretario particular le había permitido desarrollar una técnica de lectura rápida que, aun siendo improvisada, le facilitaba procesar documentos voluminosos en lapsos cortos.

El documento relataba con lujo de detalles las transacciones financieras que Castillo junto con varios de sus socios realizaba en diferentes partes del mundo y en cualquier dirección, como se deducía de los diagramas que daban cuenta de las idas y venidas de los fondos. Para mover éstos no sólo utilizaba a sus empresas en el extranjero que dedicaba a negocios lícitos, sino que a manera de red intercalaban entre éstas, otras compañías que no pasaban de ser sociedades de papel domiciliadas de preferencia en algún paraíso fiscal, y cuyos aparentes objetos sociales incluían servicios de banca de inversión, consultoría en tecnología, publicidad, logística y transporte, incluso aparecían algunas fundaciones. Sin embargo, el común denominador de todas era su corta vida, lo que en principio impediría desmarañar la madeja.

Pese a la desaparición de muchas de ellas, las investigaciones de la Interpol realizadas a través de varias de sus oficinas, habían permitido seguir los rastros del movimiento de recursos, hasta identificar no sólo el número de cuentas bancarias sino en varias de ellas el nombre de los titulares, algunos de los cuales correspondían a personas morales, pero otros pertenecían a personas físicas donde encontró algunos nombres que, a la luz de lo que estaba ocurriendo simultáneamente en Los Pinos y en algún lugar de la Ciudad de México que desconocía, le llamaron la atención.

Estaba impresionado al ver cómo se podría sobornar a alguien en México sin que en ningún momento pasara el dinero por el país, lo que eliminaba los controles fiscales y patrimoniales. No le cabía la menor duda de los enormes beneficios que a muchos les había reportado la globalización y los avances tecnológicos aplicados a las comunicaciones.

Pero el informe hacía notar y de hecho ésta era la parte toral, que los negocios de Castillo, no se habían limitado a blanquear el dinero de los políticos y servidores públicos que corrompía, sino que había incursionado en otras líneas de negocios más lucrativas, asociadas al narcotráfico, aunque en este caso el documento no era concluyente respecto al grado de vinculación que tenía con esta actividad y, si además del lavado de dinero, tenía participación en otros eslabones del negocio de las drogas, por lo que en el documento se proponía realizar una investigación más exhaustiva una vez que se dieran los primeros pasos judiciales y pudiera actuarse de manera más abierta.

Leído el Resumen Ejecutivo pasó a revisar el Plan de Acción.

Como se lo había dicho Zuluaga, la señal de arranque para la ejecución del plan partiría del gobierno de México, lo que desencadenaría una serie de acciones que en forma simultánea emprenderían autoridades judiciales de varios países a petición de la Interpol. Pensó que, con seguridad, Zuluaga estaría esperando alguna comunicación por parte del presidente, en este sentido porque imaginaba que éste era el asunto que en teoría se estaba ventilando en la biblioteca de la casa presidencial.

Sin embargo, Axkaná no sabía cómo localizar a Zuluaga. Además de que, como se le explicó el propio colombiano durante la llamada, éste era un nombre tan falso como su calidad de científico. Sin muchas esperanzas abrió la carpeta que decía "Equipo de trabajo" y vio una larga lista de personas ordenada alfabéticamente, quienes estaban dispersas en varias de las oficinas de Interpol en el mundo y donde aparecía su dirección y teléfono oficial, su correo electrónico y el número de su celular.

Empezó a revisar la lista de la Z hacia atrás pero ni siquiera aparecía un solo nombre que empezara con esa letra. Repasó el listado en forma cuidadosa con la esperanza de encontrar alguna persona que le pareciera conocida, pero no identificaba a ninguno.

Hasta que vio un apellido que le llamó la atención; Restrepo. No conocía personalmente a nadie con ese apellido, pero era muy probable que correspondiera a un colombiano.

Tomó el celular del presidente y sin esperar nada marcó el número de José Restrepo.

—Aló, presidente. A sus órdenes.

Axkaná agito el puño en alto cuando oyó la voz del otrora Zuluaga.

—Soy Axkaná Guzmán, señor Zuluaga.

—A sus órdenes Axkaná, de hecho estaba esperando la llamada del presidente, porque ante la posibilidad de que me diera luz verde en cualquier momento, ya tengo todo listo. Además de que le quería informar que la última llamada que se recibió en la oficina del señor Pérez Limantour fue la del señor Octavio Mireles. Aunque ésta no se concretó porque, como lo sabemos, no está en su oficina. ¿Cómo va la reunión?

—Justo de eso le quiero hablar.

Capítulo VIII

Sofía, que ya había encontrado en su celular la clave de su cuenta bancaria para acceder a ella a través de internet, ahora se afanaba por encontrar en su estudio, el dispositivo electrónico a través del cual podía obtener los códigos que le permitieran realizar movimientos. Pero ni idea tenía en dónde buscarlo porque el dinero que guardaba en esa cuenta, lo consideraba como una reserva para emergencias, por lo que pocas veces utilizaba.

Sin poner atención en la conversación telefónica que sostenía Axkaná, Sofía revisaba los cajones de su escritorio, por lo que éste tenía que encoger las piernas y levantarse de la silla para permitírselo, y procurar al mismo tiempo que no se le escapara ningún detalle sobre lo que Zuluaga le estaba informando respecto a las acciones que emprendería la Interpol, y a quién seguía llamado así pese a conocer su verdadero nombre.

Frustrada por la búsqueda infructuosa, Sofía se sentó en una mecedora de rattan que se encontraba enfrente del escritorio y que era el único mueble de esa casa que le pertenecía, junto con la lámpara de pie que la flanqueaba y donde le gustaba sentarse a leer después de cenar.

—De acuerdo señor Zuluaga hágame llegar todos los documentos oficiales a mi correo electrónico y yo se los entregaré al procurador general de la República, ustedes procedan con base en lo que me expuso. Yo lo comentaré en la reunión del Gabinete que tendremos poco después de la una.

Tan pronto colgó, Axkaná abrió la carpeta de cuero que había tomado del despacho privado del presidente y empezó a leer con cuidado el documento que contenía.

Sofía no le quitaba la mirada de encima, por lo que Axkaná empezó a sentirse intimidado.

—¿Te puedo decir algo sobre ti?

Axkaná detuvo lo que estaba haciendo y se quedó mirándola con incertidumbre.

—Sí, dime.

—Cuando te oigo hablar, veo tus gestos y observó el movimiento de tus manos, me recuerdas a mi padre. Y esto es algo que se me hizo muy evidente cuando recién llegué a México. Usas las mismas expresiones, gesticulas como él, incluso cuando estás pensando o tramando algo, como tú lo estás haciendo ahora. O, ¿me equívoco?

—No eres la primera que me lo dice. De hecho a lo largo de mi carrera, yo he visto que ocurre lo mismo con muchos secretarios particulares que incluso llegan a vestirse y peinarse igual que su jefe. Yo creo que es producto del contacto diario. Piensa que en los últimos años, yo pasé más tiempo con tu padre que él con tu mamá. Por lo que no es difícil que inconscientemente después de tantas horas juntos, el subordinado tienda a mimetizar al superior en mayor o menor grado.

—Pero no has respondido lo que te pregunté: ¿estás tramando algo o me equivoco? No entenderé de política pero conociéndote, no le llamarías a nadie en este momento a menos que fuera urgente.

Axkaná se sorprendió por la perspicacia de Sofía

—Adivinaste, pero para eso voy a necesitar que firmes este documento.

—¿De qué se trata? —preguntó Sofía desconcertada.

—Ahora te lo explico, sin embargo antes es preciso que te comente varias cosas, que están relacionadas con las famosas pastillas que encontraste. Sólo discúlpame si lo hago de prisa y no entro en los detalles, pero debo reintegrarme a la reunión antes de que Octavio Mireles, el presidente del Senado llegue a Los Pinos.

—Pinches viejas, así se ponen si nadie se las coge. Esta vieja debería casarse o al menos tener un amante.

—Ramiro, yo creo que mejor bájale —le dijo Pérez Limantour— Así no vamos a llegar a ninguna parte. Además entiéndela porque en el pasado, ella ha tenido muchas broncas con Mireles debido a que no cumplió con su palabra, lo que a mí no me extraña por tratarse de alguien que ha cambiado de partido como de calzones.

—Pero yo te lo informé a ti, así que no te hagas el desentendido Rubén. A qué viene eso de que ahora te haces el sorprendido enfrente de Margarita.

—Es cierto, Ramiro. Pero cuando hablaste conmigo no fuiste explícito en cuanto a lo que pensabas hacer. Yo sólo creí que querías adelantar camino para que, una vez que completáramos la primera fase del plan, Mireles moviera las cosas a favor de Ledesma, lo que es muy distinto a alentarlo para que compita contra él. ¿Cambiaste de opinión respecto a Ledesma? —preguntó Pérez Limantour.

—Tengo dudas si Ledesma con la banda presidencial encima se convertirá en un duplicado del presidente. En cambio, Mireles se me hace más fácil de controlar. Podrá cambiar de partidos como tú dices, pero no de gustos mi querido Rubén —respondió Castillo con cinismo.

—Pero, ¿qué le dijiste?

—Desde luego que no soy tan pendejo para darle los detalles, pero si le señalé que estuviera listo en caso de que algo ocurriera.

—¿Cuál "algo"? —le preguntó inquisitivamente Pérez Limantour.

Pero la conversación se interrumpió en forma abrupta porque el celular de éste empezó a sonar avisándole que había llegado un mensaje de Viviana. Lo leyó con calma mientras Castillo se distraía, mirando por la ventana, las avenidas de Santa Fe.

—Que esperan de un momento a otro que llegue Octavio Mireles a Los Pinos, mientras que, pese a que no asistieron los embajadores, la agenda del presidente sigue sin modificarse. De hecho, están llegando los periodistas de la fuente de la presidencia para cubrir una reunión donde se presentará un proyecto de un banco extranjero —informó Pérez Limantour a Castillo.

—¿Cómo ves esto Rubén, por qué no han cancelado todo? —le preguntó Castillo con la doble intención de entender qué podía estar sucediendo, pero también con el ánimo de no seguir hablando de Mireles.

—Supongo que esto los tomó por sorpresa y deben estar apendejados. Ya ves cómo es de cuadrado Axkaná Guzmán, por lo que apenas lo sacas del instructivo ya no sabe qué hacer. Imagino que por eso van resolviendo las cosas sobre la marcha. Lo importante es que nosotros sabemos lo que está pasando en Los Pinos.

—Oye, tu informante es una chingona. ¿Por qué creo que es una mujer? —pregunto adrede Castillo para no regresar a la conversación sobre Mireles.

—Así es.

—Pues ya se ganó sus 50,000 pesos. Te los hago llegar mañana Rubén para que se los entregues tan pronto puedas. Mientras vamos a prender la tele para ver el noticiero de la CNN que pasan a las 12 y estar pendientes de cuando aparezca la noticia en los medios. Aunque está vacía pinche oficina todo sigue funcionando —concluyó Castillo.

§§§§

Sofía había escuchado sin inmutarse la apretada narración de Axkaná y lo que quería de ella.

—Yo se lo advertí, cuando me dijo en el verano lo que estaba planeando hacer. Pero no me escuchó, y yo en lugar de apoyarlo, me enojé con él y le dejé de hablar. No sabes cómo en estas horas me he arrepentido de esto. Quisiera volver el reloj atrás pero ya no hay remedio.

—No te culpes, Sofía. Nunca imaginamos que las cosas pudieran llegar tan lejos. Pero piensa que tu padre siempre actuó conforme a sus ideales. En un momento pensó que su deber histórico consistía en servir como un elemento que conciliara y dirigiera, pero se dio cuenta que ni siquiera esto lograba, por lo que decidió asumir una posición audaz e inédita, lo que ha cimbrado conciencias y afectado muchos intereses. Tú debes sentirte orgullosa.

—Tienes razón cuando dices que, aun confirmando que las pastillas contienen algo que lo mataron, será en extremo difícil probar quién fue. Pese a que, por lo que mencionas, conocemos presumiblemente a los autores de este complot. Aun así, no sé cómo me voy a sacar rabia, porque tanto me duele la muerte de mi padre cómo saber que estos hijos de puta van a quedar impunes.

—Sofía, no puedo darte más información porque ya no tengo tiempo, pero confía que yo me encargaré de que a estos cabrones no les salga gratis. La llamada que me oíste hacer está relacionada con esto. Por lo pronto te pido que me ayudes a llenar el documento.

—¿Por qué no lo haces tú?

—Porque podrían reconocer mi letra, en cambio la tuya no la conocen.

Sofía empezó a llenar el documento con gran meticulosidad y aseo, mientras Axkaná la observaba en silencio para evitar que se equivocara.

—Domicilio de la defunción —leyó Sofía en voz alta y ella misma se respondió —Residencia Oficial de Los Pinos.

—¿Fecha y hora de la defunción?

—Primero de diciembre del año en curso a las 5 horas con 30 minutos.

—¿Causa de la defunción?

—Paro cardíaco —respondió Axkaná.

—¿Datos del informante?

—Pascual Guajardo Ibarra.

—¿Datos del certificante: nombre y firma?

—Sergio Peralta Roldán y escribe las iniciales de tus nombres propios aunque hazlas estilizadas como si firmaras.

—¿Cédula profesional?

—Escribe al menos seis dígitos que se te ocurran pero no empieces con cero.

—Espero que sepas lo que haces Axkaná, porque en caso contrario seremos nosotros los que terminemos en la cárcel —dijo Sofía mientras le entregaba el documento.

—No te apures tengo previsto todo por si algo sale mal —le respondió mientras volvía a colocar el documento en la carpeta de cuero.

Se levantó para encaminarse a la puerta.

—La noticia se hará pública alrededor de las 13 horas y, pese a que anticipo cuál es tu respuesta, te quiero preguntar si deseas estar presente.

—Estás en lo correcto Axkaná. Ni me gustaría, ni mi presencia cuadra en una atmósfera oficial. Pero sí te pido que en el comunicado de prensa incluyas la carta que mi parte dejó a la opinión pública.

—Cuenta con eso.

Sofía le entregó la carta

—Te busco más tarde.

Le dio un beso y se retiró.

§§§§

Axkaná se reintegró en silencio al grupo que trabajaba en la biblioteca y tomó su asiento con discreción para no interrumpir.

Tan pronto se sentó Benavides le pasó una tarjeta.

"Ledesma y Arzamendi han estado tranquilos y cooperando. Éste último tomó el celular como para enviar un mensaje aunque fue muy breve porque sintió que lo estaba viendo"

Axkaná se lo agradeció con discreción.

Antes de ir a la biblioteca había subido a la sala de televisión para ver si ya estaban ahí Guajardo con Peralta pero no encontró a nadie. Se empezó a preocupar porque sabía que Peralta tenía una tendencia a la necedad y a perderse en los detalles, lo que explicaba porque no se había podido desarrollar una amistad entre ellos. Además de que quizá por la presión del momento, temía que esos rasgos pudieran haberse acentuado lo que dilataría más las cosas.

El otro asunto que le preocupaba era el arribo de Mireles. No le entusiasmaba encontrarse con él en ese momento. Sobre todo porque el trajín del día lo había desgastado y cada vez le resultaba más difícil sobreponerse para lidiar con aquello que le era desagradable. Y en ese sentido, el presidente del Senado ocupaba un lugar destacado en esta categoría. No toleraba su falsedad y la elasticidad de su ética. Era capaz de votar en contra de lo que él había votado, incluso defendido abiertamente, en legislaturas anteriores. Su dignidad era tan breve como corta su memoria y su único compromiso lo tenía con él mismo.

Por ello sospechaba que pudiera estar al tanto de la conspiración para asesinar al presidente. Más aún, porque su falta de honestidad hacía factible su asociación con Castillo. Aunque tenía dudas respecto a cuál sería su grado de involucramiento en un asunto de este tipo, porque era un individuo que sabía tener un pie en cada orilla del río. Más en las circunstancias presentes, donde podría aspirar a ocupar la presidencia de la República, o bien influir a favor de alguien que por alguna razón le conviniera.

Desde que el nombre de Mireles salió a relucir en la reunión. Se dio cuenta de los riesgos que correría si lo integraba al resto del grupo, porque lo más probable es que su presencia reforzaría la postura de Arzamendi y Ledesma respecto a evitar que hubiera elecciones y que fuera el Congreso quién designara al presidente sustituto, para lo cual harían todo lo posible para que el 1° de diciembre se estableciera como la fecha del fallecimiento del presidente, aun si la opinión de Peralta fuera otra.

Axkaná sabía que si esta situación afloraba en el grupo las cosas se tensarían y podían salirse de control, porque conociendo la arrogancia y el protagonismo de los tres era muy probable que al encontrar resistencia para llevar a cabo sus intenciones, pondrían por delante su investidura como líderes de las Cámaras para actuar en solitario conforme a su criterio y facultades legales.

Esta conclusión lo aterró porque ponía al desnudo su propia debilidad. Él sólo era el secretario particular del presidente, cargo que ni siquiera existía en la Ley Orgánica de la Administración Pública Federal y cuyas facultades de facto podían ser tan amplias o tan restringidas como quisiera el presidente en turno, en cambio los cargos de Ledesma y Mireles estaban en la Constitución y el de Arzamendi encabezaba la lista de secretarios que consideraba dicha Ley.

Axkaná tenía claro que hasta ese momento, él había podido marcar los tiempos, porque si bien no tenía facultades, si contaba con algo mucho más valioso: información. Ésta y el manejo que tenía de Los Pinos eran sus fortalezas, y las debía usar para evitar a toda costa que ellos asumieran el control de los acontecimientos, a partir de una situación donde se percibieran acorralados, por el contrario, había que hacerlos sentir que lo tomaban pero de una manera suave.

Estas reflexiones lo convencieron que, haberle dicho a Guajardo que condujera a Mireles al despacho oficial y no a la biblioteca de la casa del presidente, era la estrategia adecuada. Además de que le facilitaría hacer lo que tenía planeado. Pese a que le apenaba el hecho de que Órnelas sería una víctima involuntaria. Daño colateral, le llaman los gringos —pensó Axkaná con sarcasmo.

Oyó que el viejo reloj de pie marcaba las doce. Y no había noticias de Peralta, ni de Mireles, aunque éste se había estado comunicando para informar que seguía atrapado en el tráfico. Fijó la mirada en Arzamendi. Su presencia le empezaba a repugnar mientras lo veía hablar con toda naturalidad como si fuera ajeno a lo que estaba ocurriendo, cuando él proporcionó la información y fue el conducto para entregarle al presidente las pastillas que le causaron la muerte.

¿Cómo pudo atreverse a hacerlo? ¿Cómo olvidar tantos años juntos donde se hicieron cantidad favores? Quizá fue la envidia que siempre sintió al ver que su amigo, a quien consideraba menos que él, se convertía en jefe del Ejecutivo y que después tomaba acciones que él nunca se hubiera atrevido a emprender —se preguntaba Axkaná— a la vez que recordaba los dichos del presidente: "Si algo crea enemigos es el éxito ¿Cuántas palmadas en el hombro no terminan por convertirse en puñaladas traperas?".

—Licenciado Guzmán, ¿alguna noticia? —le dijo Órnelas— después nosotros le informaremos de varias medidas urgentes que hemos comentado para conocer su opinión.

—Sí, con mucho gusto, doctor —dijo Axkaná recomponiéndose en su asiento, porque tan ensimismado estaba en sus reflexiones sobre Arzamendi que la pregunta lo tomó por sorpresa.

—El doctor Peralta ya llegó y está examinando el cuerpo del presidente. Imagino que terminará de un momento a otro con lo cual tendremos mayor claridad sobre los siguientes pasos —respondió Axkaná.

—¿Crees que tarde mucho? —preguntó Ledesma.

—No lo creo. Pero adelantándome ya hice los arreglos, aunque con carácter provisional, para que la noticia se comunique al país a las 13 horas. Para esto considero, salvo su mejor opinión, que quiénes deben estar presentes durante la lectura del comunicado son el doctor Órnelas en su calidad de presidente del Poder Judicial, los licenciados Ledesma y Octavio Mireles como presidentes de las Cámaras de Diputados y Senadores respectivamente, y el licenciado Arzamendi en su calidad de secretario de Gobernación.

Arzamendi giró la cabeza en forma brusca para mirar a Axkaná con un inocultable gesto de sorpresa.

—O, ¿No sé licenciado, si usted prefiere no asistir? — le preguntó Axkaná sin tutearlo, lo cual confundió a Arzamendi.

Tardó un poco en responder pero al final aceptó, animado por los comentarios de Órnelas que le decía que, aunque no estuviere previsto que el reemplazo inmediato del presidente fuera el secretario de Gobernación, sería buena su presencia porque habría un representante de cada uno de los tres poderes de la Unión.

—Si están de acuerdo, una vez que conozcamos lo que diga el doctor Peralta, yo prepararé el comunicado que sería muy breve. Por último, les informo que también me permití convocar a una reunión de Gabinete Ampliado a las 13 horas, sin decirles desde luego el objeto de la misma, para coordinar de inmediato las acciones que deban de tomarse tan pronto se haga pública la noticia.

—A mí parece correcto licenciado, pero no sé qué piensen todos los demás —comentó Órnelas, quién miró alrededor de la mesa para saber si todos estaban de acuerdo.

Ledesma pidió la palabra.

—De mi parte yo no tengo inconveniente con todos los arreglos. Pero lo más importante, es conocer si lo que va a hacer el Congreso es nombrar a un presidente provisional y convocar a elecciones, o si va a designar en forma directa un presidente sustituto. Y para dilucidar esto necesitamos con urgencia el informe del doctor Peralta.

—Estoy de acuerdo —le respondió Axkaná—. Como dije antes espero que la opinión del doctor Peralta la tengamos en cualquier momento. Aunque lo peor que pudiera pasar es que debamos retrasar un poco la emisión del comunicado. Pero no te apures solicité un formato de certificado de defunción a un hospital cercano, para que todo quede debida y legalmente documentado sin mayor dilación.

—¿Y no podríamos hablar con él antes de que firme el certificado? —preguntó Ledesma con una candidez inusitada en alguien tan curtido en las lides políticas.

Esto provocó una reacción negativa y de obvia sorpresa en la mayor parte del grupo.

—Yo no lo aconsejaría —le respondió Axkaná— porque hace un momento cuando le expuse al doctor Peralta cuál era la encrucijada donde nos encontramos, tuve la impresión de que aceptó la encomienda con mucha preocupación y quizá hasta con reticencia. Por lo que si ahora le advierto que no firme ningún documento, sin antes discutirlo con nosotros, es muy factible que opte por renunciar a esta tarea, lo cual agregaría una complicación más, a la ya difícil situación por la que estamos pasando.

Ledesma y Arzamendi intercambiaron miradas con cierta preocupación. Pero no dijeron nada porque los argumentos de Axkaná los había acorralado; tenían claro, como todos los que estaban ahí reunidos, que si el médico establecía el 30 de noviembre como fecha de fallecimiento la conversación con Peralta terminaría siendo política y no médica, lo que en adición sería muy complicado hacerlo en la presencia de todo los demás.

Por si hubiera alguna duda respecto a la honorabilidad de Peralta, la intervención del general Ubaldo Gutiérrez puso el punto final.

—Señores, el doctor Sergio Peralta es un médico de larga trayectoria. Pero además es un militar distinguido. Yo considero que ambas cosas nos aseguran que su diagnóstico estará fundamentado en la ciencia y será acorde a los valores de nuestro instituto armado.

Se hizo un silencio tan profundo como al inicio de la mañana. Pocas palabras, pero con un contenido claro y directo, disiparon la posibilidad de influir sobre Peralta, al menos enfrente de todo el grupo. No obstante, Arzamendi le hizo señas a Ledesma y, sin importarle la falta de respeto hacia los demás, le aventó sobre la mesa un papel doblado sobre el que había estado escribiendo mientras hablaba el general Gutiérrez.

Ledesma leyó con detenimiento la nota.

> "A los únicos que les compete discutir este asunto son: los presidentes de las cámaras, al presidente de la Corte y a Gobernación. Si te parece suspendemos esta pinche reunión, esperamos a que llegue Mireles, y después hablamos solos con Peralta antes de que éste haga una pendejada."

Con esmero dobló el papel, lo rompió, se guardó los pedazos en la bolsa del saco y le hizo a Arzamendi una señal en sentido afirmativo. Axkaná no perdió detalle de la escena y sin conocer el texto de la nota advirtió que se avecinaba una zona de turbulencia que podría echar perder todo lo que había planeado, por lo que pensó que era urgente sacar a Arzamendi y Ledesma del grupo antes de que ellos tomaran cualquier iniciativa. Pero justo, cuando estaba a punto de actuar lo interrumpió Órnelas.

—Licenciado Guzmán como acciones que deben realizarse de manera inmediata, hemos considerado conveniente que la Bolsa y el mercado cambiario cierren operaciones tan pronto se conozca la noticia, que según entiendo será a las 13 horas. Asimismo pensamos que sería prudente declarar el día de mañana como de asueto obligatorio y desde luego de luto nacional. Esto daría tiempo a tomar las medidas que faciliten la transición y a que se llevaran a cabo los homenajes al presidente.

— A mí me parece excelente, pero que creo que no habrá oportunidad para homenajes —respondió Axkaná.

La respuesta dejó a todos confundidos. Incluso Ledesma que, estaba levantando la mano para intervenir, se quedó paralizado, mientras que Arzamendi miraba Axkaná con un gesto de sorpresa.

—No lo entiendo —preguntó Lascurain haciéndose eco de las dudas de todos.

—Hace un momento la señora Sofía me entregó una carta manuscrita por el presidente y que está dirigida a la opinión pública, donde expresamente solicita que no se le brinde ningún homenaje. Pese a esto, acordé con ella que el cuerpo de su padre estuviera durante algunas horas en un salón de Los Pinos con el fin de rendirle tributo, para que después se traslade a un lugar que ella definirá y donde en privado se llevarán a cabo los funerales. Por último, les informó que el sepelio lo pagará su hija.

Mientras Axkaná hablaba, Henríquez entró y le dejó una tarjeta en su lugar. Por lo que tan pronto terminó la leyó con la expectativa de que supiera algo sobre Peralta. Sin embargo, esta interrogante seguiría abierta, pero para su fortuna en esa nota encontró la oportunidad que esperaba para contener los ímpetus de Arzamendi y Ledesma, quien ya había tomado la palabra.

—Licenciado Órnelas, yo creo que esta reunión ha sido muy útil para definir lo que se debe hacer en un caso tan complicado como es la muerte del primer mandatario, sin embargo creo que de acuerdo a las atribuciones constitucionales de…

—Disculpa que interrumpa Rafael —dijo Axkaná subiendo la voz para evitar que Ledesma siguiera hablando—, pero me informan que Mireles ya se encuentra en el despacho oficial del presidente, si te parece a ti, al doctor Órnelas y al licenciado Arzamendi podríamos los cuatro alcanzarlo allá para comunicarle la noticia y esperar ahí al doctor Peralta. Así, estaremos listos para proceder a la transmisión tan pronto nos informe Peralta, sobretodo porque falta menos de una hora para que sea la una.

Axkaná se sintió aliviado al ver que su sugerencia era acogida sin chistar y que Arzamendi y Ledesma actuaban con gran docilidad. Conocía que juntarlos con Mireles y sin el contrapeso del resto del grupo, representaba en su plan un punto crítico pero que a la vez entrañaba un alto riesgo. Pero no tenía más remedio que asumirlo.

Dejó que antes de él, salieran Arzamendi, Ledesma y Órnelas de la biblioteca. Se despidió de Benavides con un abrazo y un fuerte apretón manos. Éste lo miró desconcertado ante la efusividad de la despedida. No le dijo nada, sólo le guiñó el ojo y salió apresurado para asegurase de que el trío abandonara cuanto antes la casa presidencial y evitar así que pudieran encontrarse con Peralta.

§§§§

Una vez en los jardines el grupo se dividió en dos. Primero caminaban Ledesma y Arzamendi que con toda intención se habían adelantado y hablaban en voz muy baja. Atrás, Órnelas y Guzmán conversaban sobre la historia de Los Pinos y como sus instalaciones vivían una mutación constante con el paso de cada presidente.

—Y pensar que Lázaro Cárdenas se mudó aquí para salirse de la opulencia que significaba vivir en el Castillo de Chapultepec —dijo

Órnelas para destacar como los sucesores de éste habían ampliado y transformado la residencia presidencial.

Pero en realidad Axkaná no seguía la conversación más allá de afirmaciones mecánicas o expresiones faciales para demostrar que compartía sus opiniones, porque su mente estaba puesta en Peralta. La tardanza de éste lo tenía preocupado. Su reloj ya marcaba las 12.15 Empezó dudar si había sido una buena idea programar la transmisión del comunicado para una de la tarde.

Decidió encaminarlos casi hasta la puerta del despacho y regresar cuanto antes a la casa presidencial, lo que además le ahorraría la molestia de darle a Mireles la noticia de la muerte del presidente.

—Yo los dejó aquí. Voy a ver qué pasó con el doctor Peralta —les dijo Axkaná, sin darles la oportunidad de que contestaran nada.

Regresó a la casa y subió la escalera de dos en dos para dirigirse a la sala de televisión, donde por suerte encontró a Peralta y Guajardo que recién habían llegado.

—¿Cómo van las cosas? —preguntó Axkaná.

—Todo bien —le respondió Guajardo, tranquilizándolo —pero creo que es mejor que te lo explique el doctor.

Lo cual volvió tensarlo.

—Disculpe que me haya tardado tanto. Pero, aunque esto desde luego no fue una autopsia, si quise hacer una revisión exhaustiva. Para ello y con el apoyo de mi general Guajardo, preferí usar la computadora que se encuentra en el escritorio del presidente, para consultar algunos sitios médicos que están en internet con el fin de confirmar varias cuestiones técnicas relativas a la reacción *post mortem* de indicadores como tono muscular, evacuaciones de fluidos corporales, etc.

Guajardo movía la cabeza confirmando todo lo que decía Peralta, pero la expresión de su cara revelaba fastidio y aburrimiento. Mientras que Axkaná contenía su desesperación por saber cuál era el resultado final para determinar lo que debería hacer, y más, si el doctor se inclinaba por el 1° de diciembre.

—Con base en el examen que le practiqué y en la primera revisión que hice cuando vi el cadáver hoy en la mañana, considero que el presidente murió entre las 22.30 y las 24 horas, por lo que establecí las 23 horas del 30 de noviembre como el momento del fallecimiento ocurrido como consecuencia de un paro cardíaco. Mi general Guajardo tiene el certificado de defunción debidamente llenado y firmado por un servidor.

Guajardo le entregó el certificado a Axkaná quien de inmediato leyó con atención los datos concernientes a: la causa, la fecha, la hora y la firma, por lo que ya convencido de que ahí estaba plasmado lo que el médico recién le había informado, experimentó una profunda sensación de alivio.

—Por lo pronto señor licenciado, si usted me lo permite quiero retirarme. Ha sido un día largo y tengo pacientes citados en mi consultorio. Además no creo que mi presencia en Los Pinos siga siendo necesaria.

Se levantó y sujetándole la mano con firmeza le dijo:

—Tenga usted mi palabra como hombre y como militar que no comentaré nada de lo que aquí ha ocurrido, ni ahora, ni nunca.

Tan pronto se retiró Peralta, Axkaná se dejó caer en el sofá casi recostándose y exhibiendo un gesto de satisfacción.

—No hubiera imaginado que se tomaría tanto tiempo y que revisaría sitios de internet. Estaba con los huevos en la garganta, porque estamos cerca de que sean las 12.30 y ya llegó Mireles. Pero no se puede negar que este tipo se toma las cosas en serio.

—No te quiero decepcionar, Axkaná. Pero esto se resolvió también con una fuerte dosis de lealtad militar, de otra forma todavía estaríamos revisando sitios de internet. Te lo digo para que me entiendas a qué me refiero. ¿Cuál es el plan ahora?

—Por lo pronto, me pareció conveniente juntar en el Despacho oficial del presidente a los que estarán presentes cuando se transmita la noticia: Órnelas, Mireles, Ledesma y Arzamendi. Los demás continúan en la biblioteca. Confirmarles que el comunicado se trasmitirá a la una de la tarde para que tengan lista la televisión. No les menciones el informe de Peralta. Sólo te pido que le recuerdes a Lascurain que tome providencias para que a la una de la tarde cierre la Bolsa de Valores y el mercado cambiario. Después alcánzame al diez para la una en el Salón López Mateos.

—Espérame un momento no vayas tan rápido porque de los cuatro que están en el despacho oficial, tres quieren rabiosamente que se diga que la fecha de fallecimiento fue hoy primero de diciembre. Anticipo que te van a partir la madre tan pronto sepan que no es así y pueden armarla en grande, sobre todo porque imagino que ya les dijiste que la transmisión está prevista para las 13 horas. Recuerda Axkaná, y discúlpame que te lo diga, pero no eres más que un simple secretario particular. ¿Por qué no voy contigo y les echamos montón?

—No me ofendes Pascual. Me queda muy claro cuáles son las limitaciones legales de mi cargo. Además, el hecho de que esté programada la trasmisión para la una, es algo que pienso usar a mi favor para hacerlos actuar de prisa. Creo que tengo la manera de neutralizarlos al menos por unos minutos. Es todo lo que necesito.

—¿Con otra de tus actuaciones?

—¿No vivimos actuando todos, mi querido Pascual?

§§§§

Castillo y Pérez Limantour no cabían de alegría, porque a éste varios de sus amigos le habían llamado a su celular para decirle que habían sido convocados a una reunión urgente de Gabinete

Ampliado en Los Pinos, y para saber si él tenía algún conocimiento de lo que podía estar sucediendo, dado que era sabida su habilidad para conseguir todo tipo de información.

—Rubén, ¿a qué horas supones que se va a informar a la opinión pública? —preguntó Castillo

—Si la reunión del gabinete está programada para la una de la tarde, yo pienso que puede ser casi a esa hora.

—Eso me da tiempo para comprar y vender algunas acciones porque seguro que la Bolsa se va ir al piso. Así que dame chance de hacer unas llamadas. Pero antes voy a pedir que nos traigan una botella de champaña para brindar cuando se difunda la noticia. Esto hay que celebrarlo.

Margarita y Castillo se encontraron en la recepción de la solitaria oficina, porque mientras ella regresaba, el segundo estaba dándole instrucciones a sus guardaespaldas de lo que deberían salir a comprar.

Ella lo ignoró por completo y se dirigió a donde estaba Pérez Limantour.

Tan pronto entró a la pequeña sala de juntas, dejó claro que su caminata por Santa Fe no había sido suficiente para amainar sus ánimos belicosos.

—¿Qué tal ya llamó Arzamendi o debo sólo nombrarlo como nuestro amigo? —preguntó Margarita con ironía.

—No. Pero en cambio ya nos enteramos que está convocada una reunión urgente de Gabinete Ampliado para la una, por lo que suponemos que quizá poco antes de que ésta inicie se dé a conocer la noticia. Pero mientras, ¿por qué no te calmas?, Margarita. Al final todos nos debemos y nos necesitamos. Entiéndelo en este asunto somos socios —le dijo Pérez Limantour en tono conciliatorio.

—Me molestó mucho lo de Mireles. De haberlo sabido, yo no hubiera tomado los riesgos que asumí, y menos hubiera intercambiado favores políticos y económicos para preparar el terreno para la eventual nominación de Ledesma. Sin embargo, ahora me enteró que quizá todo esto va a ser en balde porque donde pensábamos que sólo habría un contendiente, ahora estarán dos, con la salvedad de que no sabemos por quién apostará uno de nuestros socios.

—Tómate las cosas con calma. Tener a Castillo de enemigo puede ser peligroso —le advirtió Pérez Limantour— además, tú sabes que sus tentáculos no lo alcanzan todo, nosotros también podemos mover nuestros hilos en el momento más oportuno. Créemelo que la opción de Mireles a mí no me gusta nada. Ya lo resolveremos como tú y yo lo hemos hecho en otros casos.

—Tengo claro quién es este hijo de puta y lo que puede hacer si quiere joder a alguien. Por eso regresé, si no lo hubiera mandado a la chingada. Pero que quede claro que no le debo nada porque nunca me dio nada gratis. Así que estamos a mano.

Guardó silencio mientras Pérez Limantour cambiaba con frecuencia los canales para distraerse y hacer tiempo.

§§§§

Apenas entró Axkaná al despacho oficial del presidente, Mireles se levantó y se dirigió hacia él con la mano extendida.

—Licenciado Guzmán, estoy verdaderamente impactado por la terrible noticia que me ha dado el diputado Ledesma. Ésta es una gravísima e irreparable pérdida para el país y estoy seguro de que también lo es para usted, puesto que colaboró con él de manera muy estrecha durante muchos años. Por lo que quiero externarle mi más profundo pésame y le ruego que se lo transmita de mi parte a la hija del señor presidente.

Mireles le dio a Axkaná un abrazo tan efusivo como falso le pareció a éste.

Juntos caminaron hacia los sillones que estaban enfrente del escritorio presidencial y en donde se encontraban Ledesma, Órnelas y Arzamendi.

Antes de tomar asiento en uno de los sillones individuales, puso su carpeta de cuero sobre la mesa de centro, asegurándose de que estuviera colocada en una posición que fuera fácil de recordar y que su contenido asomara discretamente.

El silencio de los demás obviaba que le cedían la palabra, sobre todo porque les urgía saber cuándo se encontrarían con Peralta.

—Al margen de que lo más relevante y urgente en estos momentos es que el Congreso se instale como Colegio Electoral, no sé licenciado Mireles si ya le comentaron los señores sobre otros asuntos que también son importantes —dijo Axkaná con la obvia intención de enfriar las cosas y ganar tiempo.

—Licenciado Guzmán —intervino Órnelas— yo le hecho una reseña a vuelo de pájaro de lo que hablamos en la biblioteca, pero no sobraría que usted le comentara algunas cosas porque quizá lo haga con más precisión que un servidor.

Axkaná repitió, aunque describiéndolas con cierto detalle, las acciones que se habían acordado con antelación.

—En lo personal estoy de acuerdo con todo, salvo con lo que me informaron respecto a los arreglos funerarios del presidente —respondió Mireles haciendo gala de su repertorio de gestos estudiados que tanta antipatía provocaban en Axkaná.

—Yo creo —continuó— que debemos insistirle a su hija, sobre la necesidad de rendirle un homenaje a su padre, que esté a la altura de la estatura política que siempre tuvo. Se lo digo con absoluta sinceridad, no me parece que unas horas aquí en Los Pinos sea suficiente.

Axkaná hacia un esfuerzo para contenerse, porque le venía a la memoria las bravuconadas y los discursos tramposos que a Mireles le gustaba hacer desde la tribuna de la Cámara en contra del presidente, y cómo, además, no perdía la oportunidad que le brindaban sus constantes entrevistas de banqueta para burlarse de él con ocurrencias baratas que sólo hacían reír a los peleles que solían acompañarlo.

—Creo que va a ser difícil convencer a la señora Sofía, porque así se lo pidió su padre y porque éste puso por escrito su voluntad expresa a este respecto. Así, que como usted quizá lo sabe, cuando de convicciones se trata no hay homenajes, ni dinero que alcance para hacerlas cambiar. Y por eso es que en nuestro medio político, el presidente era un hombre excepcional. Creo que el mejor tributo que le podemos rendir es respetar sus deseos póstumos.

Axkaná se levantó en forma sorpresiva de su asiento y sin darles tiempo a decir nada se dirigió a la puerta. Mientras todos lo miraban desconcertados.

—Si me lo permiten voy a salir un momento. Acabo de recordar que no preví algo que debe estar listo para la trasmisión del comunicado y apenas faltan 20 minutos para la una. Regreso en un momento —les dijo Axkaná encaminándose a la puerta.

A punto de abrirla, oyó que Ledesma le preguntaba casi a gritos sobre el doctor Peralta.

—No te apures Rafael todo está bajo control, en un momento más les informo con detalle —respondió Axkaná.

Tan pronto cerró la puerta Arzamendi, Ledesma, Mireles y Órnelas se miraron entre ellos en un estado de confusión, porque el aspecto medular seguía en el aire.

Mientras, Axkaná se dirigió al salón López Mateos cuyo tamaño hacía ver minúsculo el presídium que Henríquez había preparado.

Pero no tenía importancia porque sería lo único que aparecería en la pantalla.

Le pareció bien como estaban dispuestas las cosas porque eran acordes con el gusto del presidente. Sobrias y republicanas. En especial, consideró una idea muy afortunada dejar un lugar vacío en el centro para señalar la ausencia del jefe del Poder Ejecutivo.

Tomó una silla y, a manera de balazos, se puso a escribir los aspectos centrales de lo que contendría el comunicado. Hubiera querido redactar algo mejor terminado, pero el tiempo se le vino encima. Aunque eso no lo hacía sentir nervioso, porque no le costaba trabajo improvisar.

Se puso la mano sobre la bolsa interior de su saco, como una fórmula para cerciorarse que ahí estaba el documento que necesitaría más adelante.

Felicitó a Henríquez como una muestra del compañerismo que sentía hacia él y que las circunstancias de las últimas horas habían realizado. Asimismo, le indicó con mucha discreción cómo quería que lo ayudara durante la conferencia. Encomienda que aceptó de buen gusto, pese a que le pareció extraña.

En ese momento llegó con cara de asustado Emanuel Ordoñez, el vocero de la presidencia a quién el presidente siempre le había dado un rol marginal, porque su designación obedeció más a un favor personal que al convencimiento de que necesitaba alguien para ese puesto. No obstante, era una persona accesible que desempeñaba con eficiencia las limitadas funciones que tenía asignadas.

—Licenciado Guzmán no estaba enterado de esto, porque estoy en el Salón Ávila Camacho preparando todo para la reunión con el banco extranjero. ¿Quiere que traiga a la fuente para acá? — preguntó haciendo explícita su voluntad de cooperar en lo que se necesitara.

—No, déjala allá. Sólo le pediría que tomara providencias para que la transmisión también se vea en la pantalla grande que está colocada en ese salón. Pero le ofrezco que tan pronto termine, les permitiremos la entrada a las periodistas para que puedan entrevistar a los funcionarios que estarán presentes y cuyo nombres ha podido leer en los *personificadores*.

—Imagino que esto significa que cuando concluya la transmisión y a la prensa se le permita la entrada, el presidente se habrá ya trasladado a la reunión con el banco extranjero. Se lo pregunto para saber cómo distribuyo a los reporteros entre los dos salones.

—Así es —respondió Axkaná.

—Algo más —preguntó el vocero.

—Sí, por favor asegúrese que los de RTC tengan dos cámaras en operación: una enfocada hacia el presídium y otra hacia el atril donde leeré un comunicado.

—¿Puedo saber cuál es el contenido? —preguntó Ordoñez sin ocultar que la curiosidad le quemaba la lengua.

—Emanuel, falta poco para que lo sepa —le respondió Axkaná dándole un apretón de manos.

Antes de volver al despacho oficial, Axkaná se entretuvo un momento en el cuarto de fotocopiado que estaba cerca, para después reincorporarse al grupo con discreción.

Tomó el mismo lugar y observó con agrado que su carpeta de piel que antes de salir había puesto en la mesa de centro con sumo cuidado, mostraba signos inequívocos de que había sido manipulada al grado de que ya ni siquiera asomaba su contenido. La tomó, metió en ella un sobre tamaño carta que trajo del cuarto de fotocopiado y la conservó sobre sus piernas.

Ledesma y Mireles que ignoraron por completo su regreso, debatían sobre cuál era la mejor manera de llevar a cabo la sesión de Congreso General, mientras que Arzamendi lucía tranquilo, satisfecho y con su celular en la mano. En cambio, el gesto de Órnelas era de circunspección como si su mente hubiera volado a otra parte.

—Señores, con base en esto —dijo Axkaná señalando vagamente hacia su carpeta—, me gustaría comentarles en forma breve los puntos que abordaré en el comunicado, les ofrezco una disculpa porque no tengo en estos momentos una versión escrita, pero ustedes comprenderán que la situación del día de hoy resultó abrumadora, por lo que no tendré más remedio que improvisar.

—No te disculpes Axkaná —respondió Ledesma en tono condescendiente— lo entendemos. Para ti ha sido un día muy pesado.

Relajado porque el tema de Peralta se había resuelto, Axkaná sacó las notas que recién había hecho.

—El primer aspecto será informar el fallecimiento del presidente destacando, si les parece, la causa y la hora en que ocurrió con base en la opinión del doctor.

—Eso me parece bien porque es el punto de partida para lo que hará el Congreso —dijo satisfecho Mireles.

—Por eso tengo previsto describir en el siguiente punto lo que establece la Constitución para suplir al presidente en un caso como éste, por lo que haría del conocimiento de la opinión pública que a la brevedad se reunirá el Congreso General para constituirse como Colegio Electoral y proceder de acuerdo a lo señalado en la Carta Magna.

—Excelente —agregó Ledesma casi con emoción—. Espero Axkaná que para estos fines nos entregues una copia del certificado de defunción.

—Desde luego, ahora me encargaré de sacar las copias —respondió y continuó— en el tercer punto informaré sobre el cierre de la Bolsa y el mercado cambiario, para seguir con el aviso de que mañana será día de asueto obligatorio. Por último, me gustaría leer la carta que el señor presidente le dirige a la opinión pública relativa a sus funerales.

—A mí me parece estupendo —remató Arzamendi, cuyo comentario fue aceptado por todos los demás.

—Muy bien. Ahora si les parece podemos pasar al Salón López Mateos donde será la trasmisión; ya se nos vino el tiempo encima, porque falta un minuto para la una —les dijo Axkaná para que se apresuraran a salir.

Dejó que salieran todos para quedarse solo en el despacho presidencial.

Acomodó los papeles que tenía en la carpeta de piel y trituró lo que ya no necesitaba.

Se quedó de pie mirándolo todo. De pronto le cayeron mil recuerdos pero entre todos destacaban el primer y el último día; el de ayer cuando trabajaron juntos por última vez.

Lo atiborrado del día no le había permitido sentir tristeza, aunque a lo largo de ella cargó con una sensación de vacío y soledad. Comprendió lo irremediable de las circunstancias y sintió coraje por su impotencia para revertirlas y porque ya nada sería igual.

En ese instante empezó a llorar.

§§§§

Castillo se había reintegrado al grupo satisfecho por poder jugar en la Bolsa con las cartas marcadas. Sus corredores tenían instrucciones de que vender y comprar una vez que viniera el desplome, que salvo la opinión de su mandante, ellos no veían venir en esos momentos por ningún lado.

Los tres intercambiaban comentarios banales sobre lo que miraban en la televisión con aparente cordialidad, como si nada se hubiera dicho entre ellos. Las complicidades mutuas tienen el efecto de adormecer las inquinas y aplazar los rencores.

Los guardaespaldas de Castillo se las habían ingeniado para arreglar la mesa de la sala de juntas, donde sobre un mantel lucía en el centro una botella de champaña dentro de una hielera, rodeada de tres copas de cristal cortado de mal gusto.

Ahí también se encontraba a la vista de todos, el celular de Pérez Limantour que en su calidad de pregonero informaba a los otros dos sobre el contenido de las llamadas y mensajes que recibía. Pero pese a que éstos aumentaron de manera notable una vez que se convocó a la junta de Gabinete Ampliado, faltaba el mensaje más esperado. Aquel que asegurara el cruce definitivo de la meta final que se propusieron meses atrás.

Oyeron un nuevo zumbido del celular y de manera mecánica los tres fijaron su vista en él.

—Les leo el correo de Arzamendi que me llegó a través de las cuentas que tenemos encadenadas —dijo Pérez Limantour enfatizando esto último para que Castillo no se preocupara

"Confirmado 5.30 am, paro cardiaco. 13 horas cadena nacional. Justo primer día. Increíble"

No lo acababa de leer cuando recibió un mensaje de texto del celular de Mireles.

—"Buenas noticias sobre el viejo, te llamo más tarde" —leyó Pérez Limantour en voz alta.

—Bravo —gritó Castillo—, es tiempo de brindar. Por lo que empezó a abrir la botella de champaña.

—Yo propongo que no brindemos hasta que veamos la noticia por televisión. Así que sólo sírvela Ramiro para tener listas las copas —dijo Margarita.

A Castillo no le gustó la idea, pero prefirió seguirle la corriente para no iniciar una nueva discusión.

—Así es Margarita —respondió Castillo con docilidad — esperemos al silbatazo final.

§§§§

El personal de RTC estaba en ascuas respecto al objeto de una transmisión en cadena nacional que debieron preparar con gran premura. Un par de técnicos observaban los encuadres desde los lentes de sus cámaras, por lo que ajustaban la luz y las posiciones de los reflectores, sin exagerar por el momento su luminosidad, lo que creaba un ambiente solemne.

En el centro de la mesa, el lugar vacío enfatizaba la ausencia del presidente, aunque paradójicamente hacía sentir la fuerza de su presencia. Más aún, porque detrás Pascual Guajardo permanecía de pie como si su jefe estuviera ahí sentado.

A la derecha del lugar del presidente estaban Santiago Órnelas y Arzamendi que se mostraba tranquilo. En el lado opuesto se sentó Octavio Mireles, seguido por Rafael Ledesma, quien nervioso se acicalaba con las manos su pelo teñido de gris, que lejos de rejuvenecerlo lo hacía ver más viejo.

A la izquierda del presídium y un paso por delante de la mesa, lucía la bandera nacional, que apenas unos minutos antes Henríquez colocó a media asta. En el otro extremo, se encontraba el atril con el escudo nacional enfrente.

Detrás de éste, Axkaná esperaba la señal del empleado de RTC que le indicara que estaban a punto de entrar al aire, para acercarse al micrófono. Su reloj marcaba las 13.07

Repasaba sus notas y cruzaba miradas con Guajardo a quién no tuvo la oportunidad de explicarle nada, salvo decirle que no se preocupara, porque desde que llegó al salón, Arzamendi no se le separó y quién en la primera oportunidad que tuvo, le dijo casi pagándole la boca en el oído:

—No te preocupes hermano. Conmigo siempre tendrás a un amigo. Yo te apoyaré en lo que haga falta.

—¿Estás seguro? —respondió Axkaná que con rapidez se movió hacia otra parte.

Diez —grito el empleado de RTC mostrando los dedos de ambas manos, que iba retirando uno a uno mientras en voz baja contaba los segundos, hasta que le dio a Axkaná la señal de inicio:

Señoras y señores

Tengo la pena de ser el portador de una trágica noticia.

El día de ayer 30 de noviembre a las 23 horas, falleció el señor presidente de la República como consecuencia de un paro cardíaco. En virtud de que esto ocurrió mientras dormía, el deceso no fue descubierto hasta las 5.45 de la mañana del día de hoy, cuando su ayudante de cámara se percató que no despertaba a la hora que normalmente lo acostumbraba.

El general Pascual Guajardo, jefe del Estado Mayor Presidencial llamó de inmediato a su médico de cabecera el doctor y mayor del Ejército Sergio Peralta Roldán, quién minutos más tarde confirmó el fallecimiento, y determinó la causa y hora de la muerte con base en un examen minucioso que le practicó al cadáver del señor presidente a lo largo de la mañana.

Para los efectos legales del caso, el doctor Peralta ha firmado el certificado de defunción correspondiente, copia del cual entrego en estos momentos a quienes presiden los poderes judicial y legislativo.

Miró de reojo a Henríquez quién entendió la señal que habían acordado con antelación y procedió de inmediato a entregar las cuatro copias del certificado que le había dado antes.

Mireles, Ledesma y Arzamendi permanecían estupefactos. Pero la presencia de la cámara situada enfrente de ellos y la luz de los reflectores los inmovilizaban. Más aún porque sabían que millones de personas en México y en el mundo, los estaban viendo y que esa ceremonia al grabarse se convertía en documento histórico, que en automático ponía sello de legitimidad a su contenido.

Pese a que sus emociones estaban atenazadas dentro de sus cuerpos, sus gestos y lenguaje corporal, que en el caso de Mireles resaltaba el abrir y cerrar de sus puños, revelaban su tensión y desconcierto, porque a los tres les parecía inverosímil lo que estaban escuchando, cuando apenas unos minutos antes habían visto en la carpeta de Axkaná, cuando éste se ausentó, el certificado de defunción que establecía como hora y fecha del fallecimiento las 5 am del 1º diciembre, incluso habían tenido tiempo de mofarse de la letra y firma de Peralta porque parecía de mujer. En especial Ledesma que, en su opinión, los trazos de la S y la P en la rúbrica del galeno le parecieron demasiado estilizados.

Con fundamento en lo que ordena el Artículo 84 de la Constitución de los Estados Unidos Mexicanos y puesto que la falta del presidente ocurrió dentro de los primeros dos años de su gobierno, corresponde al Congreso de la Unión constituirse como Colegio Electoral para designar a un presidente provisional y expedir la convocatoria para que el pueblo elija al presidente interino que gobernará los cuatro años restantes de este sexenio.

Para tales efectos los licenciados Octavio Mireles y Rafael Ledesma presidentes de la Cámara de Senadores y Diputados respectivamente, me han informado que convocaran a la brevedad y con carácter de urgente a una sesión del Congreso General.

Ledesma, como un hombre curtido en las lides de los sótanos de la política y como tal, experimentado en el arte de hacer y sufrir trapacerías, no podía más que reconocer la habilidad de Axkaná para conducirlos a creer algo a partir de un certificado de defunción falso, que nunca les entregó de manera formal y menos aún les comunicó su contenido. En estricto sentido, él jamás les mintió. Simplemente bajaron la guardia, cuando leyeron en el documento lo que querían que dijera porque eso era lo que les convenía. Nunca imaginó que un secretario particular al que veía con desdén y que siempre había subestimado, pudiera ser capaz de actuar con una astucia temeraria.

De igual manera el Gabinete Ampliado ha sido convocado a una reunión de emergencia para que de inmediato se acuerden las medidas necesarias, para que la nación transite en paz y en calma a través de estos momentos difíciles e inesperados.

Para estos fines los titulares de los poderes judicial y legislativo en coordinación con el secretario de Gobernación acordaron declarar el día de mañana de asueto obligatorio y de luto nacional. Asimismo a partir de este momento se suspenderá la operación de los mercados cambiarios y de valores.

Por último y por considerarlo relevante en estos momentos, leeré una carta póstuma que tiempo atrás el señor presidente de la República puso a resguardo de su hija Sofía y donde expresa su voluntad respecto a sus exequias:

"Es mi voluntad que cuando ocurra mi fallecimiento no se me rindan honores de ningún tipo y menos aún que se erija una estatua de mi persona; sobre todo en la llamada Calzada de los presidentes. Tampoco deseo que se utilice mi nombre para designar a alguna calle o edificio público.

Los gastos de mis funerales correrán por cuenta de mi familia. No le corresponde al erario hacerse cargo de asuntos que son estrictamente personales. Asimismo, pido de manera expresa que no se publiquen esquelas y que los recursos que se hubieran podido destinar para sufragarlas, se depositen como donativos a fundaciones dedicadas a los niños.

La República está por encima de los hombres. Servirla fue mi mayor privilegio. No merezco nada más, ni aspiro a reconocimiento alguno. La historia de nuestra patria la escriben cotidiana e incesantemente millones de mexicanos, y no quiénes recibimos una temporal encomienda que apenas representa una parte insignificante de su vida secular".

Axkaná guardó un momento de silencio. Mientras que en los canales de televisión nacional y algunos internacionales que se habían enlazado, se veía una toma abierta del presídium que con lentitud hacía un zoom hacia el lugar vacío, lo que producía entre los televidentes una sensación de emotividad y tristeza.

Tomando esto en consideración y de común acuerdo con la familia del presidente, el cuerpo de éste permanecerá en un salón de Los Pinos por unas horas para que quiénes tuvimos el privilegio y el honor de trabajar con él, podamos despedirlo y presentarle nuestros respetos. Después se le trasladará al lugar que la familia del presidente señale para celebrar un servicio fúnebre de carácter privado.

Muchas gracias,

§§§§

—Qué clase de putada es ésta —dijo Castillo dando un fuerte puñetazo en la mesa que tiró una de la copas esparciendo todo el contenido sobre el mantel, lo que hizo que Pérez Limantour diera un salto inútil para evitar que la champaña le manchara los pantalones, porque a la altura braqueta quedaba el testimonio de que sus reflejos no fueron suficientes para esquivar las consecuencias de la ira de su mecenas.

—Este hijo de la chingada de Arzamendi nos traicionó.

Y para convencerse que Pérez Limantour no le había engañado le pidió que le enseñara el mensaje que le envió su celular.

—Aquí está, velo tú mismo "Confirmado, 5.30 am, paro cardiaco"—le decía Pérez Limantour para asegurarle que él había dicho la verdad.

Castillo tomó con rabia el celular, leyó con ojos de odio el mensaje y aventó el aparato sobre la mesa para terminar depositado en el suelo.

—Pinche traidor de mierda. Pero ni crea que le entregaré todo lo que prometí. No terminó el trabajo y esto significa que no hay trato. Es un imbécil que pudo haber solucionado el problema económico hasta de sus bisnietos, pero ahora yo me encargo de que se lo lleve la chingada. Con toda seguridad, su plan desde un principio fue lanzarse de candidato, por eso a él le conviene la opción de los dos primeros años, porque le da tiempo de renunciar y contender en las elecciones.

En el fondo, el programa noticioso del canal internacional que Castillo había escogido para escuchar la noticia, seguía repitiendo escenas de la reunión y presentando los elementos más relevantes de la biografía del presidente.

Pérez Limantour estaba abatido por la velocidad con que se había transformado todo. En un abrir y cerrar de ojos su alegría se convirtió en desolación. Todos los escenarios que había previsto se desvanecieron como castillos en el aire. Recogió su celular del piso y lo apagó porque aun antes de que terminara la conferencia, había empezado a recibir una lluvia de llamadas y mensajes que no deseaba contestar.

No tenía el menor ánimo de hablar, por lo que deslizándola sobre sus ruedas, alejó su silla de la mesa y todavía con una expresión de incredulidad, prefirió concentrarse en seguir lo que aparecía en televisión.

—Y tu amigo Mireles ¿Dónde está en todo esto? —Le preguntó Margarita Buentono sin ocultar lo venenoso del cuestionamiento—, ¿por qué le envió un mensaje a Rubén para decirle que había buenas noticias? Pídele que te lo enseñe también para que lo leas por ti mismo como hiciste con el de Arzamendi. No te has puesto a pensar que quizá optó por un camino más seguro, aunque más largo, para competir por la presidencia y que sólo estuvo jugando contigo. Tú crees que pagar garantiza lealtad...

Margarita Buentono detuvo sus palabras cuando observó que el gesto de Pérez Limantour asumía una expresión de intensa angustia y se tapaba la boca con ambas manos, como si algo no lo dejara respirar.

—¿Te pasa algo Rubén? —preguntó Margarita que se levantó a toda prisa y caminó hacia él.

—La cintilla —respondió señalando la televisión.

—¿Qué pinche cintilla? —preguntó enojado Castillo que dirigió la vista hacia el aparato.

En la pantalla de la televisión seguían apareciendo escenas de la vida del presidente que se intercalaban con comentarios de los locutores, pero en la parte baja, precedidas por el título "Alerta noticiosa", desfilaban pausadamente las palabras que terminaron por despertar en el trío un terror profundo e inesperado:

"INTERPOL ANUNCIA QUE DESPUÉS DE UNA INVESTIGACIÓN DE SEIS MESES QUE ABARCÓ 15 PAÍSES, RELATIVA AL BLANQUEO DE DINERO PROVENIENTE DE COHECHOS Y NARCOTRÁFICO, HA INICIADO EN ESAS NACIONES ACCIONES JUDICIALES EN CONTRA DEL EMPRESARIO Y BANQUERO MEXICANO RAMIRO CASTILLO. LA INTERPOL AGRADECIÓ LA COOPERACIÓN DEL GOBIERNO DE MÉXICO".

—Nos lleva la chingada —alcanzó a decir Castillo.

De repente la oficina volvió a estar tan desierta como estaba antes del arribo de Margarita Buentono. Mientras que a los pies del edifico corporativo, las avenidas de Santa Fe mostraban el tráfico normal donde carcachas, camiones y autos de lujo luchaban con denuedo para ocupar unos cuantos metros de asfalto.

El televisor permanecía encendido y en las dos copas de champaña, que pudieron mantenerse de pie pese la fuerza del puñetazo de Castillo, las burbujas continuaban su inexorable movimiento ascendente hasta que desaparecían tan pronto tocaban la superficie, como ocurre con muchos sueños cuando los alcanza la realidad.

Entró un empleado de limpieza para poner las cosas en orden.

Tomó una de las copas, miró la televisión que proyectaba un primer plano de la cara del presidente y levantando el brazo, dijo:

—Salud.

§§§§

Una vez que terminó de hablar Axkaná se apagaron los reflectores y se encendieron las luces normales.

Liberados de la presión de las cámaras de televisión, Arzamendi, Ledesma y Mireles se levantaron como un resorte para dirigirse hacia donde estaba Axkaná. Mientras que Órnelas sólo se puso de pie con la misma actitud de ausencia que empezó a manifestar desde que estaba en el despacho oficial del presidente.

—Oiga Guzmán —le gritó Mireles con Ledesma y Arzamendi por detrás y cuyas miradas no ocultaban su enojo.

—Un momento —les respondió de manera tajante.

Axkaná levantó el brazo para llamar la atención de Emanuel Ordoñez, el vocero de la presidencia que había permanecido detrás de las cámaras durante toda la transmisión, indicándole con gesticulaciones que podía dejar entrar a los periodistas que en principio iban a cubrir el evento del banco extranjero, pero que tan pronto vieron la noticia en la pantalla del salón donde se encontraban, habían literalmente corrido, algunos acicateados por sus redacciones, al lugar adonde se transmitía el comunicado con el objetivo de entrevistar a cualquiera de los líderes de las Cámaras, puesto que en escasas horas el Congreso se constituiría en Colegio Electoral.

Pascual Guajardo que no podía ocultar su satisfacción por la forma como Axkaná había sorteado la tormenta, además de hacerlo con un ingenio que él desconocía, se acercó a éste tan pronto vio como Arzamendi y los dos legisladores se levantaban apresurados de sus asientos de mala manera para ir a buscarlo.

Le bastó un breve intercambio de miradas con él para entender cuáles eran sus intenciones al permitir el paso de la prensa. Por ello, de inmediato dio instrucciones a los elementos del Estado Mayor para que les indicaran a los periodistas que tomaran las sillas que estaban apiladas en las orillas del salón y se sentaran de manera ordenada enfrente del presídium.

Un vez que vio a los periodistas seguir las instrucciones del Estado Mayor, Axkaná se volteó para encarar al trío que en más de una ocasión habían tratado sin éxito de llamar su atención.

—Disculpen señores, pero por razones que ustedes comprenderán, me fue imposible decirles antes que el vocero de la Presidencia ha considerado conveniente explorar la posibilidad de que los licenciados Ledesma y Mireles puedan responder algunas preguntas a la prensa. De hecho, él se ofrece a coordinar la conferencia con el objetivo de que se realice de una manera ordenada.

Emanuel Ordoñez, que Axkaná había jalado del brazo con suavidad para acercárselo, estaba boquiabierto, mientras que con la complicidad de Guajardo, algunos reporteros, sobre todo los que venían de las cadenas de televisión, habían podido acercarse y rodearlos con sus micrófonos y grabadoras en mano, por lo que Ledesma y Mireles no tuvieron más remedio que aceptar a regañadientes la improvisada conferencia de prensa.

—Excelente, todo está listo —respondió Axkaná, señalándoles a Ledesma y Mireles el presídium donde ya sólo había dos sillas. Cada una con un micrófono enfrente, como él antes se lo había pedido a Henríquez.

Tan pronto empezaron a dirigirse Ledesma y Mireles hacia sus lugares, rumiando su frustración y el coraje que sentían hacia

Axkaná por la forma tan sutil como los había engañado, éste volteó a ver Henríquez y levantando su pulgar, le agradeció su participación en la puesta en escena de esa ocasión que, para más de uno, sería memorable.

§§§§

Aunque lo que seguía era acudir a la reunión de Gabinete Ampliado, su mayor deseo en ese momento era salir unos minutos al aire libre y caminar para estar en paz, ahora que consideraba el trabajo concluido. Quería estar solo. Había vivido las últimas siete horas más allá de sus propios límites. Esto no dejaba de sorprenderlo porque varias de las cosas que había hecho en ese lapso, no fueron el resultado de reflexiones sino que obedecieron a corazonadas o se dieron producto de impulsos espontáneos.

Cuando se encaminaba a la salida del salón para dirigirse a los jardines, sintió que le tiraban del brazo izquierdo con energía. Volteó molestó por la fuerza que se le aplicaba y vio a Arzamendi con la cara enrojecida de coraje que lo jalaba para conducirlo a un lugar donde estuvieran apartados del resto.

—Eres un hijo de la chingada y yo me voy a encargar de partirte la madre. Ni pinche idea tienes de con quién te metiste. Te crees muy listo con tu mamada del certificado de defunción firmado por S P y tus argucias baratas como esta pendeja conferencia de prensa para impedir que los tres te rompiéramos el hocico y te exhibiéramos ¿Cómo te atreviste a manipular los hechos para forzar unas elecciones que en este momento es lo peor que nos puede pasar, porque la situación política del país es un desmadre total? ¿Quién eres tú para asumir funciones que no te corresponden? Tu deber era sólo llamarme a mí tan pronto te informaron que el presidente estaba muerto. Entiéndelo Guzmán tú sólo eras, porque ayer a la once de la noche dejaste de serlo, un pinche secretario particular, un eterno mediocre que durante unas horas vivió la fantasía de sentirse vicepresidente.

—Lo primero que vas a hacer Arzamendi es soltarme el brazo, porque de lo contrario a quién le van partir la madre, y créemelo que no me importa hacerlo enfrente de la prensa, vas a ser tú.

Dio un paso atrás pero se mantuvo a una distancia muy estrecha, al grado que Axkaná podía oír las reiteradas vibraciones de su celular y oler el aroma pestilente de los puros que fumaba.

—Tienes razón cuando dices que desde ayer dejé de ser secretario particular. Pero en cambio tú serás para siempre un traidor y un asesino.

—Qué fumaste Guzmán —respondió riéndose en forma burlona — si serás pendejo.

—Te lo voy a explicar con calma para que me puedas comprender, porque resulta que tú y yo somos muy ingeniosos, aunque te confieso que tú me superas. A mí se me ocurrió la idea del certificado falso, que por cierto llenó y firmó la hija del presidente con las iniciales de sus nombres: Sofía Paula, en cambio tú tuviste una mejor, darle a quién siempre confió en ti y al que siempre envidiaste, un regalo envenenado en la forma de pastillas de glucosamina. Pero como eres muy emprendedor, para que sepas que yo sí sé con quién me meto, te asociaste con Castillo, Buentono y Pérez Limantour que ansiosos esperaban —aunque sé que temían que te echaras para atrás— que con la complicidad de su socio estrella un puñado de legisladores tan bien adiestrados como tú has sido, pusieran en Los Pinos a un presidente a modo.

Arzamendi lo veía a los ojos en forma penetrante, pero estaba lívido, mudo y en escasos segundos, la edad le cayó encima. En su rostro la rabia dejó paso al desconcierto, su altanería fue sustituida por una sensación de fragilidad y el papel de vengador implacable se había esfumado.

—Ahora yo te recomendaría que contestes tu celular que no ha parado de vibrar, porque con toda seguridad te querrán informar sobre algunos asuntos de tu socio Castillo que te pueden interesar.

Atónito, Arzamendi sacó el aparato. Leyó algunos mensajes y sin decir palabra salió del salón casi corriendo.

Axkaná alcanzó a decirle a lo lejos:

—No te apures, yo voy a avisar que no podrás asistir a la reunión de Gabinete Ampliado.

§§§§

Apenas se sintió en un espacio abierto respiró hondo.

Caminó algunos pasos por la famosa Calzada de los presidentes cuando oyó que le gritaba Santiago Órnelas.

—Licenciado Guzmán le importaría que camináramos juntos. Creo que los dos necesitamos relajarnos. Más porque de lejos vi su discusión con el secretario de Gobernación.

—Desde luego doctor. Para todos ha sido un día muy difícil en el que aún hay mucho por hacer.

—Axkaná, si me permite llamarle por su nombre, me gustaría formularle una pregunta personal que pensé hacérsela desde que lo conocí.

—Caray doctor, ahora ya me preocupó —contestó riéndose— Sí, claro con mucho gusto.

—Su nombre corresponde a uno de los personajes principales de una novela famosa, mientras que su apellido es el mismo que el de su autor ¿Fue esto deliberado?

Axkaná sonrió porque no era la primera vez que le hacían esa pregunta. Además de que por lo regular se la planteaban personas con cierto grado de cultura.

—Así es, La Sombra del Caudillo fue una novela que siempre le gustó a mi padre, porque de acuerdo a sus convicciones políticas, consideraba que en ella queda claro como los ideales de la Revolución, se trastocaron casi desde sus primeros años, para terminar convirtiéndose en frases huecas que servían de coartada, para que el poder sólo beneficiara a unos cuantos que abierta y cínicamente la traicionaban.

—¿Y por eso fue que su padre le bautizó con el nombre de Axkaná?

—Lo que ocurrió es que desde que leyó la novela, él se identificó con el personaje de Axkaná González quien en realidad era el alter ego de su autor: Martín Luis Guzmán. Después supo que éste quiso fundir en ese nombre las culturas maya y española, por lo que al tener su primer hijo varón, que fui yo, decidió hacer algo parecido al bautizarlo con ese nombre, lo que según mi padre vincularía al personaje con el apellido del autor.

—Lo irónico es que su padre nunca pensó que usted, como lo estuvo su tocayo, jugara un papel protagónico en una conspiración destinada a hacerse de la presidencia de la República.

—Con la diferencia de que a mi tocayo lo eliminaron, doctor — respondió en automático.

Pero al instante el comentario completo de Órnelas lo puso en guardia.

—¿A qué se refiere con una conspiración doctor? —preguntó Axkaná sorprendido.

—No dudo que el corazón del presidente se haya parado. Pero sospecho que usted tiene indicios de que algo hizo que se detuviera y por ello tomó riesgos tan grandes como ocultar que el doctor

Peralta estaba en Los Pinos desde muy temprano y lo que hizo con el certificado de defunción me pareció genial, aunque, y discúlpeme si lastimo su ego, a mí no me engañó.

Axkaná lo volteó a ver con asombro, mientras Órnelas no se inmutaba y seguía caminando cansinamente con los brazos cruzados y la mirada puesta en la estatua de Lázaro Cárdenas a la que se aproximaban.

—Sabe Axkaná, mi carrera la inicié trabajando en un despacho de abogados litigantes. Ahí aprendí a revisar con minuciosidad cuanto documento se me ponía enfrente, para cerciorarme de su autenticidad y de que tuviera los sellos que comprobaban que fueron recibidos por sus destinarios. Por eso me fijé que su certificado, que imaginó ya no existe, era en realidad una copia a color de un original, al que se le ocultó de manera deliberada el número de folio.

—Que detallista es usted, doctor.

—¿Por qué lo hizo? ¿Para distraerlos? —preguntó Órnelas con la curiosidad de quien busca resolver la trama de una novela de detectives.

—Así es. Pero este objetivo entrañaba un riesgo, porque dado lo que se discutió en la biblioteca, no sabía si Ledesma, Mireles y Arzamendi me lo devolverían después de leerlo, porque tenía claro que era la opción que más les convenía y por ello podrían sentirse tentados a salir corriendo con el documento en mano para mostrárselo a la prensa. Caso en el que hubiera sido muy sencillo comprobar que ellos estaban mintiendo con un certificado apócrifo, que desde luego yo nunca les entregué, porque lo habrían sustraído de mi carpeta. Así, que éste era mi plan B. Pero quiero dejarle claro, que la hora del fallecimiento del presidente responde a la verdad y al mejor criterio científico del doctor Peralta.

—Lo felicito y me tranquiliza lo que está diciendo.

—Y usted doctor, ¿por qué me cubrió?

—En primer término por lo que le dije antes. Aunque no espero que me dé mayor información. En segundo, porque consciente de los riesgos que para la democracia entraña la actual redacción del Artículo 84 Constitucional, me aterrorizó ver que estaban a punto de hacerse realidad.

—Hemos estado a la orilla del día que nunca debió pasar —comentó Axkaná.

—Así es, porque además él no merecía morir.

Órnelas detuvo el paso, lo abrazó y se despidió de él.

—Cuídese Axkaná. Fue mucho lo que perdieron.

Notas

1. El autor utilizó como material de referencia sobre el Artículo 84 de la Constitución el siguiente trabajo:

   Valadés Diego, La sustitución presidencial en México y en derecho comparado, Documento de trabajo no. 48. Universidad Nacional Autónoma de México, Instituto de Investigaciones Jurídicas. Enero 2004.

2. *La inoportuna muerte del presidente* apareció en marzo de 2011. Más adelante, el 9 de agosto de 2012 se publicó en el Diario Oficial de la Federación la reforma del Artículo 84 de la Constitución Política de los Estados Unidos Mexicanos.

   La última reforma a este Artículo había sido en 1933, es decir 79 años antes.

   La reforma de 2012 sirvió para actualizar dicho artículo a las circunstancias actuales y para resolver un asunto delicado para México, como era la posibilidad de que, en caso de la ausencia definitiva del presidente en funciones, el Poder Ejecutivo quedara acéfalo durante el lapso que al Congreso le tomara la designación de un nuevo responsable.

   Por lo que ahora, si dicho supuesto sucediese, el secretario de Gobernación, asumiría de manera provisional la jefatura del Poder Ejecutivo.

   Sin embargo, lo que no se modificó, y que es precisamente el punto toral de la trama de *La inoportuna muerte del presidente,* es el relativo a cuándo le corresponde al pueblo elegir de manera directa al nuevo presidente o si esta potestad la asume el Congreso, como se explica a continuación:

   a) Si la ausencia definitiva del mandatario ocurriese durante los dos primeros años del sexenio, el Congreso nombrará, por mayoría y mediante voto secreto, a un presidente interino y convocará en diez días a elecciones para que, por voto popular, se elija a un nuevo presidente que gobernará el resto del período.
   b) Si la ausencia definitiva del mandatario ocurriese durante los últimos cuatros años del sexenio, el Congreso nombrará, por mayoría y mediante voto secreto, a un presidente sustituto que gobernará el resto del período.

   Es la opinión del autor que lo más sano y democrático para México, hubiera sido que la primera posibilidad fuera aplicable a los primeros cuatros años del sexenio y la segunda, sólo a los últimos dos.

Cuatro años son muchos para dejarle a un congreso, léase las cúpulas de los partidos, la designación de un presidente.

Sobre el autor

Alfredo Acle Tomasini compaginó hasta 2009 sus actividades profesionales en el ámbito de la consultoría y administración, con su carrera como escritor, editorialista y analista político.

A partir de ese año decidió dedicarse de lleno a la narrativa, publicando en 2011 su primera novela *La inoportuna muerte del presidente*, cuyo punto de partida es el repentino fallecimiento del presidente de México que, al hacerlo ocurrir en una fecha especial, le sirve al autor como piedra de toque para crear una original trama de suspenso que apenas dura un lapso de seis horas y que concluye cuando por fin se hace pública la noticia del fallecimiento.

En su segunda novela publicada en 2014 *Griten que ya partí,* Alfredo Acle Tomasini nos recrea con otra trama de suspenso, pero ahora hace evidente que su vida profesional no sólo le ha permitido conocer los entresijos del poder político y económico, sino también ejercer como un observador de los comportamientos humanos que éste provoca en quienes lo ostentan, lo buscan, o sólo disfrutan de su proximidad.

Índice

La inoportuna muerte del presidente de
Alfredo Acle Tomasini

Es impresa por:

Create Space,
An Amazon.com company

Made in the USA
Charleston, SC
05 October 2014